Tessiner Abgrund

Michael Moritz, 1968 in Freiburg geboren und am Kaiserstuhl aufgewachsen, schreibt und produziert seit fünfundzwanzig Jahren Theaterstücke, Kurzfilme und Erzählungen. Im Emons Verlag erschienen «Tod in der Rheinaue», «Roter Regen», «Weinselig», «Lost Place Vienna», «Zürcher Verschwörung», «Tod im Theaterhaus», «Um die Wurst», «Die Tote im Dolder», «Badisch Blues» und «Zürcher Sumpf».

MICHAEL MORITZ

Tessiner Abgrund

KRIMINALROMAN

emons:

Bibliografische Information der Deutschen Nationalbibliothek
Die Deutsche Nationalbibliothek verzeichnet diese Publikation in der Deutschen Nationalbibliografie; detaillierte bibliografische Daten sind im Internet über http://dnb.d-nb.de abrufbar.

FSC
www.fsc.org
MIX
Papier aus verantwortungsvollen Quellen
FSC® C083411

Umschlagmotiv: photocase.com/JingleT
Umschlaggestaltung: Tobias Doetsch
Gestaltung Innenteil: César Satz & Grafik GmbH, Köln
Lektorat: Irène Kost, Biel/Bienne (CH)
Druck und Bindung: CPI – Clausen & Bosse, Leck
Printed in Germany 2015
ISBN 978-3-95451-719-0
Originalausgabe

PROLOG

«Halt mich fest! Ich will nicht sterben.» Enzo umklammerte Radus Unterarm. Radu spürte Enzos Fingernägel durch den Stoff des Trainingsanzugs. Mit der linken Hand hielt sich Radu am Stumpf eines gefällten Kastanienbaums. Mit der rechten versuchte er, Enzo zu sich heraufzuziehen. Seine Füsse fanden keinen Halt. Die Turnschuhe ohne Profil, die Sohlen aufgerissen von dem langen Marsch, den sie hinter sich hatten.

«Sei still! Willst du, dass uns jemand hört?»

«Ist mir egal. Lieber zu Renard zurück als verrecken.» Enzo schiss sich in die Hosen. Und mit so einem wäre Radu fast bei den Zenturios in einem Dschungel in Venezuela gelandet. Wäre er nur allein abgehauen, dann hätte er jetzt diesen Jammerlappen nicht an den Hacken. Beider Nerven lagen blank. Die Flucht von Castelnaudary hatte sie aufgerieben. Alles war schiefgelaufen. Sie hatten die Orientierung verloren, Silvia war nicht wie verabredet in Toulouse gewesen; deswegen mussten sie einen Lieferwagen klauen und damit bis Italien kommen. Dort wurden sie von zwei Carabinieri aufgehalten. Amateure, die sich wichtig nahmen. Sie hatten keine Chance gegen Enzo und Radu. Die beiden frischgebackenen Legionäre hatten die Grundausbildung bei Renard überlebt, da zertrat man Stutzer wie Kakerlaken. Es war Enzos Idee gewesen, über die grüne Grenze in die Schweiz zu fliehen. Er hatte dort einen Onkel. Direkt hinter der Grenze. Angeblich nur noch ein paar Kilometer. Borgnone hiess das Kaff. Enzos Onkel war Künstler. Bildhauer oder Maler. So recht wusste es Enzo selbst nicht. Jedenfalls hatte er mal wegen Falschgeld gesessen und galt als Spezialist für Pässe.

«Warum ziehst du mich nicht hoch?» Enzos Jammerton schmerzte Radus Männerherz. Wieso konnte der Italiener nicht sein Maul halten? Die Tonlage erinnerte Radu an seine Mutter, die jammerte, wenn er nicht zur Schule gegangen war und stattdessen lieber mit seinen Freunden abgehangen und Mist gebaut hatte. Der Gedanke an seine Mutter schwächte Radus Arm. «Zappel nicht so rum, du Idiot.»

Enzo jammerte weiter.

Warum nicht loslassen? Ob Enzo ihn hochziehen würde, wenn er über dem Abgrund hing? Aus Radus Fingern wich die Kraft. Wenn es ihm in den nächsten Sekunden nicht gelang, mit den Füssen einen Halt zu finden, musste er Enzo in den Abgrund stürzen lassen. Radu scharrte im seifigen Laub wie ein Schwein nach Trüffeln. Der rechte Fuss fand ein Loch und grub sich hinein.

«Worauf wartest du?»

Radu stemmte sich in das Loch, klammerte mit der Linken den Kastanienstumpf, und mit der Rechten zog er Enzo nach oben. Seine Finger gaben auf, und Enzos Arm entglitt. Enzo schrie, fiel ein Stück zurück und griff nach Radus Bein, das im Erdloch steckte.

«Zieh dich daran hoch», sagte Radu.

«Hilf mir. Allein schaffe ich es nicht.»

«Du musst es allein schaffen», sagte Radu. Er klang wie sein Ausbilder Renard. «Stell dir vor, du hast noch das 45er-Maschinengewehr auf dem Rücken. Los, du Pussy, zieh dich hoch.»

Enzo nahm die letzte Kraft zusammen und arbeitete sich an Radus Bein nach oben. Keuchend sank er neben Radu ins nasse Laub. Radu hörte nur ihren schnellen Atem. Wie zwei alte Dampfloks, die um die Wette schnauften. Erst als sie wieder Luft hatten, vernahm er unten in der Schlucht das Reissen der Melezza.

«Wie weit ist es bis zu deinem Onkel?», fragte Radu.

«Höchstens zwei Kilometer.»

«Ich will endlich aus diesem Trainingsanzug raus. Und ich schwöre dir eins: Nie mehr in meinem Leben werde ich einen Trainingsanzug anziehen.»

«Und nie mehr eine Glatze rasieren.»

Enzo fing an zu lachen. Radu lachte mit. Sie fielen sich in die Arme und wussten, dass sie es geschafft hatten. Sie waren Renard entkommen und wieder frei. Was immer diese Freiheit auch für sie übrig haben würde.

EINS

«Mich interessiert, wo der dritte Mann geblieben ist», sagte Laura und grinste Bertini frech an.

«Der dritte Mann ist in der Kanalisation in Wien», sagte Bertini und summte die Filmmelodie dazu. Er fand sich witzig. Laura lachte falsch, um Bertini zu schmeicheln, und bohrte nach. «Warum interessiert Sie das nicht?»

«Weil es sich erledigt hat. Rede ich Romanisch?»

«Allegra. Das würde ich verstehen. Aber Ihr Ausweichen verstehe ich nicht.»

Bertini schob mit dem Lineal seine Autoschlüssel über den Schreibtisch und atmete genervt durch.

«Gibt es denn nichts Interessanteres, worüber Sie schreiben können? Das kommende Filmfestival vielleicht?»

«Das ist erst im August. Und jetzt ist Oktober.»

«Dann schreiben Sie über das vergangene. Gab es da keinen Krimi, den Sie rezensieren könnten? Ein Ende, bei dem alle Fäden zusammenlaufen und das jeden glücklich stimmt?»

«Das gibt es nicht. Irgendjemand meckert immer. Vor allem aus meiner Zunft. Sonst wären wir überflüssig.»

«Ihre Zunft ist überflüssig. Und raubt mir kostbare Lebenszeit.» Der Polizist versuchte, mit dem Lineal den Ring des Schlüsselbundes zu stechen, um ihn dann vom Tisch zu heben. Es misslang. Der Schlüsselbund rutschte ab, glitt über die Schreibunterlage und drohte auf den Boden zu fallen. Laura fing ihn auf und knallte ihn auf die dunkle Tischplatte.

«Zwei Menschen sind in Borgnone abgestürzt. Ein dritter Mann bat blutüberströmt um Hilfe und ist dann plötzlich verschwunden. Und Sie interessiert nicht, wer der Mann war? Und wo er jetzt ist?» Laura war laut geworden. Bertini passte der Ton nicht. Er rückte sich aufrecht in seinen Sessel, atmete hoch in die Brust und verzog seinen Mund, dass sein sauber gestutzter Schnauz eine Kurve zog. «Es gibt nur zwei Zeugen, die von einem dritten Mann sprechen. Dr. Wagner, den Sie ja bereits genervt haben, und der verrückte Monza. Haben Sie schon einmal mit ihm geredet? Oder seine Kunstwerke angeschaut? Der sieht täglich Tausende blutüberströmte Menschen. Wenn es nach ihm ginge, müssten hier Massengräber liegen. Ausserdem hat Monza selbst gestanden, dass er sich das alles nur eingebildet hatte. Er hatte schlecht geträumt.» Auch Bertini war laut geworden. Jetzt nahm er sich zurück. «Für mich ist der Fall erledigt. Und ich fasse ihn gerne noch einmal zusammen: Zwei rumänische Diebe sind nach ihrem Raubzug durch Borgnone abgestürzt und ihren Verletzungen in der Melezza erlegen. Von einem dritten Mann keine Spur.»

«Und von der Beute?»

«Was?»

«Was ist mit der Beute?»

«Was soll mit der Beute sein?»

«Der iranische Schmuck von Frau Tedeschi. Das Bargeld von Dr. Zwicky.»

«Sichergestellt.» Er sah sie nicht an. Stierte aus dem Fenster.

«Sichergestellt? Und warum haben die beiden ihren Besitz noch nicht zurückbekommen?»

Bertini sah Laura scharf an. «Haben Sie die beiden etwa belästigt?»

«Ich habe sie nur befragt. Das ist mein Job. Ich bin Journalistin.»

«Journalistin. Eine Nervensäge sind Sie.»

«Was ist nun mit der Beute?»

«Müssen wir noch eine Weile zurückhalten. Beweismaterial.»

«Ich dachte, der Fall sei erledigt.»

Bertini stand auf und klopfte mit dem Lineal in seine linke Hand.

«Sie gehen jetzt besser. Ich habe zu tun.»

Laura stand ebenfalls auf. «Sie haben die Beute also gar nicht gefunden. Danke. Mehr wollte ich nicht wissen.»

Sie verliess das Büro, trat auf die Piazza und inhalierte die Nebelsuppe. Locarno im Herbst.

***

Eine Klingel gab es noch immer nicht. Radu wartete auf die Hunde. Aber sie kamen nicht. Er drückte gegen das morsche

Gartentor. Es schleifte über den Boden. Radu musste es anheben, um es so weit zu öffnen, dass er durch den Spalt schlüpfen konnte. Er horchte. Alte Gewohnheit. Immer erst horchen. Die Sinne auf Witterung schalten. Nur wenn das Tier in ihm lauerte, würde er als Mensch überleben. Das hatte ihm Renard immer wieder ins Ohr geschrien. Es hatte sich eingebrannt.

Fünfundzwanzig Jahre. Ein Leben. So lange war es her, dass er hier gewesen war. Laut seines Passes würde er in einer Woche siebenundvierzig werden. Skorpion. Tatsächlich war er Zwilling. Aber das hatte Monza damals nicht verstanden. Er hatte in der Eile die Zahlen vertauscht. Immerhin das Geburtsjahr stimmte. Und als Skorpion lebte es sich auch nicht schlecht.

Nichts war zu hören. Nur der Wind, der durch die Kastanienbäume strich. Kalt war es nicht, aber feucht. Der Kellner in Locarno hatte erzählt, dass es die letzten drei Wochen nur geregnet hatte. Im italienischen Teil wäre der Lago Maggiore sogar über die Ufer getreten. Vor allem in Stresa und Arona sollte es schlimm sein. Hier oben war es nur feucht. Das mochte Radu gar nicht. Kälte und Hitze vertrug er. Aber Feuchtigkeit kroch ihm in die Gelenke. Vor allem morgens, wenn er aufstand. Er konnte kaum auf seinen Füssen stehen, so schmerzten die Sohlen. Auch die Knie und der Rücken jammerten, wenn es feucht war. Verschleiss. Ein intensives Leben. Ein Leben am Abgrund.

Radu klopfte an die Holztür. Er glaubte sich zu erinnern, dass sie einmal grün gestrichen war. Jetzt war die Farbe ab. Grün war nur das Moos, das sich um die rostigen Scharniere geschmiegt hatte. Ansonsten starrte ihn ein furchiges Grau an. Verwitterte Kastanie.

Die Tür wurde geöffnet. Ein Gesicht sah Radu fragend an. Genauso grau. Genauso zerfurcht.

«Signor Monza?»

«Wer will das wissen?»

«Radu Steiner.» Radu hatte es langsam gesagt. Die vier Silben auseinandergezogen, als müsste der Name eine besondere Bedeutung für Monza haben. Hatte er nicht. Vielleicht hätte Radu aber auch den Namen von Monzas Mutter nennen können, die Regung im Gesicht des Alten wäre dieselbe geblieben.

«Was wollen Sie?»

«Kann ich reinkommen?»

«Ich kenne Sie nicht. Wieso sollte ich einen Fremden reinlassen?»

«Weil Sie einem Fremden die Tür geöffnet haben.»

«Ein Fehler.» Monza wollte die Tür zuschlagen, Radu stellte den Fuss dazwischen, schob Monza beiseite, trat ins Haus und schloss die Tür.

«Sind Sie verrückt? Machen Sie, dass Sie rauskommen, oder –»

«Sie rufen die Polizei?» Radu war ins Innere des Rusticos gegangen und überprüfte rasch, ob von irgendwo Gefahr lauern konnte. Negativ.

«Oder ich lege Sie um.» Monza zielte mit einer Pistole auf Radu. Eine Beretta 1915. Radu schüttelte angewidert den Kopf. «Monza. So wenig Geschmack hätte ich Ihnen nicht zugetraut. Ich dachte, Sie sind ein Ästhet. Die Beretta sieht beschissen aus.»

«Dafür macht sie hübsche Löcher. Nicht das Werkzeug muss schön sein. Das Kunstwerk. Und jetzt verschwinde.»

«Interessiert Sie denn nicht, warum ich hier bin?»

«Mich interessiert, dass du wieder gehst.»

«Sie erinnern sich an mich?»

«Erinnern ist gefährlich. Ich vergesse alles. Sofort. Deswegen lebe ich noch.»

«Alzheimer aus Profession?»

«Könnte man sagen.» Er lächelte schief und winkte mit der Beretta. «Und jetzt raus.»

Radu sah sich nach einem Stuhl um, fand einen nahe am Cheminée und setzte sich hin. «Das Holz qualmt ja mehr, als es brennt», sagte er und hielt seine Hände über die spärlichen Flammen.

Ein Schuss krachte und traf das glimmende Kastanienholz. Das Scheit wirbelte gegen die Rückwand des Cheminées und qualmte noch mehr. Radu sah zu Monza.

«Das nächste Mal treffe ich besser.» Er meinte es.

Radu stand auf. «Schon gut. Aber ich komme wieder.»

Monza lachte laut. «Da mache ich mir vor Angst in die Hosen. Raus jetzt.»

Radu ging an ihm vorbei. Monza trat zwei Schritte zurück. Sicherheitsabstand. Der Alte war nicht dumm. Und trotzdem hätte

Radu ihn entwaffnen können. Schon am Cheminée. Er hätte einfach ein Scheit aus dem Feuer nehmen und es Monza ins graue Gesicht schleudern können. Auf drei Meter traf Radu alles. Das hatte er gelernt. Wie auch das Töten. Eine Beretta war das Letzte, das ihn aufhalten konnte. Aber es brachte ihm nichts, mit Monza auf Kriegsfuss zu stehen. Er musste ihn gewinnen. Sein Vertrauen erlangen. Gute Geschäfte gelangen nur auf Vertrauensbasis. Und Radu wollte ein gutes Geschäft machen. Er wollte die Wahrheit herausfinden.

Er zog seinen Schal enger um den Hals und verliess das Rustico. Er schlug den kleinen Pfad ein, der hoch in den Wald führte. Er wollte die Trekkingschuhe einlaufen, die er sich neu in Locarno gekauft hatte. Sie drückten und erinnerten ihn an die Zeit, in der er Springerstiefel getragen hatte. Auch die Berge und der Wald erinnerten ihn an Einsätze, die ein halbes Leben zurücklagen. In den letzten Jahren hatte er nur noch feines Leder und massgeschneiderte Anzüge getragen. Der Kriegsschauplatz hatte sich geändert. Wo er jetzt operierte, trug man feinen Zwirn.

***

«Lass mich in Ruhe. Ich habe gesagt, es ist aus.» Laura hatte es so ruhig wie möglich gesagt. Sie wollte keine Szene in der Öffentlichkeit. Sie wischte sich den Milchschaum des Cappuccino mit einer Serviette von den Lippen und sah, dass sie zu fest gedrückt hatte. Auch ihr Lippenstift klebte jetzt am weissen Papier. Bordeauxrot. Das fand sie dezenter. Sie war schon blond genug für die Gegend, da brauchte es nichts Knalliges.

«Aber warum? Sag mir einfach, warum. Dann gehe ich.» Tomaso sah sie flehend an. Die Augenbrauen traurig zu einem Dach formend. Erbärmlich. Was wollte sie von einem Mann erwarten, der mit fünfunddreissig noch bei seiner Mutter lebte?

«Ich habe es dir gesagt.»

«Aber das glaube ich dir nicht. Ich fühle etwas anderes.»

«Fühl, was du willst.» Sie legte das Geld auf den Tisch, stand auf und nahm ihre Handtasche. Tomaso hielt sie am Arm zurück. «Laura. Das kannst du nicht machen. Das darfst du nicht machen.»

Jetzt wurde es peinlich. Einige Leute von den Nebentischen sahen herüber. Und der gut aussehende Kerl an der Bar, der schon zu ihr geschielt hatte, als sie noch allein am Tisch gesessen hatte, grinste mokant.

«Wer ist es? Roberto? Was willst du mit dem? Nur weil er bei der Bank arbeitet? Oder weil er zwei Häuser geerbt hat? Ist es das? Ist es das Geld?»

«Es ist weder Roberto noch das Geld. Es ist deine Dummheit, die mich davonjagt. Bei Mamma Abendessen und dann Serien glotzen. Das ist nicht meine Vorstellung von einer Beziehung.» Sie war laut geworden. Sollten es ruhig alle hören. Laura hatte sich von dem Typen an der Bar provozieren lassen. Es tat ihr jetzt leid. Tomaso klammerte sie noch immer am Arm. Sie schlug ihm mit der Handtasche auf die Finger. Er jaulte und liess los. «Ausserdem bist du im Bett eine Niete.» Kaum gesagt, biss sie sich auf die Lippen und nagte den Rest des Lippenstifts ab. Sie konnte es nicht lassen, sie musste zu dem Typen an der Bar schauen. Er hatte es gehört. Da war sie sich sicher. Aber er hatte sich nicht umgedreht. Hatte er doch mehr Stil, als sie dachte? Sie hatte jedenfalls in diesem Moment keinen. Sie hatte sich hinreissen lassen. Von Tomasos Gezeter und von ihrer Gefallsucht. Sie kreischte einmal laut vor Ärger über sich selbst und stapfte aus der Bar.

Draussen schwappte der See feucht in die Stadt. Es schien, als läge Locarno unter Wasser. Der Nebel war so dicht, dass man glaubte, darin zu schwimmen. Laura wollte jetzt nicht in die Redaktion. Womöglich würde dort Tomaso auf sie lauern und die nächste Szene planen. Sie zückte ihr Handy und wählte. «Dani, ich komme heute nicht mehr. Ich fahre hoch nach Borgnone und bleibe das Wochenende über im Centovalli. Brauche meine Ruhe … und danke noch mal, dass ich an der Story dranbleiben darf … es wird sich lohnen. Ciao.» Sie legte auf, ging über die Piazza Grande und stieg in ihren olivgrünen Panda. Ein Erbe ihrer Tante Fausta. So wie das Stück Land und das Rustico, das sich über Borgnone befand, wenn man die Nucleo alto in Richtung Ferienhaus Nappa fuhr. Irgendwann bog man rechts in den Wald und gelangte über einen Feldweg zu dem alten Stall. Tomaso sagte, wenn er dort länger als einen Tag bleiben müsste, würde er sich erschiessen. Hätte er es mal getan. Dieser Vollidiot.

Sie zündete den Panda und fuhr los. Im Radio plärrte Pubblicità. Laura drückte eine Kassette in den Rekorder. CD-Player gab es nicht, und auf Kopfhörer hatte sie keine Lust. Also Musik von Fausta. Oper. Fausta hatte es gerne melodramatisch gehabt. Das hatte Laura wohl von ihr mitbekommen. Aus den Boxen schepperte Turandots «Nessun Dorma». Das passte. Hier schienen alle zu schlafen. Oder sie stellten sich so. Alle bis auf Laura. Sie war hellwach und wollte wissen, was es mit dem dritten Mann auf sich hatte. Ein Glück bekam sie Rückendeckung von Dani. Allerdings wusste Laura auch, dass sie für die Story nicht länger als drei Tage Zeit hatte, um sie voranzubringen. Wenn sie dann nichts Handfestes aufwies, durfte sie sich wieder Filmrezensionen und dem Tourismusverband widmen. Vielleicht noch das eine oder andere Firmenjubiläum, bei dem sie etwas Tratsch aufschnappen konnte. Gänsehaut kroch bei dem Gedanken über ihren Nacken. Sie war zu Höherem geboren, als Kommunalpolitikern bei der Einweihung eines Fussballplatzes Bildlegenden zu setzen. Sie hatte Journalismus studiert und feilte täglich an ihrer Sprache: direkt und lebendig für den investigativen Stil. Echte Kriminalstorys, politische Korruption und Wirtschaftsskandale. Daran war sie interessiert. Das gab ihr den Kick, den sie im Leben suchte. Und sie hätte ihren Beruf verfehlt, witterte sie in den toten Rumänen nicht ihre grosse Chance, überregional auf sich aufmerksam zu machen. Sie war einunddreissig. Zeit für einen Wechsel. Genf, Zürich oder vielleicht auch Rom? Jedenfalls tickte die Uhr. Andere entschieden sich in dem Alter für Familie. Sie hatte mit dem Abschuss von Tomaso ein deutliches Zeichen gesetzt. Sie wollte weg von hier. Die grosse Reise antreten. Nicht bereuen, dass sie es nie gewagt hätte. Und der dritte Mann würde ihr dabei helfen.

***

Der Fussmarsch tat gut. Radu war lange nicht mehr in der freien Natur gewesen. Sonst hielt er sich nur in Fitness-Studios in Bewegung. Und das mit immer weniger Lust. Er war müde geworden. Er empfand keine Freude mehr, sich mit anderen zu messen. Er hatte das Ferienhaus Nappa für eine Woche gemietet. Eigentlich hatte es Oktober und November geschlossen. Aber sein grosszügiges Angebot hatte die Besitzerin überzeugt.

Ein Feldweg führte von der geteerten Strasse rechts in den Wald. Radu hatte noch keine Lust, oben anzukommen. Ein Schlenker durch den Wald sollte die Zeit strecken. Zeit, die er nicht hatte. In Bukarest warteten Geschäfte. Dringende Geschäfte. Aber Radu hatte gut delegiert. Wenigstens vorübergehend. Marcel konnte er vertrauen, dass er den Laden für eine Woche zusammenhielt. Gerne hätte Radu einen Sohn gehabt, dem er alles vererben konnte. Aber er hatte sich davor gefürchtet, dadurch erpressbar zu sein. Es reichte schon, dass sie ihm Mona, seine erste Frau, genommen hatten. Lange hatte er sich Vorwürfe gemacht. Aber hätte er damals klein beigegeben, hätte er die Schuhe von Dimitri küssen dürfen. So leckte nun Dimitri Radus Arsch. Radu galt als der Kälteste in Bukarest. Und das war gut so. Dass er drohte, innerlich an der eigenen Kälte zu erfrieren, durfte keiner wissen. Seine Sehnsucht nach Wärme war ganz plötzlich gekommen. Auf einmal schienen ihm Macht und Reichtum nicht mehr wichtig. Es war in Zürich gewesen. Er hatte Amon getroffen, den windigen Perser. Im Hinterzimmer eines Lokals, das exquisite Ware aus Indien importierte und verkaufte. Dort war ihm nicht nur Meenakshi, die bezaubernde Verkäuferin, aufgefallen, sondern auch ein holzgeschnitzter Buddhakopf, der ihn mit seinen niedergeschlagenen Augenlidern zeitlos anlächelte. Er hatte ihn sich einpacken lassen. Amon hatte gelacht und gesagt, Radu solle aufpassen, dieser Kauf könne sein Leben verändern. Meenakshi steckte ihm noch ein Buch mit ein: «Raja-Yoga». Und Radu hatte es gelesen. Es war das erste Buch, das ihn an den Buddhismus heranführte. Aber nicht das letzte. Er frass alles, was er darüber erfahren konnte, und mittlerweile chantete er morgens. Sosehr ihm auch die Philosophie des Buddhismus Wärme versprach, so sehr war er doch in der Geschichte seines Lebens verhaftet. Er war ein Gangster. Und keine kleine Nummer. Er mischte überall mit, wo es Geld zu scheffeln gab. Bis auf das Drogengeschäft. Davon hatte er immer die Finger gelassen. Für ihn eine Sache der Ehre. Altmodischer Luxus, den er sich leistete.

Aber da Radu sich aufs Töten verstand, konnte er sich auf dem Markt behaupten.

Und jetzt stand er hier, bückte sich und hoffte, noch einige Kastanien zu finden, die er später im Cheminée rösten konnte. Zwei hatte er schon überprüft. Die eine war faul, in der anderen kroch ein Wurm. Er sah die Kastanien an und dachte an seine beiden Neffen. Besser hätte er sie nicht beschreiben können. Aber sie waren die Söhne seiner Schwester Stella. Sie hatte ihn angebettelt, den beiden Jungs endlich eine grössere Aufgabe anzuvertrauen. Radu hatte nachgegeben. Und nun hatte er den Salat. Die beiden waren tot am Ufer der Melezza aufgefunden worden. Radu hatte ihnen nicht den Auftrag gegeben, in Häuser einzubrechen und Schmuck zu rauben. Er hatte ein Treffen ganz anderer Dimension organisiert. Der Deal war über Amon gelaufen. Er hatte von einem Mittelsmann gesprochen, der wertvolle Ware zu sehr günstigen Preisen losschlagen wollte. Und diesen Erstkontakt hatte Radu seinen beiden Neffen anvertraut. Eine erste Prüfung. Stella hatte es gefreut. Gleichzeitig war es eine ungefährliche Sache gewesen, bei der eher kaufmännisches Geschick als kriegerischer Einsatz gefordert war. Und Radu hatte es als gutes Zeichen gesehen, dass der Ort der Verhandlung ausgerechnet Borgnone sein sollte. Dort, wo einst sein neues Leben begonnen hatte.

Er hob eine dritte Kastanie auf. Die war gut. Er steckte sie in die Jacke seines Wollmantels. Den hatte er nicht gegen eine Trekkingjacke gewechselt. Es hätte ihn zu sehr an einen Trainingsanzug erinnert.

Ein Auto hupte hinter ihm. Er drehte sich um. Ein olivgrüner Fiat Panda. Radu trat einen Schritt zur Seite und liess den Wagen vorbei. Er stakste den Feldweg zurück bis zur Strasse und machte sich auf den Weg zum Ferienhaus Nappa.

***

Laura sah in den Rückspiegel. Ein seltsamer Wanderer. In Anzughose und feinem Wollmantel. Aber mit Rucksack und in Trekkingschuhen. Das passte nicht zusammen. Und obendrein im Oktober, wo sich sonst niemand hierher verirrte.

Sie parkierte den Wagen vor dem Rustico und stieg aus. Der Fremde schlug am Ende des Waldwegs nach rechts ein. Rechts oben gab es nichts. Bis auf das Ferienhaus Nappa am Ende der Strasse. Wollte er dorthin? Vielleicht ein ausländischer Polizist, der sich um den Fall der beiden toten Rumänen kümmerte? Irgendwie sah er so aus. Wie aus einem italienischen Krimi der Siebziger. Ja, er hatte etwas von Lino Ventura. Nur grösser. Ein Bär. Lauras Neugierde war geweckt. Ihre Phantasie angestachelt. Sie wäre keine gute Journalistin, würde sie den Bären jetzt einfach ziehen lassen. Sie setzte sich in den Panda, wendete und fuhr den Waldweg zurück. Sie bog nach rechts ab und fuhr die Strasse entlang. Der Bär war verschwunden. Oder konnte er so schnell gehen? War er plötzlich gerannt? Sie bog um zwei weitere Kurven. Niemand zu sehen. Bis zum Ferienhaus Nappa waren es noch knapp zwei Kilometer. Sollte sie bis dorthin fahren? Nein. Was sollte das bringen? Ausserdem würde es bald dunkel werden. Und sie kam nicht gerne bei Dunkelheit im Rustico an. Einheizen musste sie auch noch. Sonst konnte sie direkt ins Bett gehen. Und das lag nicht drin. Sie musste schreiben und sich einen Schlachtplan zurechtlegen.

Sie wendete den Wagen und fuhr zurück. Noch immer nach dem Bären Ausschau haltend. Vielleicht war er ja nur kurz in den Büschen gewesen? Nichts. Sie hatte ihn verloren, wie sie ihn gefunden hatte. Würde sie Bertini davon erzählen, er würde sie endgültig für überdreht halten. Vielleicht war sie das auch. Erst der Tod ihrer Tante, vor drei Tagen die Absage von der NZZ und heute der Irrtum mit Tomaso. Das alles nagte an ihr. Sie brauchte einen Erfolg.

Sie fuhr langsam in den Waldweg. Dort, wo sie den Bären gesehen hatte, hielt sie an und öffnete die Tür. Zwei grosse Fussabdrücke im Matsch. Starkes Profil. Sie hatte sich den Bären also nicht eingebildet. Das beruhigte sie. Gleichzeitig machte es sie aber nervös, dass er plötzlich verschwunden war. Am Ende lag er tot im Wald wie die beiden anderen Fremden. Erschlagen vom unbekannten dritten Mann. Oder war der Bär vielleicht der Unbekannte? Lauras Herz schlug höher. Sie wollte handeln. Ihn jagen, finden, befragen. Aber wo anfangen? Sollte sie blind durch den Wald rennen? Bertini anrufen und eine Grossfahndung mit

Hunden beantragen? Lächerlich. Sie stellte den Wagen ab, nahm ihre Reisetasche und den Laptop von der Rückbank und stieg aus. Sie klopfte sich den Matsch von den Stiefeln, holte den Schlüssel aus seinem Versteck und schloss die Tür auf. Es roch klamm nach altem Rauch.

Laura ging direkt in die Küche und knipste das Licht an. Es blieb dunkel. War die Birne schon wieder durchgebrannt? Sie öffnete das Fenster. Licht, Luft und Niesel drangen ein. Sie stieg die Stufen ins Obergeschoss hoch und versuchte sich dort am Lichtschalter. Auch hier blieb es dunkel. Hatten sie den Strom abgestellt? Laura öffnete die grosse Fenstertür, die auf einen kleinen Balkon führte, und ging hinunter. Im kleinen Bad hing der Sicherungskasten. Vielleicht war die Sicherung beim letzten Gewitter rausgesprungen. Ja. Sie drückte den Hauptschalter hoch. Das Licht im Bad leuchtete. Warum? Sie hatte den Schalter nicht geknipst. Hatte sie im September vergessen, das Licht im Bad auszuschalten? Seltsam. Sie verliess das Bad und ging in die Küche. Jetzt ging das Licht auch hier. Sie schloss das Fenster und nahm das Päckchen Kaffee heraus, das sie von zu Hause eingepackt hatte. Betend, dass die Bombola noch genügend Gas hatte, drehte sie am Knopf des Zweiplattenherds. Glück gehabt. Es schnorchelte und hustete, dann strömte das Gas. Laura setzte den Kaffee auf und ging zum Cheminée. Sie hatte es im September nicht mehr geputzt. Alte Asche und nicht zu Ende gebrannte Kohlereste lagen darin. Sie schob sie zusammen und bettete das Kleinholz darauf. In der Dose fand sie noch zwei Zündwürfel. Ein halber würde genügen. Sie hatte auch noch die heutige Ausgabe ihrer Zeitung. Die verbrannte sie gerne. Etwas Fichte, Kastanie und viel Buche. Tomaso hatte Beziehungen. Seinen Eltern gehörte der Forstwald weiter oben. Dort schlugen sie regelmässig Buche. Ansonsten kam die Buche, die man hier verheizte, aus der Ukraine. Das wussten die wenigsten. Laura hatte einen Artikel darüber geschrieben und Ärger bekommen, weil sie polemisch gefragt hatte, wie sich die Schweizer wohl fühlten, sich am Holz von Ausländern zu erwärmen? Ob das Knistern im Cheminée nicht ein heimtückisches Untergraben der schweizerischen Heimeligkeit sei? Sie grinste bei dem Gedanken. Im Grunde ziemlich pubertär. Aber sie wollte auf sich aufmerksam machen, zeigen, dass sie mehr konnte und weiter dachte als nur bis an den regionalen Rand.

Die Flamme zündete, das Kleinholz knisterte, die Zeitung fing Feuer. Gleich würde es in der Küche warm werden.

Laura zog weiter. In der Stube, die ebenerdig lag, war sie noch gar nicht gewesen. Hier wollte sie es auch gemütlich haben. Nur oben im Schlafzimmer konnte es kalt bleiben. Sie würde sich in ihren Schlafsack kuscheln, der selbst zwanzig Grad minus im Freien vertrug.

Sie knipste das Licht an und erschrak. Im Ohrensessel von Fausta sass er. Der Bär.

«Lassen Sie sich nicht stören. Es ist in der Tat gemütlicher mit Feuer im Cheminée.»

«Was machen Sie hier? Wer sind Sie? Wie kommen Sie hier rein?»

«Welche Frage möchten Sie zuerst beantwortet haben?»

Laura zückte ihr Handy. «Wenn Sie nicht sofort verschwinden, rufe ich die Polizei.»

«Wenn ich ein Böser wäre, wären Sie tot, noch ehe Bertini sich seinen Hut aufgesetzt hat.»

«Sie kennen Bertini?»

«Kennen ist übertrieben. Ich weiss, dass es ihn gibt.»

«Und wer sind Sie?»

«Rufen Sie Bertini an, er sagt es Ihnen vielleicht. Er weiss, wer ich bin, will mich aber nicht kennen. Verstehen Sie?»

«Nein. Das ist mir zu hoch.»

«Machen Sie Feuer. Dann kläre ich sie auf, Laura.»

«Woher kennen Sie meinen Namen?»

«Borgnone und Umgebung ist nicht Delhi. Da kann man sich ein paar Namen merken. Zumindest die wichtigsten.»

«Und warum haben Sie sich meinen gemerkt?»

«Weil Sie neugierig sind. Sie wollten wissen, wer ich bin, und sind mir nachgefahren.» Er stand auf, ging ans Fenster und öffnete es. «Ich habe es mir zur Gewohnheit gemacht, an jedem Ort, an dem ich für eine Zeit weile, mich über Polizisten, Ärzte, Pfarrer und Journalisten zu erkundigen. Früher waren noch die Lehrer dabei. Aber die haben mittlerweile an Einfluss verloren.»

«Und weswegen tun Sie das?»

«Damit ich Bescheid weiss. Im Grunde bin ich auch so etwas wie ein Journalist. Ich muss immer wissen, wer am meisten weiss. Wenn ich nicht im Bilde bin, kann es sein, dass ich verliere.»

«Und was ist Ihr Spiel?»

«Das schnelle Geschäft. Je heisser, umso grösser der Hebel.»

«Was für Geschäfte?»

«Internationale Vermittlung.»

«Schieber.»

«Händler.»

«Schliessen Sie bitte das Fenster.»

«Angst, dass uns jemand belauschen könnte?»

«Ich kann das Cheminée nicht anzünden, wenn das Fenster offen steht. Der Rauch zieht dann nicht in den Kamin, sondern ins Zimmer.»

«Richtig, ich erinnere mich. Bei meiner Grossmutter war das auch immer so. Schon eine Weile her.» Er schloss das Fenster. Laura machte sich daran, anzufeuern.

«Warum rufen Sie Bertini nicht an? Haben Sie jetzt keine Angst mehr vor mir?»

«Doch. Ich habe Angst vor Ihnen. Deswegen rufe ich ihn nicht an.»

«Kluges Kind.» Er setzte sich in den Sessel.

«Sind Sie Deutscher?»

«Spreche ich so gut?»

«Ich kenne den Akzent nicht. Ausserdem sehen Sie südländischer aus. *Parla italiano?*»

«Sì. Certo. Anche francese, spagnolo, russo, turco e romeno. Che lingua preferisce?»

«Deutsch ist in Ordnung.» Sie zündete das Feuer an und trat einen Schritt vom Cheminée zurück. «Sie sind Rumäne, habe ich recht?»

«Sehr gut.»

«Sie sind hier wegen der beiden Toten.»

«Weiter.»

«Sie sind der dritte Mann.»

«Falsch. Ich suche den dritten Mann.»

«Ich auch.»

«Ich weiss.»

«Von Bertini.»

«Das riecht gut. Ich mag das erste Feuer. Wenn man noch nicht weiss, wie es sich entwickeln wird. Es ist noch hungrig und unruhig. Wie der Anfang einer Romanze.» Er stand auf, nahm einen Schürhaken und stocherte in den Flammen. «Und am Ende bleibt nur Asche.» Er drehte sich zu Laura. Sie sah ängstlich auf das Eisen. «Die beiden Toten, das waren meine Neffen. Ich will wissen, wer sie umgebracht hat.»

«Was hatten sie hier zu tun?»

«Geschäfte für mich zu erledigen.»

«Einbrüche?»

«Blödsinn. Das mache ich schon lange nicht mehr. Wer in meinem Alter noch mit privatem Kleinkram dealt, hat etwas falsch gemacht. Wenn die beiden Jungs ihr eigenes Geschäft hätten aufziehen wollen, hätten sie vielleicht so angefangen. Aber sie waren bereits in Führungspositionen in einem florierenden Unternehmen. Wieso sollten sie sich dann mit dummen Einbrüchen das Leben erschweren?»

«Weil es ins Klischee passt?»

«Richtig. Die Rumänen brechen in Rustici ein, die Polen klauen Autos, und die Schweizer waschen sich die Hände im sauberen Wasser von Nestlé.» Er grinste und stellte den Schürhaken zurück. «Ich glaube, der Kaffee kocht. Meinen Sie, er reicht für uns beide?»

Laura trocknete sich ihre feuchten Hände an der Jeans, lächelte verkrampft, fuhr sich durchs blonde Haar und nickte. Sie verschwand in der Küche und nahm zwei Espressotassen aus dem Schrank. Sie merkte, dass sie zitterte. Ein Unterteller glitt ihr aus den Fingern und barst auf den Kacheln.

«Beruhigen Sie sich.» Der Bär war ihr gefolgt. «Sie brauchen sich vor mir nicht zu fürchten. Ich habe keinen Grund, Ihnen etwas anzutun. Und ich glaube nicht, dass Sie so dumm sein werden, mir Grund zu geben.» Er bückte sich und hob die Scherben auf. «Wohin damit?»

Laura sah ihn verstört an und stotterte: «Legen Sie sie einfach dort auf die Fensterbank. Ich entsorge sie später.»

«Scherben sollte man immer gleich entsorgen.» Er lächelte doppelbödig. Laura glaubte zwei überlange Eckzähne in seinem Mund zu sehen. Er kam aus Rumänien. Dracula fiel ihr immer als Erstes ein. Dann Ceauşescu. Und zuletzt Herta Müller. «Sind Sie Sudetendeutscher?», fragte sie.

«Nicht wirklich. Ursprünglich komme ich aus der Gegend von Temeswar.»

Sie goss Kaffee ein und reichte dem Bären eine Tasse.

«Haben Sie auch Zucker?»

«Ja. Aber keine Milch.»

«Zucker genügt.»

Laura kramte in einem Körbchen, in dem neben Pflastern, Reissnägeln und Haargummis auch Zuckertütchen lagen. «Eins oder zwei?»

«Eins.»

Sie gab es ihm. Dabei berührten sich ihre Finger für eine Sekunde. Es war wie Strom. Als Kind hatte Laura gerne Kuhzäune angefasst und die Stromschläge genossen. In der Pubertät hatte sie an offene Kupferkabel gefasst. Sie mochte die Überraschung und das Herzklopfen, das solche Schläge hinterliessen. Der Kuss von Tomaso hatte noch nicht einmal die Spannung einer Flachbatterie gehabt. Und der Bär brauchte sie nur einen Moment mit dem kleinen Finger zu berühren, schon standen ihr die Haare zu Berge. «Sie haben das Terror-Regime von Ceauşescu noch erlebt?»

«Ich bin darin aufgewachsen. Aber ich hatte mich irgendwann entschieden, das Land für eine Weile zu verlassen.»

«Wo leben Sie jetzt?»

«Wieder in Bukarest.»

«Die Zeiten haben sich geändert.» Ihr fiel nichts Besseres ein.

«Die Menschen nicht.»

«Wollen wir rüber?»

Er ging vor und setzte sich in den Ohrensessel. Laura hockte sich auf den Stuhl neben dem kleinen Esstisch und rührte im Kaffee.

«Was wollen Sie von mir?», fragte sie endlich.

«Sie sollen mir helfen, den dritten Mann zu finden.»

«Und warum ich?»

«Weil Sie ihn sowieso suchen. Wenn ich zu viel schnüffle, wirbelt das Staub auf. Wenn Sie Fragen stellen, ist das normal.»

«Meine Zeitung gibt mir nur noch das Wochenende für die Story. Wenn ich bis am Montag nichts habe, muss ich mich anderen Themen widmen.»

«Kündigen Sie.»

«Was?»

«Sie haben richtig gehört.»

«Wie stellen Sie sich das vor? Wovon soll ich leben?»

«Was verdienen Sie im Jahr? Vierzigtausend netto? Fünfzigtausend? Und wofür? Das Attraktivste, das Sie schreiben, sind noch die Filmrezensionen. Und Sie schreiben gut. Ich habe einiges gelesen. Wegen Ihrer Buchrezension habe ich sogar Tanja Maljartschuk gelesen. Und ich habe nicht viel Zeit, um zu lesen. Sie können mehr, Laura. Aber es gibt viele, die mehr können. Und bei denen entscheidet dann immer, ob sie eine günstige Gelegenheit bekommen. Hier ist eine günstige Gelegenheit. Sie müssen nur zugreifen.»

«Ich verstehe nicht ganz.»

«Arbeiten Sie für mich. Sie bekommen hunderttausend, wenn Sie diese Woche für mich recherchieren. Hundertfünfzigtausend, wenn wir den dritten Mann finden. Und obendrein dürfen Sie meine Biografie schreiben.»

«Ihre Biografie?»

«Ja. Es ist an der Zeit, Gutes zu tun. Aber erst finden wir den Mörder meiner Neffen.» Er trank den Kaffee aus, stand auf und ging zur Tür.

«Kann ich Ihre Telefonnummer haben?», fragte Laura.

Der Bär drehte sich um. «Ich habe Ihre. Aber die hat auch Bertini. Ich glaube, telefonieren ist keine gute Idee.»

«Und wie finde ich Sie, falls ich etwas habe?»

«Bleiben Sie hier wohnen. Dann sind Sie leicht zu finden. Und falls Sie unterwegs sind, können Sie mir einen Zettel dorthin legen, wo sie sonst immer den Schlüssel verstecken.»

«Sie glauben, mein Telefon wird abgehört?»

Er grinste. «Tomaso, vergiss es. Wir hatten uns nie wirklich was zu sagen. Am Anfang war es wenigstens erotisch. Aber eben nur am Anfang.»

Laura fiel die Lade runter. Genau so hatte sie es Tomaso gesagt. Am Telefon. Wort für Wort.

«Ich hoffe, zwischen uns bleibt es prickelnd.» Er wollte gehen.

«Wie heissen Sie?»

«Steiner. Radu Steiner. Und falls es sehr dringend sein sollte: Ich wohne im Ferienhaus Nappa.» Er ging.

ZWEI

Laura wälzte sich und kämpfte mit dem Schlafsack. Sie kam sich vor wie eine Raupe, die sich entpuppen wollte. Luft, Raum, Verwandlung. Sie schlug die Augen auf, starrte zur Decke. «Als Gregor Samsa eines Morgens aus unruhigen Träumen erwachte, fand er sich in seinem Bett zu einem ungeheuren Ungeziefer verwandelt.» Dieser erste Satz von Kafkas «Verwandlung» schoss ihr durchs Hirn. Sie sah hinab. Nein, sie hatte keinen «gewölbten braunen, von bogenförmigen Versteifungen geteilten Bauch». Sie war noch sie selbst. Oder begann sie erst, sie selbst zu werden? War die Verwandlung ein Entfremden oder ein Finden seiner selbst?

Sie knipste die kleine Lampe mit dem Milchglas an, die neben ihrem Bett auf dem Boden stand, und schälte sich aus dem Schlafsack. Laura zog das nasse Nachthemd aus und nahm ein langes T-Shirt aus der Reisetasche. Wenn sie hier einziehen sollte, musste sie morgen noch mal nach Hause fahren, um frische Klamotten zu holen. Sie blickte auf ihr Handy. Halb drei. Es würde jetzt nichts bringen, wieder in den Schlafsack zu kriechen. Kein Auge würde sie zukriegen. Sie schlüpfte in die graue Jogginghose, die sie mit eingepackt hatte, warf sich einen Kapuzensweater über, der noch vom letzten Besuch über einem Stuhl hing, und ging nach unten in die Küche. Sie klopfte den alten Kaffeesatz aus der Kanne und stopfte neuen nach. Draussen schepperte es. Laura schrak herum und lauschte. Sie hörte das Greinen und Fauchen von zwei Katzen. Dann war wieder Ruhe. Sie setzte den Kaffee auf und ging ins Wohnzimmer. Auf dem Kastanientisch lag der Laptop. Sie klappte ihn auf und fuhr ihn hoch. Sie drückte den Internet-Stick in den USB-Schlitz und wartete, bis sie Internet hatte. Der Kaffee schnorchelte. Sie nahm ihn vom Herd, goss sich das ganze Kännchen in eine grosse Tasse und setzte sich hinter den Laptop. Es fror sie an den Nieren. Sie nahm Faustas rote Wolldecke vom Sofa und wand sie sich um die Hüften. Es konnte losgehen. «Radu Steiner» tippte sie bei Google ein. Nur ein Eintrag bei Facebook. Laura klickte ihn an. Das Gesicht gehörte einem anderen. Nichts Aufregendes. Radu Steiner war dem Internet unbekannt. Dafür Millionen Einträge über Rudolf Steiner. Ein rotes Tuch für Laura. Sie war anthroposophisch erzogen worden und hatte sich gelangweilt. Sie hätte die harte Schule gebraucht. Kein Buchstabentanz, sondern geschliffenes Schreibhandwerk. Jahre gingen ihr verloren durch diese Weichspüler. Aber was half hadern? Jetzt hatte sie die Chance, einen Quantensprung zu machen. Was sie gerade anpackte, war gefährlich, das spürte sie. Und es reizte sie, auch wenn sie sich vor Angst in die Hosen machte. Radu Steiner hatte ihr Geld und die Autorenschaft seiner Biografie versprochen. Aber was war seine Biografie wert? Im Internet kannte ihn niemand. War das gut oder schlecht? Wer war dieser Mann, der ihr die Komplizenschaft anbot und behauptete, die beiden toten Rumänen wären seine Neffen gewesen? Durfte sie das einfach glauben? War sie so naiv? Durfte sie ihren Job aufgeben und für diesen Fremden arbeiten? Was, wenn er sie nur zum Narren hielt?

Laura trank den Kaffee und verzog das Gesicht. Sie hatte ihn zu stark gebraut. Er würde ihr auf den Magen schlagen.

Sie hatte immerhin das Wochenende. So viel Zeit blieb ihr, um herauszubekommen, wie ernst es der Bär meinte. Und vielleicht konnte sie Dani noch ein paar Tage abringen, wenn sie etwas Handfestes vorweisen konnte. Von Radu durfte sie Dani nichts erzählen. Oder doch? Warum sollte sie ihn raushalten? Weil ihr Instinkt sagte, dass es gesünder für sie wäre. Der Bär war ihr unheimlich. Und gleichzeitig zog er sie an. Er war die Story, auf die sie ihr Leben lang gewartet hatte. Ihr Wendepunkt. Sie fühlte es.

***

Radus Handywecker klingelte. Sieben Uhr. Eine gute Zeit, um aufzustehen. Noch vor zwei Jahren war er täglich um fünf Uhr aufgestanden und hatte seine Stunde Körpertraining gedroschen. Obwohl er dadurch oft nur weniger als vier Stunden Schlaf gehabt hatte. Er hatte es durchgezogen. Disziplin. Und die Eitelkeit, mit Mitte vierzig noch immer mit einem Sixpack prahlen zu können. Und dann, mit einem Schlag, hatte Radu alles in Frage gestellt. Plötzlich sah er zurück auf ein Leben, das seins gewesen sein sollte. Karg, brutal und erfolgreich. Immer am Abgrund. Auf der Überholspur. Ja, Radu hatte es krachen lassen. Granaten und Sektkorken. Das Geräusch war für ihn ein und dasselbe. Drei Ehefrauen hatte er verschlissen. Durchweg Rasseweiber. Alle aus dem Milieu. Bis auf Mona dumme Hühner, die sich an ihn geschmissen hatten, weil er der stärkste Gockel gewesen war. Er hatte sein Kikeriki genossen. Er war genauso dumm gewesen. Aber der Mensch war nicht nur Tier, auch wenn die moderne Hirnwissenschaft ihm das wieder einreden wollte. Als Tier hatte er alles gewonnen, was es zu gewinnen gab. Als Mensch begann er sich erst zu entdecken. Buddha sollte ihm dabei helfen. Aber es wollte Radu nicht gelingen, ruhig im Lotussitz zu meditieren. Sein Affenhirn raste von einem Gedanken zum nächsten. Die Gedanken, die er wie Wolken ziehen lassen sollte, wurden grau und immer fetter, rieben sich in Spannung aneinander und entluden sich in einem heftigen Donner. Radu schrie und sprang auf. Er packte sich den Fernseher, der auf einem Hocker stand, und schleuderte ihn durch das Zimmer. Der Bildschirm platzte. Radu starrte auf die Scherben, riss das Fenster auf und rang nach Luft. Er fühlte sich schuldig am Tod seiner Neffen. Da er selbst nur eine Tochter hatte, die von ihm nichts wissen wollte, hatte er niemanden, dem er sein grosses Erbe abgeben konnte. Doch Radu wollte nicht bis ans Ende seiner Tage dem Unternehmen verpflichtet sein. Sein Plan war es gewesen, die beiden innerhalb der nächsten drei Jahre mit allen Geschäften vertraut zu machen und sich dann zurückzuziehen. Jetzt war alles dahin. Und Radu konnte nicht mehr zurückrudern. Er wollte nicht mehr. Er war diesen Schritt vom Tier zum suchenden Menschen gegangen und wollte weiterschreiten.

Er fegte die Scherben zusammen und dachte an die junge Journalistin. Sie gefiel ihm. Sie erinnerte ihn ein wenig an seine erste Frau. Ein Biest, das wie ein Engel dreinschauen konnte. Radu war sich sicher: Laura hatte es faustdick hinter den Ohren. Sie war die richtige Wahl. Sie würde ihn zum Mörder seiner Neffen bringen. Dann würde er ihr sein Leben diktieren. Was sie damit anfangen würde, war ihm egal. Er wollte es abladen. Seine grosse Beichte.

Danach würde er abtauchen. Vielleicht nach Indien. Buddha suchen. Aber noch war es nicht so weit. Um zehn wollte er in Camedo sein. Dort in die Centovallibahn einsteigen und Amon treffen. So war es abgemacht.

Ein Handy klingelte. Radu sah auf die Kommode. Dort lagen drei Telefone. Er nahm das mittlere. Eine Prepaid-Karte für die Zeit in der Schweiz. Nur drei Leuten hatte er die Nummer gegeben. Einer davon war Amon. Radu nahm den Anruf entgegen. «Ja? … Verstehe … Wie lange brauchst du? … Gut … Wenn du nur eine Minute drüber bist, platzt das Treffen …» Er legte auf. Amon würde sich verspäten. Er hatte ein paar Jungs im Nacken, die er erst abschütteln musste. Amon tippte auf den MND, den Militärischen Nachrichtendienst. Auf die Jungs hatte Radu keine Lust. Aber wenn er mit Amon arbeitete, war so etwas immer drin. Im Grunde war Amon verbrannt. Er war ein bunter Hund. Andere hätten schon längst die Karten hingeschmissen. Amon nicht. Er überlebte. Immer wieder. Vielleicht war das gerade seine Strategie. War er so bunt, dass er schon wieder unantastbar war? Er kannte jeden, der wichtig war. Auf allen Seiten. Das machte ihn sicher. Und trotzdem hingen sie ständig an ihm wie die Fliegen an der Scheisse. Eine Stunde mehr Zeit. Was sollte Radu damit anfangen? Mit Bukarest telefonieren? Die Lage dort abklären? Schliesslich liefen die anderen Geschäfte weiter. Ferien konnte sich Radu nicht leisten. Noch nicht. Erst musste er noch einige Transaktionen mit Amon durchziehen. Und er musste den dritten Mann finden. Dabei ging es nicht nur um die Aufklärung der beiden toten Neffen. Wenn der dritte Mann tatsächlich die Jungs auf dem Gewissen hatte, wusste er mehr, als Radu lieb war, und mischte im Geschäft mit. Dann war er ein grosses Hindernis für Radus Traum vom Rückzug.

Er nahm das rumänische Handy und wählte Stellas Nummer. Seine Schwester war die Einzige, der er wirklich vertrauen konnte. Dafür erwartete sie von ihm, dass er den Tod ihrer beiden Söhne gebührend sühnen würde.

«Ciao Stella, alles gut? … Ich bin dran. Es geht hier alles etwas langsamer. Das ist die Schweiz … Keine Sorge, ich treffe gleich Amon. Er wird mir mehr sagen können … hat sich der Monsignore gemeldet? … Wann? … Er wollte doch selbst kommen … Kenne ich nicht. Sei vorsichtig … überprüfe ihn gut … Bis dahin bin ich noch nicht zurück … ich weiss, dass es ein übles Geschäft ist. Aber wenn wir es nicht übernehmen, steigt Lupescu ein. Und das spricht sich rum … Du wirst das schon machen … geh aber nicht unter Preis. Die Römer sind gerissen … Bei ihnen kannst du mindestens fünfzig Prozent runterrechnen … Pass auf dich auf. Und nimm Marcel mit. Egal, wo du bist. Es ist mir wohler, wenn er in deiner Nähe ist … Ich melde mich, sobald ich mehr weiss … *Am imbratisa pe tine.*» Er legte auf und steckte alle drei Handys in den Rucksack. Zwei frische Unterhemden packte er mit hinein. Ohne frische Unterhemden ging er nie aus dem Haus. Vielleicht auf einen Empfang. Aber sobald er sich länger bewegte, begann er zu schwitzen wie ein Dampfross. Und es war gefährlich, wenn er auskühlte. Er fing sich sofort einen Husten ein. Schwache Bronchien. Hatte er schon als Kind gehabt. Er hatte sie trainiert. Durch Laufen, Schwimmen, Karate. Und trotzdem. Sobald er schwitzte und leichten Zug bekam, begann er zu husten.

Er schulterte den Rucksack und verliess das Rustico. Noch immer feucht und grau. Kein Regen, aber Niesel. Radu hustete einmal und marschierte los. Er hatte sich keinen Kaffee gemacht. Er war nicht gut darin. Aber er wusste, wo er guten bekommen würde.

***

Laura hielt noch immer das Handy umklammert und starrte aus dem Fenster. Was sie über das Internet nicht hatte recherchieren können, hatte sie über Felix herausbekommen. Felix hätte überall Karriere machen können, wo es ums Programmieren und Hacken ging. Aber er zog es vor, sich in seiner Spielkonsolenwelt einzurichten und dort ein Star zu sein. Laura hatte Glück gehabt, dass sie Felix überhaupt in dieser Welt erreicht hatte. Vielleicht hatte er gerade aufs Klo gemusst. Manche Dinge gingen eben doch nicht virtuell. Jedenfalls war Felix guter Laune gewesen. Glück für Laura. Wenn sie ihn in einem Depriloch erwischt hätte, hätte er noch nicht einmal in den Hörer gegrunzt. So hatte er sogar mit

Laura geflirtet und sich ihr untertänigster Diener genannt. Was für einen Film Felix auch gerade fahren mochte, Laura war ihm dankbar, dass er ihr Infos über Radu Steiner besorgt hatte. Und auch wenn Felix gut war, so konnte Laura davon ausgehen, dass er ihr auf die Schnelle nur die Spitze des Eisbergs hatte besorgen können. Aber es genügte Laura, um sich darüber klar zu sein, an wen sie geraten war.

Es klopfte an der Tür. Laura schrak hoch. Ein Blick aus dem Küchenfenster verriet ihr den Besucher. Radu. Er winkte und lächelte freundlich. «Ich stehe auf Ihren guten Kaffee. Gibt's davon noch etwas?»

Laura öffnete die Tür. «Guten Morgen», sagte sie und fuhr sich unsicher mit der Hand durchs Haar. «Ja. Gerne. Ich setze gleich welchen auf.»

«Darf ich reinkommen?»

«Gestern haben Sie nicht gefragt.»

«Gestern waren wir noch keine Freunde.»

«Sind wir jetzt Freunde?»

«Ich mache nur mit Freunden Geschäfte.» Er lächelte mit den Augen und trat ein. Erst jetzt hatte Laura seine Augen bemerkt. Ein sehr helles Braun mit einem Stich Grün. Fast Gelb, wenn er ins Licht sah. Ein starker Kontrast zu den schwarzen Augenbrauen. Sie ging an den Herd und setzte frischen Kaffee auf. «Gibt es bei Ihnen oben keinen Kaffee?» Irgendetwas musste sie ja sagen.

«Keine Ahnung. Habe nicht nachgesehen. Es gibt kaltes Wasser. Immerhin.»

«Harter Hund, was?» Es war ihr rausgerutscht. Sie merkte, dass sie knallrot wurde, und versuchte so gut wie möglich den Kopf in Richtung Herd zu drehen.

«Recherchiert?» Radu war nahe an sie herangetreten. Sie konnte ihn riechen. Den Bären. Drüber lag der Duft eines Parfüms, das sie nicht kannte. Sie drehte sich mutig um und fragte wieder etwas Dummes, um sich über die Zeit zu retten. «Was ist das für ein Parfüm?»

«‹Moods›, von Krizia. Kopfnoten Koriander und Kardamom, Herznoten Maiglöckchen und Rose, Basisnoten Leder, Moschus und Zeder.»

Betörend. Viel zu nah. Und die gelben Augen. Nein. Das war es nicht, was ihn plötzlich so attraktiv machte. Es war der Abriss seiner Vita, die ihr Felix gemailt hatte. Radu war ein Gangster. Und nicht irgendeiner. Einer, den sie nie verurteilt hatten, obwohl er mehrmals vor Gericht gestanden hatte. Raubüberfall. Schwere Körperverletzung, Menschenhandel, Waffenschmuggel, Geldwäscherei und Totschlag. Aber immer war er davongekommen. Entweder waren die Beweise nicht stichhaltig genug, oder Zeugen knickten ein. Einmal war sogar eine wichtige Zeugin einen Tag vor der Verhandlung aus dem Fenster gesprungen. Ein anderer Zeuge war von einem Müllwagen überfahren worden.

Nein, Koriander und Kardamom waren es nicht, was Laura plötzlich schneller atmen liess. Es war der Eros der Gefahr.

Radu trat einen Schritt zurück. «Und? Was haben Sie herausgefunden?»

Der Kaffee kochte. Laura nahm ihn vom Gas und goss ihn in eine Tasse. Sie drückte Radu Tasse und Zucker in die Hand. «Ich habe geschlafen und schlecht geträumt. Wenn nur die Hälfte davon stimmen würde, was ich geträumt habe, hätte ich nach dem Erwachen sofort meine Sachen gepackt und wäre abgehauen.»

Radu ging mit Tasse und Zucker ins Wohnzimmer und setzte sich in den Ohrensessel, den er zu seinem Stammplatz erkoren hatte. «Sie träumen noch immer», sagte er. «Sie sind zur Träumerin geboren.»

«Kennen Sie mich?» Sie setzte sich auf den Stuhl neben dem Esstisch. Plötzlich war ihr, dass er seit gestern nicht fortgewesen und sie nicht von ihrem Stuhl aufgestanden war.

«Laura Leone, einunddreissig Jahre, ledig. Beziehungen halten allenfalls drei Monate. Danach verlässt sie die Männer, weil sie ihr zu langweilig werden. Oder weil sie Angst vor Bindung hat. So genau kann ich das nicht einschätzen. Ich bin kein Psychologe.»

«Was sind Sie dann?»

«Später. Jetzt sind wir bei Ihnen. Ihre Zwischenfrage verrät Sie. Sie ertragen es nicht, wenn man Sie dechiffriert.»

Laura verzog den Mund und wickelte sich strenger in die Wolldecke, die sie noch immer um die Hüften trug.

«Vater Neapolitaner, Journalist und Poet. Veröffentlichte zwei

Bände mit neapolitanischen Kurzgeschichten. Lustig und traurig. Alltag zwischen Korruption und Camorra in Napoli. Die Geschichten erinnern an Bukarest.»

«Sie haben sie gelesen?»

«Gehört dazu. Ich muss gestehen, es waren angenehme Hausaufgaben.» Er rührte im Kaffee und trank einen Schluck. «Leider erkannten sich einige Menschen in den Figuren wieder und konnten gar nicht darüber lachen. Und so wurde ihrem Vater nahegelegt, Napoli bei Nacht und Nebel zu verlassen. Da er kein Dummkopf war, floh er in die Schweiz. Erst nach Zürich, wo ihn ein Verleger aufnahm, der ihn aber ziemlich rasch, aus unerklärlichen Gründen, wie eine heisse Kartoffel fallen liess. Der deutschen Sprache nicht mächtig, zog es ihn ins Tessin, wo er bei der Zeitung anheuerte, für die Sie nun schreiben. Hier lernte er auch Ihre Mutter kennen, die Tochter eines wohlhabenden Geschäftsmanns, dem es gar nicht passte, dass seine Alleinerbin einen ausländischen Künstler heiraten wollte. Da sie aber schon schwanger war mit Ihnen und vom Abtreibungstisch floh, blieb nichts anderes als Heirat.» Er nahm einen weiteren Schluck. «Entschuldigen Sie bitte, wenn ich es so zusammenraffe. Ihr Vater hätte es bestimmt schöner ausgeschmückt.»

«Weiter.» Laura war gespannt, was er noch wusste.

«Da die alten Freunde aus Napoli überall ihre Fühler ausstreckten, hatten sie mitbekommen, dass der Schmierfink jetzt aus goldenen Schüsseln frass. Also hatten sie den Kontakt mit ihm wieder aufgenommen, um mit Ihrem Tessiner Grossvater ins Geschäft zu kommen. Kleine Geldwäsche, nicht mehr. Eine Gefälligkeit. Ihr Grossvater, ein rechtschaffener Mann, weigerte sich, auch ein Flehen Ihres Vaters nutzte da wenig.» Er trank den Rest aus. «Und so kam es, wie es kommen musste, wenn man der Camorra einen Gefallen abschlägt. Ihr Vater ertrank im Lago Maggiore, und Ihr Grossvater ging anschliessend das Geschäft mit den *amici* ein.»

«Was? Davon weiss ich nichts.» Laura war aufgesprungen.

«Warum sollten Sie? Das ist nichts, womit man in der Öffentlichkeit prahlt.»

«Sie lügen. Sie haben das alles erfunden. Mein Grossvater hätte so etwas nie getan.»

«Nein? Überlegen Sie mal. Wer wäre das nächste Glied in der Kette gewesen?»

«Er wäre lieber gestorben …»

«… als seine Tochter und seine Enkeltochter tot im Garten aufzufinden?»

Laura war plötzlich schwindlig.

«Wollen Sie ein Glas Wasser?» Er wartete keine Antwort ab, ging in die Küche, spülte die Kaffeetasse aus und füllte sie mit Wasser. Er ging damit zu Laura und reichte sie ihr. Sie roch wieder sein Parfüm. Er legte seine Hand auf ihre Stirn. Sie war kräftig, aber weich. Nicht starr. Seine Finger fassten nicht nur an, sie berührten. Warm und angenehm.

«Fieber haben Sie keins», sagte er, nahm die Hand weg und setzte sich in den Sessel.

Laura trank und sah ihn lange an. Sie trank wieder, sah in die Tasse und fragte: «Und was wissen Sie noch?»

«Nach dem Tod Ihres Vaters hielt Ihre Mutter das Trauerjahr ein und heiratete dann auf Wunsch Ihres Grossvaters den Anlageberater Sütterlin.»

«Nein. Nicht auf Wunsch meines Grossvaters.» Laura lag es bitter auf der Zunge. «Aus freiem Willen. Sie hat meinen Vater nie geliebt. Er war ihr nie gut genug. Ich war ein Unfall. Eine laue Sommernacht. Mehr nicht.»

«Sie haben keinen Kontakt mehr zu Ihrer Mutter?»

Laura sagte nichts.

«Wäre aber interessant.»

Sie sah zu ihm auf. «Wie meinen Sie das?»

«Sütterlin gäbe eine tolle Story ab.»

«Dem ist nichts nachzuweisen. Glauben Sie, ich habe daran noch nie gedacht?»

«Es gibt immer Leute, die mehr wissen als andere.»

«Und es auch beweisen können?»

«Und es auch beweisen können.»

Laura sprang auf. Viel zu schnell für ihren gekappten Kreislauf. Sie musste sich sofort am Tisch festhalten. «Geben Sie mir die Beweise.»

«Ich schlage vor, Sie legen sich zehn Minuten auf das Sofa und legen die Beine hoch. Dann fahren Sie mich nach Camedo. Zuerst haben wir ein anderes Geschäft zu erledigen.»

Laura gehorchte und legte sich auf das Sofa.

«Wollen Sie noch eine Tasse Wasser?», fragte er.

Laura hörte es nur von fern. Ihr Hirn war schwer wie ein Sack Blei. So sehr sie sich wehrte, es zog sie nach unten. Sie schlief ein.

***

Radu hatte sie schlafen lassen. Er wusste, dass er sie jetzt am Haken hatte. Vermutlich hätte es schon genügt, ihren Ehrgeiz zu benutzen, aber das Motiv der Rache war verbindlicher. Das wusste Radu von sich selbst. Nichts hatte ihn blinder gemacht, als Verräter zu sühnen. Deswegen hatte er schon viele Fehler begangen. Er hatte Glück gehabt, dass es am Ende immer wieder gut für ihn ausgegangen war. Aber er hatte der Rache abgeschworen. Jedenfalls der blinden. Seine Neffen würde er rächen müssen. Das war er Stella schuldig. Familie. Man kam nicht raus. Sie holte einen immer wieder ein. Aber sie gab auch Halt. Gab sie das? Er redete es sich ein. Auch wenn er sich belog, was würde es bringen, der Wahrheit ins Gesicht zu sehen?

Er fuhr den Panda auf die Strasse und bog links ab in Richtung Camedo. Er richtete den Spiegel. Hinter ihm fuhr ein Lastwagen mit frisch gefällten Baumstämmen auf dem Anhänger. Auch ihn würde man irgendwann fällen. Es sei denn, er würde tatsächlich den Absprung schaffen. Er drehte den Spiegel so, dass er sich selbst darin sehen konnte. Falten wie das Atlasgebirge. Nur um den Mund herum war er jung geblieben. Das jungenhafte Grinsen hatte er sich bewahrt. Er grinste sich an und lachte darüber. Ja, dem Teufel bübisch ins Gesicht grinsen, das konnte er. Und das würde er beibehalten, bis es so weit war. Er drehte den Spiegel wieder in Fahrposition und stellte das Radio an. Pubblicità. Zum Kotzen. Man konnte kein Radio mehr hören. Entweder sie laberten nur Stuss, oder sie dröhnten einen mit Werbung zu. Radu kramte im Handschuhfach blind nach einer Kassette und steckte sie in den Rekorder. «Seasons In The Sun» erklang. Von Terry Jacks. Der Song war von 1974. Da war Radu gerade sechs Jahre alt, und Deutschland wurde Fussballweltmeister. Gegen Holland. 2:1. Dreiundvierzigste Minute schoss Gerd Müller das Tor. Danach nur noch Zittern. Die Holländer waren besser gewesen. Aber die Deutschen gewannen. Glück für Radu. Er hatte das Spiel gemeinsam mit seinem Grossvater geschaut. Ein Deutscher. Die Rumänen waren für Holland gewesen. Es hätte Schläge gegeben, hätten die Deutschen verloren. Denn schon beim Elfmeter von Neeskens, der Deutschland mit 0:1 in Rückstand gebracht hatte, hatte Radu eine saftige Ohrfeige bekommen und musste das Lokal verlassen, weil der Grossvater behauptet hatte, Radu würde Unglück bringen. Radu hatte sich nicht mehr getraut, ins Wirtshaus zurückzugehen. Durchs Fenster hatte er versucht, etwas von dem Spiel zu sehen, aber die Leute hatten ihm die Sicht versperrt. Nur die heiseren Schreie und den schmetternden Jubel seines Grossvaters hatte er bei jedem Tor der Deutschen herausgehört. Der Gewinn der Weltmeisterschaft liess in Radu ein gespaltenes Gefühl zurück, das ihn seither nie mehr verlassen hatte. Zum einen war er froh gewesen, dass der Grossvater so gut gelaunt gewesen war, zum anderen hatte er angefangen zu glauben, dass er einer war, der anderen Pech brachte.

«We had joy, we had fun, we had seasons in the sun ...», sang Radu mit. Ziemlich falsch. Singen konnte er nicht. Das wusste er. Jemand hatte ihm mal gesagt, dass man das Singen lernte, indem man gut zuhörte. Und obwohl Radu gelernt hatte, gut zuzuhören, war es mit dem Singen nichts geworden. Er lauschte dem Text und entschied sich, dass ihm das Original von Jacques Brel besser gefiel. Brel sang in «Le Moribond» von einem Sterbenden, der die letzten Grussworte an die Menschen sendet, die ihn auf seinem Lebensweg begleitet hatten. Und er rief sie dabei auf, seinen Tod fröhlich zu feiern. Gerade das berührte Radu weit mehr als die offensichtliche Tränendrüsen-Melancholie von Terry Jacks. Gerne hätte Radu jetzt Brel gehört. Er würgte Jacks mitten in der dritten Strophe ab und fuhr ohne Musik weiter.

Ein Schweizer Militärfahrzeug kam ihm entgegen. Steyr A 680. Die Kiste fuhr mittig, sodass Radu nirgends vorbeikam. Radu bremste und hielt am Strassenrand. Der Steyr bremste ebenfalls.

Radu sah, dass er kein Militärnummernschild trug. Das beruhigte ihn. Der Fahrer stieg aus dem Wagen und kam auf Radu zu. Radu schätzte ihn auf Mitte dreissig. Er war drahtig und steckte in abgewetzten Militärklamotten. Er schien unbewaffnet. Radu musste abwägen. Das tat er, seit er mit zehn Jahren seine eigene Bande in Temeswar angeführt hatte. Abwägen. Risikomanagement. Ein Blick in den Rückspiegel verriet ihm, dass er immer noch den Rückwärtsgang einlegen und abhauen konnte. Der Steyr brachte höchstens achtzig Stundenkilometer. Der Panda war etwas schneller und wendiger.

Der Kerl kam direkt auf die Fahrertür zu, riss sie auf, wollte etwas sagen und brachte kein Wort heraus. Er versuchte etwas in seinem Hirn zu ordnen, schien dann das Puzzle zusammengesetzt zu haben und packte Radu am Kragen.

«Du Dreckschwein. Laura vögelt jetzt also mit dir. Bist ihr Sugar-Daddy, was?» Radu hatte den Sicherheitsgurt gelöst. Der Wüterich zerrte ihn aus dem Wagen und stellte ihn auf die Füsse. Radu wartete noch. Er wollte wissen, was der Hitzkopf noch alles preisgab.

«Lass die Finger von ihr, du alter Wichser, oder ich breche dir alle Knochen.» Er drückte Radu gegen den Panda. «Ist sie oben? Fährst du runter, um frische Brioches zu holen? Gemütliches Wochenende im Grünen, was? Rede! Woher kommst du? Siehst nicht aus wie einer von hier. Scheiss-Ausländer. Erst nehmen sie uns die Jobs, jetzt auch die Frauen weg. Itaker, stimmt's?» Er wirbelte Radu herum. Radu verlor das Gleichgewicht und stolperte auf den Asphalt. Er blieb liegen.

«Komm, steh auf, du Memme, und wehr dich wie ein Mann.» Der Eifersüchtige raste auf den Liegenden zu und holte mit dem Springerstiefel zum Tritt in die Magengrube aus. Jetzt war es an der Zeit zu agieren. Radu fing den Tritt mit den Händen ab, fasste den Fuss seines Gegners und drehte ihn mit einem Ruck und aller Kraft, dass es im Knöchel des anderen krachte. Der schrie auf und verlor das Gleichgewicht. Radu liess den Fuss los und stand auf. Dafür lag nun der andere.

«Signora Leone war so freundlich, mir ihren Wagen auszuleihen», sagte Radu und putzte sich den Schmutz von der Kleidung.

«Sind Sie verrückt geworden? Sie haben mir die Bänder gerissen.»

«Das kann man erst beurteilen, wenn es geröntgt ist. Sie sollten es tun.»

«Ich zeige Sie an wegen Körperverletzung.»

Radu beugte sich zu ihm nieder und sagte ganz leise: «Und bei wem würden Sie mich anzeigen wegen Totschlags?»

«Was? Wie?» Der Jammerlappen schiss sich in die Hosen.

«Keine Sorge. Ich tue Ihnen nichts. Aber ich wehre mich manchmal. Sie könnten sich entschuldigen, finden Sie nicht? Schauen Sie mal, wie ich aussehe. Ich bin Geschäftsmann und habe gleich ein wichtiges Treffen.»

«Was? Ja, natürlich. Entschuldigung vielmals. Ich wusste ja nicht, dass …»

Radu half ihm hoch.

«Scheisse. Ich kann nicht drauf stehen.»

«Können Sie fahren?»

«Ich weiss nicht, ob ich die Kupplung treten kann.»

«Sie haben ein Militärfahrzeug. Sie sind ein Krieger. Stellen Sie sich vor, Sie sind im Krieg.» Der leichte Spott in Radus Ton war nicht zu überhören. Er stützte den Verletzten. «Kommen Sie, ich helfe Ihnen in den Wagen. Wie heissen Sie?»

«Tomaso. Und wer sind Sie?»

«Sergeant Pepper.»

«Witzbold.»

«Ich kann auch anders. Seien Sie froh, dass ich witzig aufgelegt bin. Wenn ich meinen Termin wegen Ihnen verpasse, werde ich bestimmt nicht mehr witzig sein.»

Tomaso schluckte und kletterte unter Schmerzen in den Steyr. Er zündete den Motor und versuchte den ersten Gang einzulegen. Es gelang ihm nicht, den Fuss lange genug auf der Kupplung zu halten, und er würgte den Karren ab.

«Rück rüber», sagte Radu genervt.

Tomaso gehorchte und schob sich auf die Beifahrerseite. Radu startete den Wagen und fuhr ihn an den Strassenrand. Für einen Moment entführte ihn der Geruch des Militärwagens ins Jahr 1995, wo er mit Zvonko, einem kroatischen Freund der Fremdenlegion, gemeinsam einige Schlachten gegen die Serben geschlagen hatte. Was Zvonko wohl machte? Sobald die Sache hier erledigt war, würde er sich darum kümmern. Er war Zvonko noch etwas schuldig. Und irgendwie war es jetzt an der Zeit, alle Schulden zu begleichen.

«So, Tomaso. Und jetzt gibst du mir dein Handy.»

«Was? Warum?»

«Damit ich sicher sein kann, dass du keine Dummheiten machst. Ich brauche in den nächsten drei Stunden nämlich meine Ruhe.»

«Keine Angst, ich zeige Sie nicht an. Das habe ich vorhin nur so gesagt, in der Aufregung.»

«Ich weiss, Tomaso. Du bist ein schlauer Junge. Das Handy.»

Tomaso legte ihm das Telefon in die ausgestreckte Hand. «Und wie komme ich jetzt von hier weg?»

«Wie ist der Code?», fragte Radu.

«2710.»

«Dein Geburtstag?»

«Lauras.»

«Stimmt. Ich erinnere mich. Skorpion. Und was sind Sie?»

«Was?»

«Sternzeichen.»

«Fische. Warum?»

«Das kann nicht gut gehen.»

«Was soll der Scheiss? Stellen Sie mir jetzt das Horoskop?»

«Um deine Zukunft vorauszusagen, brauche ich kein Horoskop.» Nach diesem Satz wäre der Zeitpunkt gewesen, Tomaso zu töten. Vor ein paar Jahren hätte Radu es noch ohne Skrupel getan. Jetzt genügte ihm die Angst in Tomasos Augen. Radu tippte den Code ins Handy und tippte auf die Ikone der Anrufliste. «Laura Leone. Zehn Mal angerufen. Sieh an. Habt ihr euch so viel zu erzählen?»

«Sie nimmt nicht ab.»

«Verstehe. Deswegen bist du hochgefahren. Hast geglaubt, sie sitzt in ihrem Auto, und dachtest dann, ich sei ihr Lover?»

«Ja.»

«Vollidiot.»

«Was?»

«Du bist ein Vollidiot. Kein Wunder, dass sie dir den Laufpass gibt.» Radu wählte Lauras Nummer. Er war überrascht, dass sie bei Anruf Nummer elf abnahm. Er stellte den Lautsprecher laut. «Tomaso, lass mich in Ruhe. Sieh es doch einfach ein.»

«Laura, ich bin es. Onkel Radu. Tomaso war so freundlich, mir sein Handy zu leihen. Leider ist ein kleiner Unfall passiert, bei dem er sich den Knöchel verstaucht hat. Nun kann er nicht mehr weiterfahren. Wir sind etwa anderthalb Kilometer von dir entfernt. Wenn du zu Fuss hierherkommst, kannst du Tomaso zu einem Arzt fahren. Würdest du das bitte tun? Danke.» Er hatte ohne Pause durchgesprochen, um Laura keine Chance für Fragen zu geben. Er drückte den Anruf weg, steckte das Handy ein und drehte sich zu Tomaso. «Steig aus. Ich nehme den Steyr.»

Tomaso gehorchte. «Du kannst ihn am Bahnhof in Camedo abholen.»

Radu startete den Wagen, wendete ihn und fuhr los.

***

Laura versuchte Radu wiederholt auf Tomasos Handy zu erreichen. Er nahm nicht ab. Was war da passiert? Was hatte Radu plötzlich mit Tomaso zu schaffen? Sie schlüpfte in ihre Trekkingjacke, zog die Wanderschuhe an und verliess das Rustico. Sie legte den Schlüssel in das Loch über dem Türrahmen und marschierte los. Bevor sie vom Waldweg auf die Strasse wechselte, blickte sie sich zum Rustico um. Sie fühlte sich beobachtet. Seit Radus Erscheinen war alles anders. Und sie genoss es. So fühlte es sich an, wenn man an etwas dran war. Plötzlich lockte eine offene Tür, und sie ging durch. Wie ein gutes Videogame. Endlich begann ihr Leben. Am liebsten hätte sie getanzt vor Aufregung. Aber sie war sich bewusst, dass Radu nicht aus einem Videogame entstiegen war. Was Felix ihr über ihn berichtet hatte, konnte zwar zu einer Mafiacharge erster Güte passen – aber Radu war echt. Und ein falscher Schritt konnte auch für Laura den Absturz bedeuten.

Ihr Handy klingelte. Radu? Nein. Dani. Laura nahm den Anruf entgegen. «*Ciao Dani. Tutto bene?* … Ich mache gerade einen kleinen Spaziergang. Werde nachher noch ein paar Leute befragen … was? Aber warum? … Wir hatten doch abgemacht, dass ich bis Montag an der Sache dranbleiben kann … Nein. Auf keinen Fall. Den Scheiss kannst du selbst machen … Dani … Dani …» Dani hatte aufgelegt. «Leck mich am Arsch», schrie Laura ins Handy, wissend, dass Dani es nicht mehr hören würde. «Ihr alle seid feige Schweine! Und Heuchler!» Sie wusste nicht, wohin mit ihrer Wut. Ins Altersheim wollte Dani sie morgen schicken. Und anschliessend zum Volleyball. Sie trat gegen einen Stein, der auf der Strasse lag, und schrie ihre Wut in die Berge. Kein Echo. Sie wählte Danis Nummer. Dani nahm ab. «Ich kündige. Ab sofort. Macht euren Scheiss alleine.» Sie legte auf, steckte das Handy ein und atmete tief durch. Es ging ihr besser. Sie begegnete dem Stein, den sie fortgekickt hatte, hob ihn auf, drückte ihn fest und warf ihn, so weit sie konnte, auf die Wiese, die die Strasse säumte. Alle Hoffnung in einen Wurf. In einen Stein. In Steiner.

Ihr wurde flau. Genauso gut hätte sie beim Roulette auf Zahl setzen können. Nein. Steiner war weder Gerade noch Ungerade, Schwarz oder Rot – Steiner war eine Zahl. Vielleicht ihre Glückszahl. Vielleicht aber auch die Null.

***

Radu fuhr in Camedo ein. Das Dorf mochte zwanzig Häuser haben. Verschlafen lag es an der Grenze und zehrte noch von den Geschichten, als die Zigarettenschmuggler hier ihr Unwesen getrieben hatten. Radu erinnerte sich kaum an den Ort, den er auf seiner Flucht vor den Häschern der Fremdenlegion vor fünfundzwanzig Jahren passiert hatte, um bei Monza eine neue Identität zu kaufen. Er würde den Alten noch mal aufsuchen müssen. Später, wenn alle Hornissen aufgeschreckt waren. Monza würde Alarm gegeben haben. Bisher hatten sich seine Hintermänner ruhig verhalten. Wenn es sein musste, würde Radu bei dem Alten zu härteren Mitteln greifen. Radu hatte Monza eine Chance gegeben. Beim zweiten Mal musste er kooperieren.

Radu parkierte den Steyr auf dem kleinen Parkplatz beim Bahnhof und stieg aus dem Wagen. Ausser ihm war niemand hier. Er sah auf seine Longines Conquest. Kurz vor elf Uhr. Ein Taxi kam angefahren. Es hielt neben dem Steyr. Amon stieg aus und grinste Radu an. Das Taxi fuhr fort. Amon kam auf Radu zu und umarmte ihn drei Mal herzlich. Er trat einen Schritt zurück, musterte Radu und zwinkerte schelmisch. «Bist auch etwas runder geworden, hm? Aber steht dir gut. Du wirkst gesünder und attraktiver. Die Frauen mögen keine ausgemergelten Asketen.»

«Du musst es wissen, Amon.»

«Oja. Ich weiss es.» Er lachte wie ein Kind, hielt sich dabei den dicken Bauch und wischte sich eine Träne aus dem Auge. Er blickte auf die Schienen. «Wo ist die Bahn?»

«Wir fahren nicht mit der Bahn.»

«Nicht? Wieso nicht? Ich werde in Domodossola erwartet.»

«Wie das? Du hast mit mir eine Verabredung, Amon. Was willst du in Domodossola?»

«Radu. Ich fahre doch nicht einen Weg in die Pampa, um nur ein Geschäft abzuwickeln. Ich kombiniere meine Reisen stets mit mehreren Angelegenheiten.»

Radu brummte. So, dass es Amon hören konnte.

«Kein Grund zur Sorge. Ich bin trotzdem hundert Prozent bei der Sache.»

«Was ist das für eine Angelegenheit in Domodossola?»

«Schmutzig.»

Die Bahn kam und hielt.

«Steig ein.»

Amon gehorchte. Radu folgte ihm.

«Kann ich in Fahrtrichtung sitzen?», fragte Amon. «Mir wird sonst schlecht.» Amon setzte sich, ohne Radus Antwort abzuwarten, ans Fenster in Fahrtrichtung. Radu hockte sich neben ihn. Die Bahn fuhr an.

«Was ist mit dem MND?», fragte Radu.

«Abgehängt.»

«Sicher?»

«Sonst wäre ich nicht hier.» Er sah zu Radu. «Alter Freund, für wen hältst du mich? Wie lange bin ich jetzt schon dabei, hm? Wäre ich noch im Spiel, könnte ich ein paar Affen vom MND nicht abhängen? Da hatte ich schon ganz andere Kaliber an den Hacken.»

«Securitate.» Radu zwinkerte.

«Erinnere mich nicht daran. Das war die schlimmste Zeit meines Lebens.»

«Hatte dich keiner darum gebeten, mit dem Ceauşescu-Regime Geschäfte zu machen.»

«Ich war jung. Und ausserdem macht man immer die besten Geschäfte mit denen, gegen die Sanktionen verhängt sind. Das wusste schon Marc Rich.»

«Lebte der nicht hier irgendwo?»

«In Zug. Da muss ich auch noch hin. Auf dem Rückweg.»

«Du glaubst an einen Rückweg?»

Amon schluckte und sah Radu verstört in die Augen. «Willst du mir Angst machen?»

«Nein. Das war keine konkrete Frage. Eher philosophisch.»

«Aha. Wusste nicht, dass du unter die Philosophen gegangen bist.»

«Alles fliesst.»

«Den Bach runter. Nichts ist mehr, wie es war, seit diese Fundamentalisten wie die Irren toben.»

«Aber es lassen sich doch gut Geschäfte mit ihnen machen, oder?»

«Wie man's nimmt. Du weisst nie, ob bei den Schwachköpfen Geld oder Sprengstoff im Koffer ist. Das macht mich fertig.»

Sie schwiegen und sahen aus dem Fenster. Die Landschaft zog vorbei. Hin und wieder riss der Nebel auf, und ein Fetzen blauer Himmel zeigte sich.

«Sind wir schon in Italien?», fragte Amon.

«Ich glaube ja. So genau weiss man das hier nie.»

Zwei Zollbeamte kamen in den Wagen und kontrollierten die Pässe. Ausser Amon und Radu sass nur eine ältere Frau in dem Wagen. Sie zeigte den Beamten ihren Pass. Sie warfen flüchtig einen Blick darauf und steuerten auf Radu und Amon zu.

«Ihre Pässe, bitte», sagte der jüngere Beamte. Amon zeigte seinen. Der Beamte studierte ihn. «Sie kommen aus dem Iran?»

«Persien. Ich bin Perser. Aber schon lange nicht mehr dort gewesen.»

«Was haben Sie in der Schweiz gemacht?»

«Geschäftsfreunde besucht.»
«Und was wollen Sie in Italien?»
«La Dolce Vita geniessen.» Er lächelte ölig.
Der Beamte gab ihm den Pass zurück und drehte sich zu Radu. Radu streckte ihm seine Papiere unaufgefordert entgegen.
«Bukarest. Das ist heute aber eine bunte Gesellschaft. Ich dachte, die Rumänen reisen im Wohnwagenkonvoi.» Er sah Radu lauernd an. Radu liess sich nicht provozieren. «Ist alles in Ordnung mit dem Pass?»
«Einen kleinen Augenblick.» Der junge Beamte reichte Radus Pass dem älteren Kollegen. Der scannte ihn mit einem Apparat, den er bei sich trug, und wartete ein paar Sekunden. «Alles in Ordnung.» Der Ältere reichte den Pass an Radu zurück. Die beiden gingen weiter und setzten sich ins Abteil am Ende des Wagens.
«Mir wird jedes Mal flau, wenn ich kontrolliert werde», sagte Amon, «obwohl ich nichts verbrochen habe.» Er zwinkerte Radu zu.
«Was weisst du über den Tod meiner Neffen?»
Amon sah sich nach hinten um. Die Beamten waren ausser Hörweite. «Nicht viel. Es lief alles wie geplant. Die Ware wurde geliefert, und deine Jungs sollten sie übernehmen. Aber anscheinend hatten sie nicht das vereinbarte Geld dabei, sondern nur die Hälfte.»
«Das kann nicht sein. Ich habe ihnen den ganzen Betrag mitgegeben.»
«Firas behauptet aber das Gegenteil. Und Firas ist ein Mann von Ehre. Das weisst du.»
«Firas ist ein verblendeter Idiot.»
«Er glaubt an seine Sache. Ob er deswegen ein Idiot ist?»
«Ist er. Und wenn er behauptet, ich würde nicht voll zahlen, ist er ein Lügner, und dafür werde ich ihm die Zunge rausschneiden. So wie es bei ihm Brauch ist.»
«Dann enthaupte ihn lieber sofort. Das ist auch Brauch und sicherer. Aber du bringst uns um lukrative Geschäfte.»
«Wo ist er jetzt?»
«Keine Ahnung. Wir haben uns nur kurz in Zürich getroffen.

Keine zehn Minuten. Firas muss in Bewegung bleiben, sonst ist es aus mit ihm.»

Radu schnaufte durch die Nase. «Wenn Firas die Wahrheit sagt, heisst das, meine Neffen wollten ihr eigenes Geschäft machen.»

«Sieht so aus, Radu.»

«Wenn es so ist, sind sie zu Recht gestorben. Schade nur, dass ich es nicht selbst machen konnte.»

«Und du sagst, Firas sei ein Idiot? Hörst du dir überhaupt zu? Dasselbe Ehrengeblöke. Wie im Mittelalter. Diese ganzen Mafiastrukturen sind veraltet und albern.»

«Du hast recht, Amon. Veralteter Affenkram. Aber ich komme nicht davon los. Ich versuche es.»

«Mit Philosophie, ich weiss.»

«Und mit Buddhismus.»

«Im Ernst?»

«Ja. Den kann man gut biegen.»

Amon lachte. Radu stimmte mit ein. Sie sahen wieder aus dem Fenster.

«Und der dritte Mann?»

«Keine Ahnung.»

Radu sah Amon scharf an.

«Ich weiss es wirklich nicht.»

«Hängt der Vatikan mit drin?»

«Nein. Ich habe mit dem Monsignore gesprochen.»

«Lorenzo? Leitet er tatsächlich die Geschäfte?»

«Holzer ist tot.»

«Das war er schon öfters.»

«Diesmal hat es ihn aber wirklich erwischt.»

«Wer?»

«Gegner.»

«Davon hatte er genug. Was ist mit Stahl?»

«Längst draussen.»

«Was treibt er?»

«Er hat einen alten Boxclub in Zürich übernommen. Arbeitet mit schwer erziehbaren Jugendlichen.»

«Klingt gut.»

«Findest du?»

«Zu gut.»

«Nein. Stahl hat damit nichts zu tun.»

«Woher willst du das wissen?»

Amon druckste herum, rutschte unruhig auf dem Sitz hin und her.

«Weil er letzten Monat für mich unterwegs war. Am anderen Ende der Welt.» Er sah aus dem Fenster. Radu griff Amons Kinn mit einer Hand und drehte es zu sich.

«Sieh mich an, wenn du mich belügst.»

«Ich spreche die Wahrheit. Radu. Meinst du, ich wäre hier, wenn ich mit dem dritten Mann etwas zu tun hätte? Du bist ein Bluthund. Du würdest es sofort wittern.» Er lächelte gequält.

Radu liess das Kinn los. Beide sahen nach vorn.

«Ich habe Hunger», sagte Amon.

«In Domodossola kannst du was essen. Ist nicht mehr weit.»

«Und du?»

«Ich mache einen kleinen Bummel und fahre wieder zurück. Bin doch Tourist.»

***

Laura stand gelähmt vor dem Panda und starrte in die toten Augen Tomasos. Mitten auf der Stirn sass ein Loch, aus dem Blut eine Spur zog. In seiner Rechten hielt Tomaso eine Pistole. Laura kannte keine Marken, aber die Waffe schien echt. So echt, dass sie Tomasos Leben ausgelöscht hatte.

Die Lähmung schwand, das Zittern setzte ein. Erst die Knie, dann die Hände, dann der ganze Körper. Laura versuchte wegzurennen. Abstand zu gewinnen. Drei Meter. Fünf Meter. Sieben. Die Knie knickten ein. Sie stürzte. Ein Ton zwängte sich aus ihrer Kehle. Kein Schrei. Ein Wimmern. Irr. Ja. So kannte sie die Irren aus der Anstalt, in der auch Fausta am Ende gelandet war. Keiner wusste, was Fausta genau erwischt hatte. Aber sie war schleichend verrückt geworden. Und genauso hatte sie gewimmert, wenn sie ihre Phantasien nicht im Griff gehabt hatte. Und die anderen in der Anstalt hatten es ebenso gehalten. Als summten sie im Chor. Oder vielleicht war es eine Irrensprache gewesen, die nur sie verstanden? Laura verstand gar nichts. Weder von ihrem Wimmern noch von der Situation, die sie vorfand. Tomaso war tot. Erschossen. Selbstmord. Oder sollte es nur wie Selbstmord aussehen. Hatte Radu das arrangiert? Aber warum? Hatte Tomaso etwas erfahren, was er nicht hatte wissen dürfen?

Laura suchte in den Taschen ihrer Trekkingjacke nach dem Handy. Es gelang ihr, die zittrige Hand zu beruhigen. Sie stierte auf das Display. Wen sollte sie anrufen? Bertini? Radu? Sie fand zu keiner Entscheidung. Als Journalistin hätte sie zuerst Dani angerufen und ihr von der heissen Story erzählt. Aber sie hatte bereits gekündigt. Und die Story hier war ihre eigene.

Sie steckte das Handy zurück in die Jacke und holte dafür ein Päckchen Zigaretten raus. Noch ehe sie den Stängel angezündet hatte, war ihr klar, was sie zu tun hatte. Sie sah sich um. Niemand da. Sie öffnete die Fahrertür und zerrte Tomaso raus. Er war schwer. Sie schleifte ihn über die Strasse und legte ihn im Graben ab. Hatte er sich bewegt? Nein. Das hatte sie sich nur eingebildet. Sie rannte zu ihrem Wagen, drückte sich hinters Steuer, zündete und wendete. Sie würde ins Rustico zurückfahren. Sie würde von nichts wissen. Sollten andere den Toten finden und sich ihren Reim darauf machen. Laura klammerte sich am Steuer fest und biss auf den Filter der Zigarette. Sie steckte sie an und schnappte nach Nikotin.

***

«Ich mag italienische Bahnhöfe. Selbst in der Provinz haben sie ihren eigenen Flair», sagte Amon und drückte Radu zum Abschied. Über Lautsprecher wurde der einfahrende Zug nach Mailand ausgerufen. «Wenn du in den Zug steigst, bist du in sechs Stunden in Rom. Ich glaube, der Monsignore würde sich freuen, wenn er dich mal wieder sehen würde.»

«Willst du mich anwerben? Danke. Ich habe meinen eigenen Laden.»

«Einen Versuch ist es immer wert. Gute Leute mit Stil werden selten. Um nicht zu sagen: Sie sterben aus.» Amon lächelte und verschwand nach links. Radu sah ihm noch einen Moment nach und drehte nach rechts. Er wusste, dass sich Amon noch einmal nach ihm umdrehen würde. Da wollte er bereits verschwunden sein. Er ging in den Bahnhof und setzte sich dort in eine Bar. Er hatte keineswegs vor, in Domodossola Zeit zu verschwenden. Er würde einen Espresso trinken, eine Brioche essen und die «Gazzetta dello Sport» studieren. Dann würde er wieder zurückfahren.

«Prego?» Ein hübsches Gesicht lächelte ihn an. Pechschwarzes Haar, das bis auf die Schultern fiel, goldene Ohrringe, so gross wie Armreife, und zarte, lange Finger, die verschütteten Zucker mit einem nach Zitrone duftenden Lappen von der Bar wischten.

«Vorrei un caffè e una brioche. Grazie.»

«Arrivo subito.» Sie lächelte noch immer. Es wirkte unangestrengt. Sie drehte sich weg zur Kaffeemaschine und klopfte den Filter sauber. Dazwischen wechselte sie mit einem Mausklick die Playlist des Computers. Die Filmmusik von «Der Pate» ertönte durch den Lautsprecher. Einige Jungs, die an der Bar standen, und andere, die sich an Spielautomaten zu Scharfschützen ausbildeten, goutierten die Musik, indem sie mitsummten, ihren Unterkiefer wie Brando nach vorne schoben oder einfach nur den Brustkorb blähten. Radu grinste in sich hinein und schüttelte den Kopf. Auch er war einst der Romantik dieser Filmtrilogie erlegen. Ehre und Familie. Der verlogene Kodex, der alles rechtfertigte, um zu brandschatzen und zu morden. Und trotzdem ertappte er sich dabei, wie er mitsummte.

«Prego», sagte sie und stellte Espresso und Brioche ab.

«Grazie.» Radu biss ein Stück von der Brioche ab. «Warum spielen Sie diese Musik?»

«Weil ich Filme liebe. Das hier ist mein Filmset. Jeder neue Gast erzählt eine andere Geschichte. Und ich lege die Musik darunter, die passen könnte.»

«Und diese Musik haben Sie wegen mir eingelegt?»

«Ja.»

«Und wenn ich jetzt gleich ein Maschinengewehr unter meinem Mantel hervorziehe und den ganzen Laden kleinmache?»

«Nehme ich das ganze Geld aus der Kasse und wir verschwinden durch die Hintertür.» Sie lächelte und neigte ihren Kopf, um Hals zu zeigen.

«Wie heisst du?»
«Erika.»
«Erika? Das ist nicht sehr italienisch.»
«Sono Erika di Domo.»
«Domodossola.»
«Aber mein Nachname ist Rossini. Sehr italienisch.»
«Deswegen die Leidenschaft zum Film.»
«Weisst du, dass Sergio Leone die Filmmusik zu ‹Spiel mir das Lied vom Tod› bereits während der Dreharbeiten hatte? Morricone hatte schon alles komponiert und eingespielt. Und in dem Moment, als Claudia Cardinale in Sweetwater aus dem Zug steigt, also während des Drehs, hat Leone die Musik über riesige Lautsprecher spielen lassen. Verstehst du? Wie jetzt. Die Cardinale musste da gar nichts mehr spielen. Sie war einfach. Weil die Musik sie trug.»
«Und du meinst, die Musik trägt mich jetzt auch?»
«Keine Ahnung. Aber es ist schön, einen Typen wie dich zu sehen und ihm eine Padrone-Musik zu malen. Sieh dir die *ragazzi* hier an, die auf dicke Hose machen. Das wirkt wie eine Parodie auf Amacord. Aber du wirkst echt. Und für solche Momente lebe ich. Für die echten.»
«Mit der Illusion kitschiger Filmmusik.»
«Unechtes kann Echtes gebären.»
Radu trank den Kaffee aus und legte einen Fünferschein auf die Bar. «Stimmt so.»
«Sweetwater wartet auf dich», sagte sie und sah ihm tief in die Augen. Er wusste, dass sie ihren Film spielte, und tat ihr den Gefallen. «Einer wartet immer.» Er ging. Und sie schoss ihm das Thema von «Once Upon A Time In The West» in den Rücken.

***

Laura kauerte in Faustas Ohrensessel, in dem zuvor Radu gesessen hatte, und umklammerte ihr Handy. Gleich würde jemand anrufen. Dani vielleicht. Oder Angela, Tomasos Mutter. Vielleicht sogar Bertini. Jemand würde ihr von Tomasos Selbstmord erzählen. Am meisten fürchtete sie sich vor Angela. Sie würde Laura vorwerfen, dass Tomaso sich wegen ihr das Leben genommen hatte. Und am

Ende würde es Laura noch glauben. Niemand meldete sich. Was war los? War denn niemand auf den Strassen? Die Strecke war nicht stark befahren, aber irgendjemand musste ihn doch längst gefunden haben. Sie sah auf das Display. Es war erst eine Stunde vergangen. Laura kam es ewig vor. Bertini würde sich fragen, wie Tomaso dorthin gekommen sei. Zu Fuss bestimmt nicht. Und den Bus hatte er nicht genommen. Wozu? Er hatte schliesslich seinen Steyr. Und er lag nur anderthalb Kilometer von ihrem Rustico entfernt. Alles würde auf sie deuten. Fragen über Fragen. Das Handy klingelte. Angela. Laura begann wieder zu zittern. Sie goss sich einen Grappa ein. Bereits der dritte. Und sie kippte ihn in einem Zug. Es würde nichts bringen, das Telefonat zu verweigern. Das würde sie verdächtig machen. Verdächtig? Aber weswegen? Es war doch Selbstmord? Oder nicht? Radu. Sie traute ihm alles zu. Worauf hatte sie sich nur eingelassen.

«*Pronto … Angela, dimmi tutto* … nein, Tomaso war nicht hier … kann aber sein, dass ich gerade nicht da war … ja, mache ich. Ciao.» Sie legte das Handy auf den Tisch neben die Grappaflasche, rollte sich wie ein Embryo in den Sessel und zog sich Faustas Wolldecke über den Kopf. Abtauchen. Verstecken. Bis der ganze Spuk vorüber war. Wie gerne würde sie jetzt in einer Turnhalle sitzen und ein langweiliges Basketballspiel angucken oder Fotos von einer Geschäftseröffnung schiessen. Stattdessen hatte sie um eine Story gebettelt. Und die hatte ihr das Schicksal nun gebracht. Wie die Büchse der Pandora flog sie ihr um die Ohren. Sie war überfordert. Und dabei hatte doch alles erst begonnen.

Es klopfte an der Tür. Laura schreckte hoch und versteckte sich sofort wieder unter der Decke. Sie war nicht da.

Es klopfte wieder. Und wieder. «Laura. Machen Sie auf, Laura. Ich weiss, dass Sie da sind.»

Laura kannte die Stimme. Ein Volumen wie ein Megafon. Bertini. Sie fragte sich, wie es sich anhörte, wenn der Kerl mal flüsterte. Ob er überhaupt wusste, dass man das konnte?

«Laura. Ich bin es, Bertini. Machen Sie auf.»

Laura schälte sich aus der Decke und kroch aus dem Sessel. Sie schlurfte zur Tür wie eine Schwindsüchtige. Sie musste aussehen wie ein Gespenst.

Durch die Glasscheibe glänzte der dicke Schädel Bertinis. Wie ein Vollmond drückte er sich durchs Fenster. Wäre er ihr Mann, Laura würde jede Nacht schlafwandeln. Sie öffnete die Tür und bemühte sich, Bertini nicht direkt ins Gesicht zu sprechen, damit er ihre Fahne nicht roch. «Commissario, was kann ich für Sie tun? Hat Ihnen Dani noch nicht gesteckt, dass sie mich von der Story abgezogen hat? Oder wussten Sie es bereits, bevor es Dani wusste?» Sie mochte ihn nicht leiden. Und den Hungerhaken, der ihn assistierte, noch weniger. Ein asymmetrischer Knochen, der sich einen Oberlippenbart wachsen liess, um seinen Frauenmund zu verbergen. Er lächelte schräg und salutierte schwach. Laura sah durch ihn hindurch.

«Darf ich reinkommen?», fragte Bertini.

Sie schlurfte zum Sessel zurück. Bertini folgte ihr. «Geht es Ihnen nicht gut?»

«Grippe. Heute Nacht hat es mich erwischt. Brauche wohl eine Auszeit.»

«Wer nicht? Ferien täten uns allen gut. Aber die Ganoven machen keinen Urlaub.» Er lachte über seinen Witz. Der junge Kollege stimmte mit ein. Zu laut. Bertini rügte ihn mit einem Blick.

«Können wir's kurz machen?», fragte Laura und sah, dass Bertini die Grappaflasche musterte.

«Altes Hausrezept», sagte Laura und goss sich einen ein. «Sie sind ja leider im Dienst, sonst hätte ich Sie eingeladen.»

«Es ist auch noch etwas früh.»

«Zu früh für Besuche.»

«Tut mir leid. Bin auch gleich wieder weg. Kommt drauf an, was Sie mir erzählen.»

«Was sollte ich Ihnen erzählen?»

«Über diesen Mann.» Bertini zog ein Foto aus der Jackentasche und legte es neben die Grappaflasche auf den Tisch. Laura brauchte es nicht in die Hand zu nehmen, um zu erkennen, dass der Mann auf dem Foto Radu Steiner war.

«Wer ist das?», fragte sie.

«Der, den Sie suchen. Der dritte Mann.»

«Ich suche niemanden mehr. Hatte ich Ihnen doch gesagt. Die Story hat sich erledigt. Mein Käseblatt hat keinen Bedarf.»

«Was wollte Steiner von Ihnen?»

«Was? Von mir? Ich verstehe nicht. Ich habe diesen Mann nie gesehen.»

«Er wurde in Locarno gesehen. Später im Bus nach Borgnone. Und später ist er zu Fuss zum Ferienhaus Nappa. Und Sie sind ebenfalls um diese Zeit hier hochgefahren. Eine Begegnung ist daher durchaus wahrscheinlich.»

Laura wusste nicht, wohin mit sich. Sollte sie alles gestehen? Sie sah Bertini hilflos an.

«Der Mann ist ein Gangster. Europaweit gesucht. Wir hatten vor drei Tagen schon die Information bekommen, dass er nach Locarno kommen würde.»

«Und er ist wirklich der dritte Mann?»

«Ja. Wir haben dem Zeugen, bei dem er blutüberströmt angeklopft hatte, das Foto gezeigt, und er hat es bestätigt.»

«Dr. Wagner hat es bestätigt?»

«Ja. Und der alte Monza hat uns angerufen und gesagt, dass er von Steiner bedroht wurde.»

«Weswegen?»

«Steiner glaubte, Monza hätte Informationen über einen Goldschatz, der hier irgendwo versteckt wäre.»

«Goldschatz? Was ist das denn für eine Räubergeschichte?»

«Ammenmärchen. Ich weiss. Aber seit der Geschichte um das Schweizergold, das viele gerne wieder in der Heimat wüssten, kursiert ein Gerücht nach dem anderen. Und das zieht Leute wie Steiner an wie ein Kuhfladen die Fliegen.»

Das Handy brummte und glitt über den Tisch. Laura sah auf dem Display den Namen «Tomaso» blinken. Tomaso war tot. Radu hatte Tomasos Handy. Laura starrte auf das wandernde Telefon. Es bewegte sich auf den Tischrand zu. Bertini fing es auf, bevor es auf den Boden fiel. Er sah darauf. «Liebende sollte man nicht warten lassen.» Er reichte Laura das Handy. «Wir warten draussen.» Er ging vor die Tür, der Hungerhaken folgte ihm.

Laura nahm das Gespräch entgegen. Sie ging in die hinterste Ecke, um von Bertini nicht gehört zu werden. «Lassen Sie mich in Ruhe. Ich steige aus … Nein. Ich packe das nicht. Tomaso ist tot … Erschossen … Sieht wie Selbstmord aus … ich kann nicht lauter reden. Bertini ist hier … nein, er weiss noch nichts von Tomasos Tod. Ich habe es ihm nicht gesagt. Ich habe ihn in den Graben geworfen und bin abgehauen … Sie finden das richtig? Was sind Sie für ein Mensch? … Bertini hat mir ein Foto von Ihnen gezeigt und gesagt, dass Sie der dritte Mann seien. Stimmt das? Haben Sie mich belogen? … Hallo … Hallo …» Er hatte aufgelegt.

DREI

Radu steckte Tomasos Handy ein. Bertini fuhr also mit. Mehr, als Radu gedacht hatte. Jemand musste Bertini Feuer unterm Arsch gemacht haben, sonst würde er nicht bei Laura auf der Matte stehen. Und Tomaso hatte sich erschossen. Das sollte glauben, wer wollte. Der Kerl hätte sich vielleicht aus Liebeskummer drei Tage den Kragen abgesoffen, aber erschossen? Niemals. Bertini wusste sicher schon von Tomasos Tod. Jemand musste Tomaso und Radu gesehen haben. Der dritte Mann? Aber warum tötete er Tomaso und unterstellte ihm einen Selbstmord? Hing Tomaso etwa auch in der Sache drin? Es war ein Fehler gewesen, Monza nur aufzuschrecken. Radu hätte ihn gleich richtig in die Mangel nehmen müssen. So hatte er seinen Gegnern Zeit gegeben, sich zu positionieren.

Er würde die Rückreise nicht mit der Bahn machen. Wenn sie ihm nicht schon in der Bahn auflauerten, würden sie in Camedo auf ihn warten. Der Steyr von Tomaso war zu auffällig.

Radu ging in die Bar zurück. Erika lächelte ihn an und legte den Soundtrack von «Bullitt» auf.

«Wie Steve McQueen sehe ich nicht aus.»

«Würdest du aber gerne.» Sie räumte die gespülten Gläser ins Regal. «So schnell hatte ich dich nicht erwartet. Zug verpasst?»

«War die Frage philosophisch gemeint?» Er lehnte sich an die Bar. «Ich nehme noch einen Espresso.»

«Ausserdem?» Sie sah ihn kokett an. Wie alt mochte sie sein? Mitte dreissig? Ihr Gesicht changierte. Wenn sie lachte, war sie Anfang zwanzig, fühlte sie sich unbeobachtet, konnte sie auch schon auf die vierzig steuern. Radu tippte auf frühen Drogenkonsum. Hier im Tal und am Lago Maggiore lagen die Hochburgen. Vor allem Heroin lief gut. Das Zeug ekelte ihn an. Er hatte gesehen, was es aus Menschen machte. Lieber mit Waffen handeln und im Schutz des Rotlichtmilieus verkaufen. Das war ehrlicher, als Halbwüchsigen dabei zu helfen, sich das Leben zu ruinieren. Und seit er über den Monsignore in den Kunsthandel gerutscht war, war es perfekt. Die Schönheit der Kunstwerke liess ihn die Brutalität vergessen, die es oft dazu benötigte, sie in Besitz zu bringen.

«Was machst du, wenn du nicht hinter der Bar bist?», fragte Radu.

«Malen.»

«Bilder?»

«Fresken. Ich restauriere Kirchen.»

«Künstlerin.»

«Handwerk.»

«Ist das nicht die Basis?»

«Aber eben nur die Basis. Dann muss noch was anderes kommen.»

«Und bei dir kommt nichts anderes? Kein Drang, dich selbst auszudrücken?»

«Früher. Da hatte ich einen grossen Drang. So gross, dass ich es nicht aushalten konnte. Dann habe ich gemalt. Aber nur im Rausch. Die tollsten Bilder. Ich hatte sogar zwei Galerien in Mailand, die mich ausstellten.»

Sie drehte sich zu einem Gast, der in Handwerkermontur am Tresen stand, und schob ihm einen Zettel rüber. Der Handwerker nahm den Zettel, sah drauf, steckte ihn ein und leerte seinen *bianco.*

«Un altro?», fragte Erika.

Er winkte ab und ging.

«Und plötzlich war aus. Leer. Ich hatte nichts mehr zu sagen. Genau in dem Augenblick, in dem es interessant geworden wäre, habe ich gekniffen. Verrückt, was?»

«Und dann?»

«Was dann?»

«Wie bist du damit umgegangen?»

«Ich habe mich von einem Vollidioten schwängern lassen und bin Mutter geworden. Der Typ hat sich drei Wochen nach der Geburt seines Sohnes den goldenen Schuss gesetzt, und ich bin aufgewacht. Seitdem weiss ich, dass ich Handwerkerin bin.»

«Vielleicht ist es auch eine Kunst, richtig zu leben.»

«Auch dazu braucht es erst einmal Handwerk. Willst du noch etwas?»

«Ja. Ich brauche ein Auto.»

Sie drehte sich zum Computer und wechselte die Musik. Radu kannte das Stück nicht. Aber er ordnete es dem Bebop zu. Unruhiger, harter Jazz. Erika stellte drei Bier aufs Tablett und brachte sie einer Gruppe von jungen Männern, die abhingen und sich über Fussball stritten. Einer tätschelte Erika den Hintern. Sie klopfte ihm energisch auf die Finger. Die anderen johlten. Erika kam zurück und stellte das Tablett ab. «Blast of Silence», sagte sie. «Schwarz-Weiss. 1961. Von Allen Baron.»

«Kenne ich nicht. Worin geht's in dem Film?»

«Rauchst du eine mit?» Sie griff über den Tresen und schnappte sich Kippen und Feuerzeug. «Luca. Ich gehe eine rauchen. Falls was ansteht, übernimmst du, *va bene*?»

Luca war der Tätschler, dem Erika eben noch auf die Finger geklopft hatte. *«Va bene. Per te faccio di tutto.»* Die Jungs wieherten und balzten um die Wette. Erika ging vor. Radu folgte nach.

«Auch eine?»

«Eigentlich wollte ich es mir abgewöhnen.»

«Wozu? Du lebst sowieso nicht mehr lange.» Sie sagte es ihm so unverfroren ins Gesicht, dass er erschrak.

«Ein Scherz. Den mache ich gerne, wenn Leute sich das Rauchen abgewöhnen wollen. Zeit ist relativ.»

Radu nahm eine und steckte sie sich zwischen die Lippen.

«Du hast einen schönen Mund. Zigarette steht dir.» Sie gab ihm Feuer, dann sich selbst.

«Weswegen raucht man sonst?»

«Keine Ahnung. Vielleicht, um bewusst zu atmen?»

«Rauch-Yoga?»

Sie grinste und inhalierte. Atmete aus und zog erneut. «Om», sagte sie, lachte wie mit zwanzig und berührte Radu an der Hand. Sie sah ihn direkt an. Radu kannte die Blicke der Frauen. Er hat sie beschützt, manchmal geschlagen und oft geliebt. Gerade war er ohne Frau. Allein. Erika sah in ihm einen Film. Einen Noir. Sie hatte Radu gelesen, ohne ihn zu kennen. Er inhalierte ebenfalls. Weniger den Rauch der Zigarette als vielmehr Erikas Geruch.

«Luca kann auch eine Stunde den Laden schmeissen. Jetzt ist nicht viel los. Ich sag ihm Bescheid.» Sie warf die Kippe auf den

Boden, verschwand in der Bar und kam kurz darauf in einer blauen Daunenjacke zurück. «Komm.»

Radu folgte ihr. Er kam sich vor wie mit siebzehn, als er sich von einer Geschäftsfrau in Bukarest hatte aushalten lassen. Auch ihr musste er immer hinterherwatscheln. Radu amüsierte der Gedanke.

«Steig ein», sagte sie und drückte sich hinter das Steuer ihres dunkelblauen Kangoos. Radu gehorchte und wollte sich setzen, aber der Beifahrersitz war überfüllt mit Zeitschriften und Farblappen. Erika nahm alles und warf es nach hinten. Radu setzte sich in den Wagen.

«Wohin fahren wir?», fragte er.

«Das entscheidest du.»

Radu sah sie fragend an.

«Du hast gesagt, du brauchst ein Auto.»

«Ich habe aber nichts von einer Fahrerin gesagt.»

«Und warum bist du eingestiegen?»

«Ich dachte –» Er druckste und kam sich blöd vor. Sollte er sie schlagen? Nein. Aus dem Alter war er raus.

«Dachtest du, wir würden jetzt ficken? Wofür hältst du mich?» Sie sah ihn eindringlich an.

«Tut mir leid.» Radu wollte aussteigen. Erika hielt ihn am Arm zurück.

«Bleib. Meinetwegen können wir auch ficken. Aber erst will ich dorthin fahren, wo du hinwillst.»

Radu verstand nichts. Hatten ihr die Drogen das Hirn angefressen?

«Ich will meinen Film mit dir. Ich dachte, du hättest mich verstanden?»

Sie startete den Wagen und fuhr los. «Ich weiss sowieso, wohin du willst. In die Schweiz zurück. Locarno. Stimmt's? Dorthin fährt wenigstens die Bahn, in die du nicht gestiegen bist. Warum bist du nicht eingestiegen? Weil du vorsichtig sein musst. Warum fragst du mich nach einem Wagen? Weil du unvorsichtig geworden bist. *Vecchio*, deswegen brauchst du jetzt eine wie mich an deiner Seite. Eine, die alle Filme kennt.»

«Und die Bar?»

«Luca macht das schon. Wir sind eingespielt.» Sie fuhr auf die Superstrada in Richtung Milano.

«Fahren wir nicht durch die Berge?»

«Sie haben Schnee angekündigt. Wir fahren untenrum. Am Lago entlang. Ich habe in Verbania noch eine Kleinigkeit zu erledigen.»

Sie schob eine CD in den Player. Krachendes Orchester flog Radu um die Ohren. «Was ist das denn? Fluch der Karibik?»

«Nicht schlecht. Sein Vorgänger. Ein wahrer Meister. Korngold. Österreicher, der in die Staaten ausgewandert war. Das ist ‹Captain Blood› mit Errol Flynn. Captain Blood wäre auch für dich ein cooler Name. Sie lachte und überholte ein deutsches Wohnmobil.

***

Bertini hatte Laura das Foto von Steiner zurückgelassen. Sie hielt es in den Fingern und studierte sein Gesicht. Charismatisch. Hart um den Mund herum, weich im Blick. Einer, bei dem man nicht wusste, welche Saite er gerade spielte. Obwohl er noch volles Haar hatte, trug er es sehr kurz. Keine Glatze, aber militärisch gestutzt. Das linke Auge war etwas grösser als das rechte, am Hals zog sich eine zehn Zentimeter lange Narbe, die bis unter den Hemdkragen reichte und dort vielleicht noch weiterlief.

Warum war er bei ihr aufgetaucht? Wozu wollte er sie benutzen? Sollte sie tatsächlich etwas herausfinden? Oder hatte sie ihm nur als Ablenkung gedient, um die Vögel aufzuscheuchen? Bertini hatte gesagt, Steiner sei der dritte Mann. Und er hatte ihr noch andere Dinge über ihn erzählt. Vieles hatte sie bereits von Felix gewusst. Was hatte Steiner mit dem Tod von Tomaso zu tun? Und warum hatte noch niemand Tomaso gefunden?

Sie hielt es nicht mehr aus. Sie musste etwas tun. Sie legte Steiners Foto auf den Kastanientisch zurück, warf sich ihre Jacke über, verliess das Rustico und fuhr los. Ihre Finger krampften sich ums Lenkrad. Gleich kam die Stelle, an der sie Tomaso in den Graben gelegt hatte. Vom Auto aus konnte sie ihn nicht sehen. Vielleicht hatte ihn deswegen noch niemand gefunden. Sie parkierte den Wagen, stieg aus und ging an die Stelle, wo er gelegen hatte.

Ja: hatte. Denn er war fort. Man hatte ihn also doch gefunden. Und warum hatte sie noch niemand angerufen? Doch wer sollte sie deswegen anrufen? Sie waren nicht verheiratet gewesen. Im Gegenteil. Sie hatten sich gerade getrennt. Trotzdem. Wenn Tomasos Mutter erfuhr, dass sich ihr Sohn umgebracht hatte, würde sie sofort anrufen und Laura die Pest an den Hals wünschen. Und Bertini würde sich auch melden. Schliesslich hatte Tomaso nur anderthalb Kilometer von ihrem Rustico gelegen. Aber nichts. Seltsam.

Sie stieg in den Panda und rückte den Spiegel so, dass sie sich sehen konnte. Sie sah fertig aus. Übermüdet und überfordert. Plötzlich musste sie lachen. Sie zauste sich ihre blonden Haare, dass sie abstanden wie bei einem Nachtgespenst, und kreischte hysterisch gegen ihr Spiegelbild. «Du hast dir das alles nur eingebildet, Laura. Du hast zu viel Phantasie. Vermutlich hast du dir gewünscht, dass Tomaso sich umbringt, damit du endlich Ruhe vor ihm hast. Du bist verrückt. Du gehörst in Behandlung. Wie Fausta. Genauso verrückt. Unheilbar krank.» Sie schlug sich zweimal ordentlich ins Gesicht und sah sich zu, wie Tränen in die Augen stiegen und fast synchron die Wangen runterkullerten. «Blödsinn. Ich bin nicht verrückt. Wenn hier einer spinnt, dann bist du es. Und jetzt verschwinde.» Sie drehte den Spiegel wieder in Fahrposition, startete den Wagen und fuhr los. In Borgnone hatte sie noch nicht alle Fragen gestellt.

***

«Kannst du die Musik etwas leiser machen?», fragte Radu, dem die Pauken und Trompeten von Korngold auf den Nerv gingen.

Erika drehte die Musik ab. «Korngold muss man laut hören. Das ist wie Heavy Metal. Leise kannst du sie knicken.» Sie sah zu ihm rüber. «Nerv ich dich?»

Er schwieg.

«Passt es dir nicht, dass ich dich fahre? Willst du lieber allein sein?»

Er sah auf die hohen Berge, die das Tal in Schatten hüllte. «Musst es nur sagen. Ich falle keinem zur Last.»

«Alles ist gut.»

«Oder bist du sauer, weil du dachtest, wir würden ficken? Wenn es das ist, ich kann kurz ranfahren. Hier bei Anzola gibt es einen Bergbach. Zwar etwas kalt zum Baden. Aber auf dem Parkplatz stört uns keiner.» Sie setzte den Blinker und wollte die Ausfahrt nehmen. Radu drehte das Lenkrad gerade. «Fahr weiter. Lass den Blödsinn. Vorhin war es erotisch. Es war ein Moment da, den wir hätten leben können. Jetzt wären wir Viecher.»

«Sind wir das nicht?»

«Viecher brauchen keine Filmmusik. Sie haben keine Sehnsucht nach Poesie.»

«Hast du Sehnsucht?»

«Immer weniger.»

«Dann wirst du zum Vieh?»

«Ich hoffe, ich werde das, was einen Menschen vom Vieh abgrenzt.»

«Und was ist das?»

«Keine Ahnung.»

Sie schwiegen. Erika hielt es nicht aus und kramte nach einer CD.

«Der erste Schritt ist, Stille zu ertragen.» Er hielt ihr Handgelenk fest.

«Wenn ich nichts von aussen höre, werde ich verrückt.»

«Sind die eigenen Stimmen so gehässig?»

Sie entwand sich Radus Griff, nahm eine Zigarette aus dem Päckchen und steckte sie sich mit dem Anzünder an. Drei schnelle Züge. Ein scheuer Blick zu Radu. «Du machst mich nervös. Typen wie dich ertrage ich nur mit meiner Musik. Dann seid ihr nämlich nur Fiction. Verstehst du?»

«Ja. Aber ich bin echt. Verdammt echt.»

«Ich hab's gewusst. Verdammte Scheisse. Ich hab's gewusst. Eine Nummer zu gross für mich. Stimmt's?»

«Mindestens.»

«Scheisse. Tut mir leid.»

Radu drehte den Rückspiegel, dass er das Auto hinter ihnen sehen konnte. «Wer ist er?»

«Giancarlo.»

«Dein Freund?»

Sie nickte.

«Was war der Plan? Rausfahren in Anzola, mir die Hose öffnen, und dann kommt Giancarlo und verpasst mir eine?»

Sie biss in den Filter, verbrannte sich die Lippen und fluchte.

«Was glaubst du, wie viel Bargeld ich bei mir habe?»

«Tausend vielleicht. Aber Giancarlo kennt einen, der kennt sich auch mit Kreditkarten aus.» Sie schluckte.

«Fahr die Nächste ran. Ich möchte Giancarlo kennenlernen.»

«Nein, bitte. Es war ein Versehen. Ich konnte nicht ahnen, was für ein Kaliber du bist.»

«Hier. Mergozzo. Fahr da raus. Und wenn du Giancarlo irgendein Zeichen mit den Scheinwerfern oder Warnblinkern gibst, hörst du deine letzte Musik.» Radu drückte auf Dramatik. Er wusste, dass es sie beeindruckte.

Erika setzte den Blinker und fuhr von der Superstrada.

«Hier, fahr in das Wäldchen. Direkt am Toce ist es doch romantisch.»

Erika gehorchte.

«Noch eine Biegung. Damit es Giancarlo einfacher hat, sich anzupirschen. Stopp. Hier ist gut. Stell den Motor ab.» Radu sah in den Rückspiegel, gleichzeitig registrierte er jede Bewegung von Erika. Sie rieb sich nervös die feuchten Hände auf der Jeans.

«Was hast du mit uns vor?»

«Weiss ich noch nicht. Kommt darauf an, was passiert. Aktion und Reaktion. Ursache und Wirkung. Wir werden sehen.» Radu spürte sich bis in die stoppligen Haarspitzen. Er liebte das Gefühl. Und trotzdem wollte er ihm entkommen. Es war eine Droge. Wenn er mit Adrenalin vollgepumpt war, fühlte er sich unbesiegbar und erfüllt. Und bislang war er es auch gewesen. Ein paar Schrammen hatte er kassiert. Aber er hatte immer überlebt und war aus allen Tiefen wieder emporgeklettert, in die man ihn gestürzt hatte. Und wer ihn geschubst oder verraten hatte, lag zerschmettert auf dem Grund, während Radu immer weiter nach oben kletterte. Und nun wollten ihn zwei schmierige Kleinganoven abziehen. Er hätte fast gelacht. Doch er wusste, dass er nicht überheblich sein durfte. Er musste sie genauso professionell behandeln wie wenn er gegen einen Elitesoldaten antreten würde. Wer einen Dilettanten nicht achtete, hatte gegen einen Profi keine Chance.

Er sah eine Gestalt gebückt durchs Gebüsch huschen. Giancarlo.

«Komm, blas mir einen», sagte Radu kalt, packte Erika am schwarzen Haar und drückte ihr Gesicht auf seinen Schoss. Er senkte dabei den Kopf, schielte aber zum Rückspiegel, um Giancarlo im Blick zu haben. Ein kleiner Fettsack, der ins Klischee des italienischen Pizzabäckers passte. In der Hand hielt er eine Pistole. Die Marke konnte Radu nicht erkennen. Er tippte auf Beretta. Kleinkaliber, das wenig Lärm verursachte. Radu hätte in dem Fall, wenn er ohne Schalldämpfer arbeiten würde, das Pulver der Patronen halbiert. Ob Giancarlo so weit dachte?

Erika stöhnte vor Schmerzen. Radu packte ihren Schopf fester. Er selbst hatte keine Pistole. Das war ihm zu riskant gewesen in der Centovallibahn.

Giancarlo war am Heck des Kangoos angelangt. Es gab nun zwei Möglichkeiten: Entweder Giancarlo würde hinten einsteigen und Radu die Pistole ins Genick drücken, oder er würde die Beifahrertür aufreissen und ihn frontal bedrohen.

Radu wartete ab und stöhnte laut, als würde er gleich kommen. Der ideale Moment für Giancarlo. Er riss die Hintertür auf, sprang in den Wagen und riss die Pistole hoch. Doch statt gegen Radus Genick drückte er die Mündung gegen Erikas Hinterkopf, den Radu hochgerissen hatte. Vor Schreck drückte Giancarlo ab. Hirn und Blut spritzten gegen die Windschutzscheibe.

Radu warf die zuckende Erika von sich, sprang aus dem Wagen und schnappte sich den geschockten Giancarlo von hinten. Er riss ihm den Arm nach oben, drückte die Beretta, die er noch immer am Abzug hielt, gegen die Schläfe und drückte ab. Wieder spritzte Blut. Giancarlo sackte zusammen. Radu liess ihn los und stieg aus dem Wagen. Er zog ein Taschentuch aus der Jacke und wischte mögliche Fingerabdrücke von Rückspiegel, Türgriff und Pistole.

Und dann leistete er sich etwas, was er früher nicht getan hätte. Aber er fand es stimmig. Er stellte die Musik an. Korngold. So laut er konnte. Er ging zu Giancarlos Wagen, stieg ein und fuhr davon.

***

Laura wusste nicht, wie sie es anstellen sollte. Am Ende fuhr der Alte vor Schreck herum und schnitt ihr mit der Motorsäge den Kopf ab. Eine Schlagzeile nach ihrem Geschmack, die sie dann aber nicht mehr schreiben konnte.

Jetzt hatte sich das Sägeblatt im Holz verhakt. Monza riss und ruckelte, aber es tat sich nichts. Er stellte die Säge ab. Lauras Chance.

«Hallo, Herr Monza», sagte sie.

Der Alte drehte sich um und musterte sie. Er wandte sich ab und ging davon. Laura hinterher. «Herr Monza. Laura Leone, ich bin –»

«Ein Schmierfink.» Er dachte gar nicht daran, anzuhalten, sondern steuerte auf den Schuppen zu, der neben seinem kleinen Haus angebaut lag. Er öffnete die Tür und kramte im Halbdunkel in einer Werkzeugkiste. Er fand, was er suchte, und kam zurück. Laura versperrte ihm den Weg. «Ich hätte da noch ein paar Fragen.»

«Habe alles gesagt.» Er schob sie zur Seite und ging zur verkeilten Motorsäge zurück. Er setzte das Spalteisen an und gab vorsichtig zwei Schläge darauf. Er zog das Eisen raus, wackelte mit der Säge und zog sie aus der Verkeilung. Er überprüfte die Kette und fluchte. Er schraubte einen Deckel auf und fluchte erneut.

«Kein Benzin mehr?», fragte Laura. «Ich habe eine Mischung im Wagen. Vier Prozent.»

«Kettenöl. Ich habe kein Kettenöl mehr. Hast du auch Kettenöl im Wagen?»

«Nein. Aber ich kann welches besorgen. Bei mir im Rustico ist welches.»

«Wie lange brauchst du, bis du wieder hier bist?»

«Eine Viertelstunde.»

Er schüttelte den Kopf. «Vergiss es. Dann ist der Musenkuss verflogen. Ich kann keine Viertelstunde warten. *Porca miseria!*» Er trat mit dem Fuss gegen den meterhohen geschälten Holzblock, den er gerade mit der Säge bearbeitet hatte.

«Was soll es werden?», fragte Laura vorsichtig.

Der Alte blitzte sie an. «Wenn ich es wüsste, bräuchte ich es nicht machen.»

Laura nickte, tat so, als ob sie ihn verstehen würde.

«Ich bin kein Handwerker. Ich bin Künstler. Ich sage nicht, das wird ein Tisch oder ein Stuhl. Ich bin Bildhauer. Ich nehme das weg, was wegmuss. Und was übrig bleibt, das ist das Wesentliche, die Essenz. Und wer weiss schon vorher, was wesentlich ist. Das ist der Unterschied zwischen einem Dichter und einem Schmierfink. Der Dichter weiss nicht, was am Ende seines Schreibens auf dem Papier stehen wird, der Schmierfink sieht schon am Anfang die tolle Story, mit der er sich bei seinen Lesern anbiedert.» Er sah Laura abfällig an. «Noch was?»

«Haben Sie den dritten Mann auch gesehen?»

«Habe ich der Polizei schon erzählt.»

«Und?»

«Nein. Ich habe niemanden gesehen.»

«Aber erst haben Sie gesagt, er wäre hier gewesen.»

«Eine Halluzination.»

«Halluzination?»

«Das habe ich manchmal. Oft erscheinen mir auch Gestalten aus der griechischen Mythologie. Oder aus dem Alten Testament. Je mehr ich darüber nachdenke, umso sicherer bin ich, dass ich den Erzengel Michael gesehen habe.»

«Nicht Luzifer?»

«Nein. Denn der ist ja abgestürzt. In die Melezza.» Er grinste schräg.

«Aber Sie wurden doch auch ausgeraubt.»

«Ja, ist aber schon länger her.»

«Was hat man entwendet?»

«Silberbesteck. Solche Idioten. Es standen drei Skulpturen im Raum. Die waren noch nicht einmal schwer, aber das Zehnfache wert. Banausen.»

«Kennen Sie einen Steiner?»

«Rudolf? Wer kennt den nicht? Habe mit dem aber nichts am Hut.»

«Nein. Radu Steiner. Rumäne.»

«Woher sollte ich den kennen?»

«Weiss ich nicht. Er war bei mir und hat mich gebeten, für ihn Nachforschungen anzustellen wegen der beiden toten Rumänen. Er behauptet, es seien seine Neffen gewesen.»

«Und warum kommt er damit zu dir und geht nicht zu Bertini?»

«Wenn er ihr Onkel ist, hat er vielleicht mit den Einbrüchen zu schaffen?»

«Kann gut sein. Aber es interessiert mich nicht.»

«Wollen Sie Ihr Silber nicht zurück?»

«Die Versicherung zahlt gut dafür.»

«Wo waren Sie, als damals in der Nacht eingebrochen wurde?»

«Hier im Schuppen. Ich habe noch gesägt. Da kriege ich nichts mit. Aber das habe ich Bertini alles schon gesagt. Und jetzt verschwinde. Ich habe zu tun.»

«Ich auch, Monza. Und zwar werde ich so lange an dem Block sägen, bis ich die ganze Wahrheit sehe. Das verspreche ich Ihnen.» Sie drehte sich um, hob die Axt vom Boden auf, schlug sie in den Holzpflock und stapfte zu ihrem Wagen.

«Ich hoffe, du wirst nicht blind davon. Wärst nicht die erste Seherin, der das widerfährt.»

Laura stieg ein und fuhr los. Sie bog um die Ecke, parkierte den Wagen und stieg aus. Sie hatte das Gefühl gehabt, dass Monza nicht allein gewesen war. Jemand hatte sie aus dem Haus heraus beobachtet. Das wollte sie genau wissen. Sie nahm ihre Nikon mit dem Teleobjektiv vom Rücksitz, stieg aus dem Panda und lief zu Fuss einen Bogen, um von hinten an Monzas Haus zu kommen. Hier standen einige Haselsträucher und Kastanien, die Sichtschutz gewährten. Sie schlich von Strauch zu Strauch und kam nahe genug ran, um mit dem Tele durch Monzas Küchenfenster zu dringen. Tatsächlich stand Monza mit einem älteren Mann zusammen und fuchtelte wild mit den Armen. Der andere versuchte ihn zu beruhigen. Laura konnte sein Gesicht nicht sehen. Er stand mit dem Rücken zu ihr. Sie drückte ein paarmal ab und nagte nervös an ihrer Unterlippe. «Mach schon. Wenigstens das Profil.»

Hinter ihr knatterte ein Traktor. Laura erschrak, drehte sich um und erkannte Regula, die auf dem Bock sass und Pfeife rauchte.

Sie hielt den Traktor an und schrie über das Bollern des Motors. «Ciao Laura. Was fotografierst du denn?»

«Herbststimmung.»

«Da kenne ich schönere Motive.»

«Es ging mir hier nur um einen kleinen Ausschnitt mit Laub und Kastanien.»

«Steig auf. Ich zeig dir Herbstlaub, da fliegst du um.»

Laura sah zu Monzas Haus und hoffte, Regulas Geschrei würde ihn nicht aufschrecken. «Nur noch ein Foto.» Sie legte die Kamera an und hatte Glück. Monzas Gast drehte sich mit dem Gesicht zum Fenster. Sie drückte ab und hatte ihn. Sie sprang auf den Traktor und fuhr mit Regula davon.

Die Räder des Traktors gruben sich in den feuchten Boden. Regula paffte und zwinkerte Laura zu. «Schon eine Weile her, dass wir gemeinsam holzen waren. Hast du Lust?»

«Kann aber nicht lange. Nur zwei Stunden.»

«Reicht völlig. Es ist schon geschnitten. Wir müssen es nur laden.» Sie legte ihren Arm um Laura, zog sie kurz an sich ran und küsste sie aufs Haupt. «Deine Haare riechen gut.» Sie lachte und paffte. «Und schön bist du, wie immer. Hätte dich heiraten sollen statt den Urs.»

«Läuft's nicht?»

«Steh halt nicht so auf Männer.» Sie lachte. «Vielleicht hätte ich in die Stadt sollen. Nach Zürich oder Mailand. Da wäre so eine Frauenhochzeit kein Problem. Aber was mach ich in der Stadt? Dort gibt's keine Wälder. Also nehme ich einen Mann in Kauf. Auf etwas muss man immer verzichten. Oder?» Sie fuhr den Traktor in den Wald. «Und wie läuft's bei dir? Wann heiratet ihr?»

Laura wurde plötzlich an Tomaso erinnert und wurde bleich.

«Tomasos Mutter war neulich bei uns. Sie wollte ein Stück Wald verkaufen, weil's Geschäft nicht läuft. Stell dir vor, es ist billiger, Buche aus der Ukraine zu importieren als hier vor Ort zu kaufen. Verrückt, oder?»

«Ja. Verrückt. Hast du gekauft?»

Regula nickte und nuckelte an der Pfeife.

«Und woher hast du das Geld?»

«Gut gewirtschaftet. Ich lasse Urs dafür hungern.» Sie lachte laut. «Nein. Ich habe einen kleinen Kredit aufgenommen. Das Waldstück liegt sonnig. Ich möchte dort eine Permakultur anlegen. Mit Zitronen und Oliven. So ein Biopark, durch den die Touristen wandern und sich ihr Gemüse und Obst selbst pflücken können. Das braucht wenig Pflege, dafür viel Grips.» Sie hielt den Traktor an, sprang vom Bock und warf Laura ein paar Handschuhe zu.

Laura zog sich die Handschuhe an und half Regula, die geschnittenen Holzmeter auf den Anhänger zu hieven.

«Und das machst du sonst allein?», fragte Laura.

«Meistens. Urs kann ja nicht mehr. Seit seinem zweiten Bandscheibenvorfall ist er gerade noch zum Kochen zu gebrauchen.»

«Kocht er wenigstens gut?»

«Schon. Immer mit Wein. Die Hälfte der Flasche schüttet er ins Essen, die andere säuft er während des Kochens. Danach schläft er eine Stunde auf dem Sofa, macht den Abwasch und fängt wieder an zu kochen. Wieder mit Wein. Ich glaube, wir verbrennen mehr Wein als Holz.»

«Kann er denn nicht zur Zeitung zurück?»

«Zu deinem Käseblatt? Kennst ihn doch. Lieber drückt er sich noch zwei Bandscheiben raus, als Dani um einen Gefallen zu bitten.»

«Aber er schreibt doch gut. Er kann doch auch bei einer anderen Zeitung anheuern.»

«Komm nachher mit und sag du ihm das. Auf mich hört er nicht. Er sagt, er sei Schriftsteller. Mit Journalismus sei er durch. Seine Sprache sei zu gut, um überflogen zu werden. Er schreibe jetzt an einem Bestseller, sagt er. Aber ich sehe ihn nie schreiben. Nur auf dem Sofa oder in der Küche. Und immer mit einem Glas Wein in der Hand.»

«Tut mir leid.»

«Braucht dir nicht leidzutun. Ich wusste, worauf ich mich einlasse. Aber ich wollte keinen Holzfäller haben. Ich mag die feminine Seite von Urs.» Sie grinste und packte sich Holz auf den Arm.

«Was für einen Bestseller schreibt er denn?»

«Frag mich nicht. Es klingt wie das Gefasel eines Verschwörungstheoretikers. Urs sagt immer nur, es wäre eine Bombe, die in seinem Kopf tickt. Wenn er das zu Papier bringen würde, was er über die Verflechtungen der Schweizer Wirtschaft wüsste, wäre er der gesuchteste Mann der Welt. Die einen würden ihm Millionen bieten, die anderen einen Elitetrupp auf den Hals hetzen. Deswegen würde er es auch erst einmal nur in seinem Kopf behalten, vor allem mir zuliebe. Damit ich meine Naivität und den einfältigen Traum eines ökologischen Lebens weiterspinnen könne.»

«Und du glaubst das?»

«Ich bin froh, dass er an etwas glaubt. Wenn er den Spleen nicht mehr hat, ist er zu gar nichts mehr zu gebrauchen. Und das wäre wohl unser Ende.»

Sie trugen einen Buchenstamm gemeinsam zum Anhänger und luden ihn auf.

«Wenn du Zeit hast, komm nachher mit zum Abendessen. Er wird sich freuen, dich zu sehen.»

Sie sahen sich an und sagten kein Wort. Regula war eine schöne Frau. Hart im Gesicht, aber warme dunkelbraune Augen. Und sehr volle Lippen. Nicht verbissen, trotz der harten Arbeit, der sie nachging. Früher waren sie oft zusammen abgehangen, als Regula noch nicht die Verantwortung für ihren Forst hatte. Sie hatten in den Bergen gesessen, auf den See geschaut und vom Ausbruch in ferne Welten gesponnen. Sie waren wie siamesische Zwillinge gewesen. Für einander bestimmt. Es kam anders. Regulas Vater starb überraschend. Die Mutter folgte ihm kurz darauf, und Regula hatte den Hof. Sie hatte es nicht übers Herz gebracht, ihn zu verkaufen. Damit war es aus mit der weiten Welt. Also reiste Laura alleine, und die siamesischen Zwillinge wurden getrennt. Regula heiratete Urs, und Laura probierte aus, bis sie mit Tomaso so etwas wie eine Beziehung einging.

«Nur noch einen. Dann ist gut», sagte Regula und zeigte auf einen Brocken. Laura schwitzte bereits und spürte ihren Rücken. Kein Wunder, dass Urs die Bandscheiben um die Ohren flogen. Für so eine Arbeit musste man geboren sein. Sie hievten die Buche auf den Anhänger und gaben sich High-Five. «Bist zu gebrauchen. Hab's immer gewusst. Tomaso kann sich glücklich schätzen.»

Laura lächelte verloren. Regula entging es nicht. «Stimmt was nicht?»

«Was meinst du?»

«Mit dir und Tomaso?»

«Doch, doch. Alles klar. Wir sind uns einig.»

«Also Hochzeit im Frühling?»

«Hochzeit?»

«Seine Mutter erzählte was von Hochzeit.»

«Hat sie das? Wann?»

«Als wir den Vertrag unterzeichneten. Für den Forst.»

«Wann war das?»

«Vor drei Wochen.»

«Da sprach sie von Hochzeit?»

«Ja.»

«Seltsam.»

«Warum?»

«Da hatte ich mit ihm Schluss gemacht.»

«Oh.» Regula klopfte ihre Pfeife und stopfte frischen Tabak in den Kopf. Sie zündete, paffte an und streckte sie Laura hin. Laura nahm die Pfeife und rauchte. Sie merkte, dass auch etwas Shit beigemengt war. «Rauchst du noch viel?», fragte Laura.

«Nein. Fast gar nicht mehr. Auch von dem anderen Zeug bin ich längst unten. Und du?»

«Ritalin.»

«Ritalin? Gibt man das nicht ADHS-Kindern, damit die nicht so zappeln?»

«Ja.»

«Und wofür nimmst du das Zeug?»

«Hält mich wach. Und ich kann mich über zwölf Stunden konzentrieren.» Sie gab Regula die Pfeife zurück und stieg auf den Traktor. Regula paffte und setzte sich hinters Steuer. Sie startete den Motor und fuhr los.

***

Radu hatte nicht vor, mit Giancarlos Alfa Romeo über die Grenze zu fahren. Er tippte darauf, dass die beiden Kleinganoven, die er gerade getötet hatte, bei der Polizei keine Unbekannten waren. Und er wettete, dass Giancarlo sich den Alfa Romeo kurzfristig gestohlen hatte, um den missglückten Coup zu fahren. Radu dachte daran, den Wagen in Verbania auf einem Parkplatz abzustellen und dann mit dem Bus weiter bis nach Locarno zu fahren. Ausserdem kannte er in Pallanza noch jemanden, den er lange nicht gesehen hatte. Er fuhr an die Seepromenade und stellte dort den Wagen ab.

Nicht einmal die Hälfte der Lokale, die sonst um die Touristen warben, hatte geöffnet. Ende Oktober war wenig los. Auf dem See leuchteten die Lichter der Fähre, die von Verbania nach Luino fuhr. Die Laternen der Promenade tauchten die Stimmung in ein milchiges Gelb.

Radu schloss den obersten Knopf seines Mantels und marschierte los. Mit ihm würde sie nicht rechnen. Bestimmt nicht. Vielleicht war sie auch gar nicht da. Warum sollte sie auf ihn warten? Ausgerechnet. Hätte er sich angemeldet, vielleicht. Aber Silvia war schon immer eine viel beschäftigte Frau gewesen. Hummeln im Hintern und Projekte im Kopf. Das hatte Radu gefallen. Aber das Schicksal hatte ihnen keine Chance gegeben. Und trotzdem hatte ihn das Leben jetzt durch einige kleine Gassen in die Via Roma 25 geführt. Hier waren sie untergekommen. Für zwei Nächte. Enzo und er. Als sie aus der Fremdenlegion desertiert waren. Es hatte sofort gefunkt zwischen Silvia und Radu. Enzo hatte es nicht gerne gesehen. Silvia hatte ihm gesagt, dass er sich nicht einzumischen hätte, dass sie ein selbstständiger Mensch sei und wüsste, mit wem sie sich einlassen wollte und mit wem nicht. Sie war aber nicht so selbstständig gewesen, wie sie geglaubt hatte, und sie hatte nicht gewusst, mit wem sie sich eingelassen hatte. Ihre Familie hatte alles dafür getan, dass sie einen anderen Mann heiratete, und Radu hatte das Leben weitergespült. Nach Bukarest, Kroatien, Brasilien, Wien und wieder Bukarest. Vom Deserteur zum Rausschmeisser, Zuhälter, Mädchen für alles. Stufe um Stufe war er die Leiter der dunklen Karriere emporgestiegen, bis er seinen eigenen Clan diktierte. Und plötzlich brach ihm der Sinn für alles weg. Dass er ausgerechnet jetzt vor Silvias Haustür stand, war absurd und konsequent zugleich. Er läutete und hoffte, dass sie nicht da war. Dass sie mit ihrem Mann den Spätsommer auf

Sardinien verlängerte, mit ihrer erwachsenen Tochter einkaufen war oder in Mailand an einer neuen Modekollektion arbeitete. Tatsächlich schien niemand da zu sein. Er läutete nochmals, um sich später keinen Vorwurf machen zu müssen, wartete und ging erleichtert, als ihm noch immer niemand öffnete. Eine Frau mit zwei schweren Einkaufstaschen stand ihm im Weg.

«Zu wem wollen Sie?», fragte sie.

Radu hatte ihre Stimme sofort erkannt. Es lag ein kratziger Hauch darauf. Wie bei Gianna Nanini. Das hatte ihm auch damals sofort gefallen. Sie sah müde aus. Fünfundzwanzig Jahre. Das war eine lange Zeit. Ein halbes Leben. Oder ein ganzes?

Sie sahen sich an. Silvia erkannte nun auch ihn. Sie stellte die Taschen ab, trat einen Schritt zurück und besah ihn genauer.

«Siehst abgekämpft aus», sagte sie. «Hast du Hunger?»

Er genoss den Klang ihrer Stimme. Sie hätte ihn auch zum Teufel jagen können, es wäre Musik in seinen Ohren gewesen. Er nickte. Sie ging an ihm vorbei, ohne die beiden Einkaufstaschen vom Boden zu nehmen. Radu wusste, dass es sein Job war, sie nach oben zu tragen.

Er folgte Silvia ins Haus und stieg hinter ihr die Treppen nach oben. Es roch nach Ammoniak.

Silvia öffnete die Wohnungstür und ging vor. Sie warf ihren Mantel auf dem Sofa ab und kickte sich die Schuhe von den Füssen. «Du kannst die Sachen direkt in die Küche bringen. Durch den Gang und dann links.» Sie fiel auf das Sofa, legte die Beine hoch und schloss die Augen. Radu sah sie einen Moment an und ging in die Küche. Er stellte die Taschen ab.

«Du kannst schon mal heisses Wasser aufsetzen. Wir machen Pasta Bianca, wenn das für dich in Ordnung ist.»

Für Radu war alles in Ordnung, wenn Silvia nur redete. Ihre Stimme versetzte ihn in die Zeit, als noch alles möglich war. Er spürte seine Urkraft und wusste doch, wie rasch sie wieder im Zweifel seiner Fragen versickern würde. Er setzte Wasser auf und kehrte zu Silvia zurück. Sie lag noch immer auf dem Sofa. Sie hatte ihre Hand über die Lider gelegt und massierte sich die Augenknochen über den Brauen.

«Alles in Ordnung?», fragte Radu.

«Nur etwas müde. Und Kopfweh. Acht Stunden Esselunga sind nichts für mich.»

«Du arbeitest im Supermarkt?»

«Da staunst du, was? Ja, das Leben hat so seine eigenen Vorstellungen mit den Menschen.»

«Was machst du dort?»

«Ich sitze an der Kasse. Deswegen bin ich auch so fett geworden.»

«Ist mir nicht aufgefallen.»

«Du hast nie richtig hingeguckt, Radu. Das war nie deine Stärke. Hättest du damals richtig hingeguckt, hättest du auf meine Familie geschissen und mich entführt. Ich wäre das Glück deines Lebens gewesen.» Sie lachte dreckig. Was für ein Lachen. Rock 'n' Roll. «Im Bad hängt ein Spiegelschrank. Wenn du rechts öffnest, findest du Aspirin. Lös mir bitte eine Tablette im Glas Wasser auf.»

Radu ging ins Bad. Er füllte das Glas, in dem die Zahnbürste stand, mit Wasser und warf ein Aspirin hinein. Er rührte mit dem Griff der Zahnbürste um und kehrte zu Silvia zurück. Sie setzte sich hin, nahm das Glas und kippte den Inhalt. «Kocht das Wasser schon?», fragte sie.

Radu ging in die Küche. Die ersten Luftblasen lösten sich vom Boden des Topfes und stiegen an die Oberfläche.

«Vergiss nicht zu salzen, bevor du die Spaghetti reinwirfst.»

Radu fand das Salz, wartete noch, bis das Wasser richtig kochte, und schüttete eine hohle Hand voll hinein. Er mochte das Zischgeräusch, wenn sich kochendes Wasser mit Salz mengte.

«Die Spaghetti sind in dem Sack mit dem Brot», kam es von nebenan. Radu fand sie, riss sie auf und steckte die Hälfte der Packung in den Topf. Er nahm einen Kochlöffel aus einem Tontopf und drückte die Teigwaren damit unter Wasser.

«Steht dir nicht schlecht», sagte Silvia, die jetzt hinter ihm stand und begann, ihren Einkauf aus den Taschen zu räumen. «Magst du Thon dazu? Oder reicht dir Olivenöl? Wie wäre es mit geröstetem Rosmarin?»

«Klingt alles gut.»

«Essen wir hier?»

«Gerne.»

«Vorne am Fenster stehen Teller.»

Radu ging ans Fenster, öffnete den oberen Einbauschrank und holte zwei Teller raus. Er wollte sie auf den Tisch stellen und sah überrascht auf den Lauf einer Pistole. «Es wird Scherben geben, wenn du abdrückst.»

«Liegt nicht an mir. Und Scherben hinterlassen war schon immer *deine* Stärke.»

«Was soll das?», fragte Radu und stellte die Teller auf den Tisch.

«Das wüsste ich gerne von dir. Warum bist du hier? Was willst du?»

«Reiner Zufall. Ich habe in der Gegend zu tun.»

«Falsche Antwort.» Sie entsicherte die Beretta.

«Die macht Krach», sagte Radu.

«Halbes Pulver. Habe ich von dir gelernt. Ausserdem wird der Nebel den Schuss schlucken, so wie er hier alles schluckt.»

«Ich sage die Wahrheit. Ich bin nur auf der Durchreise. Ich will in die Schweiz.»

«Ich habe dir schon einmal geglaubt. Und du hast mich sitzen lassen. Erinnerst du dich? Du hattest versprochen, du würdest mich holen. Würdest nicht zulassen, dass mich meine Familie an dieses sizilianische Arschloch verkauft. Ich habe gewartet. Tag und Nacht. Sogar noch nach der Hochzeit. Du bist nie gekommen. Und jetzt tauchst du einfach auf, nach all den Jahren. Siehst gut aus, vielleicht etwas müde, aber doch vom Leben geküsst, und glaubst, dass ich mit dir hier zu Abend esse, als seien wir alte Freunde. Du Arschloch! Ich habe dich geliebt. Ich habe dich wirklich geliebt. Nie wieder danach habe ich so geliebt.» Tränen stiegen ihr in die Augen. Sie wischte sie mit schnellem Klimpern der Lider weg. «Hol die Spaghetti raus, sonst werden sie zu weich. Bissfest müssen sie sein. Noch habe ich Zähne. Noch kann ich beissen.»

Radu drehte sich zu dem Topf und goss die Spaghetti ab. Er füllte die beiden Teller damit und servierte sie auf dem Tisch.

«Besteck ist in der Schublade.»

Radu holte zwei Gabeln und legte sie neben die Teller. Silvia bückte sich und zog eine Flasche Olivenöl aus der Einkaufstasche. Sie sicherte die Pistole und legte sie neben die Gabel. «Wie gerne würde ich dich erschiessen. Aber es würde nichts bringen. Wie oft habe ich schon versucht, dich in meinen Gedanken zu töten. Es gelang mir nicht. Ich träume noch immer von dir. Nicht jede Nacht, aber doch oft. Es sind keine schönen Träume. Eher Streit und Kampf. Keine Romantik. Aber eben Träume, in denen du auftauchst. Kannst du mir erklären, warum das so ist? Träumst du auch von mir?»

Radu wusste keine Antwort. Auch er hatte Träume. Auch ihnen fehlte jeder Hauch an Romantik. Sie waren so brutal wie sein Leben. Aber Silvia kam nie darin vor. Trotzdem log er. «Ja. Ich träume auch oft von dir. Aber ich kämpfe darin nicht. Ich sitze mit dir in der Abendsonne. Du spielst auf der Gitarre und singst, während ich mich mit Rotwein betrinke und dann nackt schwimmen gehe. So in der Art.»

«Aha. So in der Art.» Sie goss sich Öl auf die Spaghetti, drehte sich ein paar auf die Gabel und pustete. «Du warst schon immer ein schlechter Lügner.» Sie schob die Gabel in den Mund und kaute. «Und eine Kitschnudel. Ein Baum von einem Mann, der noch an Ehre und Freundschaft glaubt, obwohl er sie täglich verrät.»

«Ich habe nie jemanden verraten.» Radu war lauter geworden, als er wollte.

Silvia hob die rechte Braue, die Radu warnen sollte. Noch lag die Pistole bei ihr. Wie schnell und sicher sie damit umgehen konnte, wusste Radu nicht. Er wollte es nicht darauf ankommen lassen. Ausserdem wollte er Silvia kein Haar krümmen.

«Wie geht es Enzo?», fragte er.

Sie sah ihn verwundert an. «Er ist tot. Wusstest du das nicht?»

«Nein. Wir haben uns seit damals nicht mehr gesehen.» Er drehte die Gabel in den Spaghetti. «Wie ist es passiert?»

«Autounfall.» Silvia hatte jede Silbe einzeln betont.

«Wo?»

«Palermo.»

Die Spaghetti waren al dente, und das Öl schmeckte gut. «Wann?»

«Vor fünf Jahren.»

«Das tut mir leid.»

«Braucht dir nicht leidzutun. Er fuhr einfach zu schnell, hielt sich nicht an die Verkehrsregeln. Da kann man schon mal aus der Kurve fliegen.» Sie stand auf. Die Pistole liess sie auf dem Tisch liegen. Radu überlegte kurz, ob er sie an sich nehmen sollte, liess es aber sein.

«Barbera?», fragte Silvia.

«Gerne.»

Silvia nahm zwei Gläser aus der Spüle und öffnete eine Flasche. «Keine Korken mehr. Nur noch Schraubverschluss», sagte sie und schenkte den Rotwein ein. Sie reichte Radu das Glas und setzte sich mit ihrem an den Tisch zurück. *«Salute»*, sagte sie und hob das Glas.

«Auf dich», sagte Radu und hätte es besser nicht getan.

Silvia platzte vor Lachen und prustete dabei den Schluck Wein, den sie bereits im Mund hatte, über den Tisch. Ein paar Tropfen trafen auch Radus hellblauen Pullover und färbten ihn im Bereich der Brust.

«Auf mich. Du Floskeldreher. Was bildest du dir ein? Du weisst doch gar nichts von mir.»

Radu hörte nicht hin. Er sah auf die Rotweinflecken in der Nähe seines Herzens und dachte, dass es doch besser gewesen wäre, die Pistole an sich zu nehmen. Er nahm das Salz vom Tisch und streute es auf die roten Flecken.

«Hausmittelchen. Darum warst du nie verlegen.» Sie trank und goss nach. «Warum hast du nicht um mich gekämpft, Radu? Eh?» Sie schlug das leere Glas auf den Tisch. Radu sah sie an.

«Gekämpft?»

«Ja. Gekämpft. Du warst doch ein Kämpfer. Ein Soldat. Aber ich war nicht Beute genug, was?»

«Ich hatte deine Familie zu respektieren.»

«Papperlapapp. Wenn du eine Chance gesehen hättest, dem alten Roberto eine Million abzuknöpfen, hättest du es getan, aber ich war dir noch nicht einmal tausend Lire wert.»

«Silvia. Ich war jung und auf der Flucht. Ich brauchte eine neue Identität. Und deine Familie hat sie mir gegeben. Wie lange wärst du mit mir durch die Welt geflohen? Ohne Papiere? Ohne Geld? Ohne Perspektive?»

«Bis ans Ende der Welt wäre ich mit dir gegangen. Wir hätten

Arbeit gefunden. Irgendwo gibt es immer Arbeit und eine Möglichkeit.»

«An der Kasse bei Esselunga?» Er hätte es nicht sagen sollen.

Silvia griff zur Pistole, entsicherte sie und drückte ab. Radu hätte keine Chance gehabt. Hinter ihm barst eine Vase. «Ich habe dich nicht verfehlt. Diese Vase nervt mich schon ein halbes Leben. War ein Hochzeitsgeschenk von Don Roberto, Enzos grossem Onkel aus Palermo.»

«Du bist verheiratet?»

«So hässlich bin ich nun auch wieder nicht. Oder meinst du, ich hätte ein Leben darauf gewartet, dass du zurückkommst?»

«Und wo ist dein Mann?» Radu sah auf Silvias Hand, in der sie die Pistole hielt.

«Vergiss es. Du lenkst mich nicht ab. Wenn ich dich abknallen wollte, wärst du längst tot.» Sie legte die Pistole wieder auf den Tisch, liess sie aber entsichert. «Normalerweise käme er gleich nach Hause. Er war Anwalt. Sass dummerweise im selben Auto wie Enzo. Als Beifahrer.» Sie goss sich nach, sah, dass Radu noch nichts getrunken hatte, und schüttelte den Kopf. «Das ist typisch für dich. Beim Anstossen grosse Sprüche klopfen und dann nichts trinken. Jetzt verstehe ich, was Enzo damit meinte, dass man mit dir nicht richtig saufen könne. Er sagte, du wüsstest immer, wann du aufhören müsstest. So richtig besoffen hätte er dich nie erlebt. Aber genau da, Radu, fängt Liebe und Freundschaft an. Im Rausch.» Sie hob ihr Glas. «Komm, trink wenigstens das Glas aus, bevor du gehst. Tu wenigstens so, als würdest du dich mit mir besaufen wollen.»

Radu nahm das Glas und leerte es in einem Zug. Silvia lächelte ihn zynisch an. Radu stand auf und ging an ihr vorbei. Er wäre vorbereitet, falls sie ihm in den Rücken schiessen wollte. Eine Drehung, ein Sprung, und er hätte sie entwaffnet. Gefährlich wurde es nur, wenn die Distanz zwischen ihm und ihr grösser wurde. Er liess es darauf ankommen. Würde sie ihm folgen und von hinten abknallen? Nein. Wenn, würde sie ihn ansehen. Sie war zu stolz, um von hinten zu töten. Sie war nicht er. Er nahm seine Jacke vom Stuhl und zog sie an.

«Ein Glas mehr und du hättest vielleicht über Nacht bleiben können», sagte sie. Sie stand im Türrahmen. Die Flasche Wein in der Hand. «Komm nie wieder vorbei, Radu. Sentimentalität kann tödlich sein. Und ich habe keine Vase mehr, die mir als Ersatzschädel dient.»

Radu verliess die Wohnung und zog die Tür hinter sich zu.

***

«Nur noch ein kleines bisschen, dann ist die Pfanne leer», sagte Urs und liess Laura keine Chance. Er klatschte den restlichen Risotto auf den Teller und stand auf. «Caffè oder Grappa?»

«Grappa», sagte Regula.

«Auch für mich. Am besten zwei. Sonst platzt mein Bauch.»

«Du brauchst was auf die Rippen. Siehst aus wie eine Magersüchtige.» Urs meinte es wirklich so.

«He, Urs. Laura war schon immer so.»

«Dann war sie eben immer schon magersüchtig. Andere sind schon von Geburt an dumm. Das gibt es alles.» Er zupfte sich den grauschwarzen Vollbart und schlurfte an die Bar.

«Der spinnt», sagte Regula und stopfte sich die Pfeife.

«Seit Geburt.» Laura schob den Teller weg. Sie war satt bis obenhin. Ihr Handy klingelte. Sofort begann sie zu zittern, merkte, wie ihr kalter Schweiss auf die Stirn trat. Es klingelte weiter.

«Willst du nicht rangehen? Vielleicht ist es wichtig?»

«Heute ist nichts mehr wichtig. Heute bin ich mal bei euch.» Sie stand auf und ging zur Jacke, holte das Handy heraus und sah auf das Display. Angela. Tomasos Mutter. «Ich stell das Ding einfach mal ab.» Sie tat es.

«Lass sehen», sagte Urs, der mit drei Gläsern und einer Flasche Grappa hinter Laura stand und aufs Handy schielte. «Tatsächlich. Sie hat es wirklich ausgemacht. Das wird dich auf Entzug setzen.» Er ging an den Tisch. «Erinnerst du dich noch an das letzte Mal, als Laura hier war? Sie schien mit ihrem Smartphone verwachsen. Ständig hatte sie etwas zu tippen oder zu lesen. Man konnte sich gar nicht mit ihr unterhalten.»

«So schlimm war es auch wieder nicht. Für dich vielleicht, weil du in deinen endlosen Monologen unterbrochen wurdest. Schenk ein.» Regula hielt ihm ihr Glas hin. Urs gehorchte.

Laura kam an den Tisch zurück und hob das gefüllte Glas zum Anstoss. «Worauf trinken wir?»

«Freundschaft», sagte Regula.

«Blödsinn. Kunst. Wir trinken auf die Kunst. Freundschaft vergeht, Kunst bleibt.»

«Ich trinke auf beides.» Laura wartete nicht lang und kippte den Grappa. Der zog tief bis in die Darmzotten und tat gut. Laura stöhnte, als würde sie auf der Massagebank liegen und ordentlich durchgeknetet werden. Sie streckte Urs das Glas entgegen. «Noch einen.»

Urs schenkte nach. Diesmal trank Laura den Schnaps langsam. Sie wollte nicht gleich besoffen vom Stuhl fallen. Sie wusste, dass sie nur wenig vertrug. «An was schreibst du gerade? Regula sagte, du feilst an einem Bestseller.»

«Spottet nur. Diesmal wird es ein Knaller. Vor allem sprachlich.»

Regula lachte laut. «Sprachlich? Was interessiert die Masse sprachlich? Das muss fetzen.»

«Meinetwegen, es wird auch fetzen. Gleichzeitig muss es aber sprachlicher Genuss sein. Vortrefflich in der Zuspitzung. Wie Bismarck. Und das braucht eben Zeit. Ein ordinärer Autor würde nur von einem Grappa schreiben, den sein Held trinkt. Bei mir wird der Leser aber noch erfahren, dass dieser Tresterbrand mindestens siebenunddreissig Komma fünf Prozent Alkohol besitzen muss und dass ihn die italienischen Soldaten im Ersten Weltkrieg als Tagesration verordnet bekamen, damit sie nicht vor Angst die Schützengräben in Latrinen verwandelten.»

«Und was hat der Leser davon, wenn er das weiss? Schreibst du ein Lehrbuch oder einen Thriller?» Laura hatte den Grappa nun doch schon geleert und hielt Urs das leere Glas entgegen. Er goss nach. «Es interessiert mich einen Scheissdreck, ob der Leser bei mir etwas lernt. Soll er doof bleiben.»

«Die meisten sind sowieso schlauer als du, Urs.» Regula lachte und paffte die Pfeife, die sie mittlerweile angezündet hatte.

«Sollen sie das ruhig glauben. Aber du lenkst mich ab mit deinen unqualifizierten Zwischenrufen. Ich wollte Laura was erklären. Etwas Wichtiges. Und jetzt ist es weg.»

«Trink noch einen, dann fällt dir bestimmt was ein. Und wenn es nicht dasselbe ist, hast du eine andere Erleuchtung. Die gehen dir zum Glück nie aus.»

«Ja, das ist wahrlich ein Glück.» Er goss sich nach. «Weisst du, Laura, manchmal glaube ich, dass ich einen Hirnsprung habe.»

«Was ist das denn?» Laura sah fragend zu Regula.

«Weiss ich nicht. Höre ich auch zum ersten Mal. Was ist ein Hirnsprung?»

Urs kniff die Lippen zusammen und nickte wissend, rückte aber nicht damit heraus.

«Mach schon. Spann uns nicht so auf die Folter, du elender Wichtigtuer.»

«Das Gegenteil von der Hirnschrumpfung. Bei den meisten Menschen schrumpft das Hirn im Laufe ihres Lebens. Bei mir wächst es. Aber nicht dezent, sondern in Sprüngen, die höllisch schmerzen.»

Regula platzte raus vor Lachen und knallte das Glas auf den Tisch. «Vor allem am Tag nach einem Vollrausch, habe ich recht?»

«Mach dich nur lustig. Ich wusste schon, warum ich es für mich behalte.» Er drehte sich zu Laura. «Glaubst du mir? Vielleicht kennst du so etwas ja auch?»

«Migräne kenne ich.»

«Nein, nein. Keine Migräne. Es ist ein Druckgefühl, wie wenn jemand einen Luftballon im Kopf etwas mehr aufbläst.»

«Das hört sich nicht gesund an. Warst du schon einmal beim Arzt deswegen?»

«Bin ich wahnsinnig? Entweder sie attestieren mir einen Tumor und sägen dann an meinem Schädel herum, oder sie kapieren sofort, dass ich ein Sonderfall für die Hirnforschung bin. Und dann attestieren sie mir garantiert einen Tumor.»

«Es reicht, Urs. Erzähl uns jetzt endlich von deinem Bestseller.» Regula war laut geworden. Urs kuschte und goss allen noch einmal nach. «Also gut. Obwohl es eigentlich noch geheim bleiben müsste.»

«Wem sollten wir es denn verraten?» Genervt kaute Regula am Pfeifenstiel.

«Na ja. Laura ist Journalistin. Die ist immer heiss auf eine tolle Story.»

«Aber bestimmt nicht auf Phantasien deines Hirnsprungs.»
«Wart nur ab. Ich sage nur: Islamischer Staat.» Er schwieg.
«Ja. Und? Was ist damit?», fragte Laura. Sie merkte, dass ihre Zunge bereits gegen die hinteren Backenzähne drückte und das «S» nicht mehr sauber artikulierte.
Urs hob die Brauen. Seine dunklen Äuglein funkelten. «Seht ihr? Das ist ein Hook. Ein Aufhänger. Da greifen die Leute schon ins Regal, ohne lange nachzufragen. Und wenn ich euch jetzt noch frage: Wie finanziert sich ein Staat, der nichts produziert?» Er schwieg wieder. Laura wollte gerade antworten, ihre Zunge war aber zu langsam, Urs übernahm es selbst. «Er brandschatzt.» Ein breites Grinsen.
«Und? Was ist daran neu?», fragte Regula genervt von so viel Wichtigtuerei.
«Ich habe nicht gesagt, dass es neu ist. Was aber interessant sein dürfte, und deswegen habe ich vorhin auch nicht auf Freundschaft, sondern auf die Kunst getrunken – was macht der IS mit all den geraubten Kunstschätzen? Wo und wie versilbert er das Zeug?»
Er sah in die Runde. Laura nahm ihn nur noch verschwommen wahr.
Sie glaubte noch zu hören, wie Urs sagte: «Alle Wege führen nach Rom.» Dann wurde es dunkel um sie herum.

VIER

Zwei Frauen mittleren Alters und ein junger Mann in schwarzer Motorradlederjacke, den Radu auf Ende zwanzig schätzte, sassen mit im Bus. Der junge Mann war mit ihm in Verbania eingestiegen. Die beiden Frauen waren in Ghiffa dazugekommen. In Cannero war eine deutsche Touristenfamilie ausgestiegen. Jetzt fuhren sie in Cannobio ein. Die kurvige Fahrt entlang des Sees bekam Radu nicht. Ihm wurde schon immer schlecht, wenn er im Auto hinten sitzen musste. Und im Bus hatte er auf der hintersten Sitzbank Platz genommen, um alles im Blick zu haben. Er sah aus dem Fenster, das half ein wenig gegen die Übelkeit.

Der junge Mann in der Lederjacke stand auf und ging zum hinteren Ausgang. Der Bus hielt. Der junge Mann sah zu Radu und nickte mit dem Kopf. Ein Zeichen, dass er ihm folgen sollte. War das eine Anmache? War der Kerl schwul? Radu reagierte nicht. Die Bustür öffnete. Der Kerl wiederholte seine Kopfbewegung und stieg aus. Die Tür schloss, der Bus fuhr an. Radu sah aus dem Rückfenster. Der junge Mann stand auf dem Zebrastreifen und ruderte wild mit dem Arm.

Radu sprang auf und rannte den Gang entlang zum Fahrer. «Entschuldigung, ich habe die Haltestelle verschlafen. Ich muss hier raus.»

Der Fahrer sah ihn schräg an und hielt an. «Hätte nicht gedacht, dass bei meinem Fahrstil jemand einschläft. Normalerweise kotzen die Leute eher.» Er öffnete die Tür. Radu sprang raus.

Er ging zur Haltestelle zurück und hielt Ausschau nach dem jungen Mann, der eben noch wild nach ihm gewinkt hatte. Er war verschwunden. Radu tippte, dass er zur Promenade gegangen war, und schlug in die Richtung ein. Der Nebel schwappte vom See in das kleine Städtchen und zwängte sich durch die Gassen. Ansonsten war es leer. Hin und wieder ein einzelner Schatten, der in einer der wenig geöffneten Bars verschwand. Die kleinen Orte entlang des Lago hatten zwei Gesichter: Saison und Hors-Saison. Leben und Tod. Überbordender Tourismus und Geisterstadt. Der Geist, wegen dem Radu den Bus verlassen hatte, war verschwunden. Vielleicht war er auch in die Bar gegangen, in die der Schatten eben getaucht war? Radu sah sich um. Noch zwanzig Schritte bis zur Promenade. Kein anderes Lokal in der Gasse hatte geöffnet. Er entschied sich, in die Taverne zu gehen. Sie war nicht stärker besucht als der Bus. Drei Gäste. Zwei lümmelten sich an der Theke, ein dritter sass allein an einem Tisch und grinste Radu an. Es war nicht der junge Mann in der Lederjacke, sondern Amons feistes Gesicht, das sich an Radus Anblick erfreute. Amon sprang auf, so gut er es mit seinem Übergewicht vermochte, und trippelte auf Radu zu. «Überrascht?», fragte er und schien sich über sein kleines Agentenspiel zu freuen.

«Etwas.»

«Komm, setz dich und trink ein Glas mit mir. Oder hast du Hunger? Hier gibt es nur Pizza. Aber ganz gute. Ich kann dir die Siciliana empfehlen.»

«Ich habe schon gegessen.»

«Bei Silvia?»

«Hat sie dich angerufen?»

«Nein. Nicht direkt. Wir haben keinen Kontakt.»

«Und von wem weisst du, dass ich bei ihr war?»

«Instinkt.» Er tippte sich dabei auf sein spitzes vorwitziges Näschen. «Barbera?», fragte Amon und wartete Radus Antwort nicht ab, sondern zeigte dem Wirt zwei Finger.

Radu setzte sich und öffnete seine Jacke.

«Es war nicht schwer zu erraten. Du hast den alten Monza besucht und bist nicht schlau aus ihm geworden. Da wäre Enzo der nächste Schritt. Und da du nicht weisst, wo Enzo ist, suchst du seine Schwester auf.»

«Ich hatte dir aber gesagt, dass ich wieder mit der Centovallibahn zurück nach Camedo fahre.»

«Stimmt. Bist du aber nicht. Weil du mit Erika Rossini weggefahren bist.»

Radu setzte sich aufrecht in den Stuhl. Jederzeit bereit zum Sprung. Was spielte Amon da gerade?

«Woher kennst du Erika?»

«Kannte. Ich kannte sie. Sie ist jetzt leider tot. Ihr Freund hat sie erschossen und dann Selbstmord begangen.»

«Was?»

«Ja. So Sachen passieren eben.»

«Woher kanntest du Erika?»

«An ihr kam man nicht vorbei, wollte man hier Geschäfte machen. Sie konnte es sehr gut mit den Carabinieri. Ein grosser Verlust für beide Seiten. Ein Knotenpunkt, der nicht so einfach zu ersetzen ist.»

«Sie wollte mich umlegen.»

«Ich weiss.»

Der Wirt brachte zwei Barbera und zog sich zurück.

«Ich Idiot. Nicht wegen Kohle. Stimmt's? Sie war kein Junkie.»

«Nein. War sie nicht. Sie spielte das gerne. Du kennst die Tricks.»

«Sie hatte den Auftrag? Von wem?»

«Weiss ich nicht. Ich war nur gerade bei den Carabinieri wegen einer anderen Sache, und da habe ich zufällig mitbekommen, dass sie tot ist und man zuvor gesehen hatte, wie sie mit einem fremden Riesen davongefahren war. Und dann reimte ich mir den Rest zusammen.» Er hob sein Glas und nippte. «Und da sie in Mergozzo gefunden wurde, tippte ich darauf, dass du den Weg untenrum in die Schweiz eingeschlagen hast. Und weil Silvia da nun mal auf der Strecke liegt, lag es auf der Hand, dass du auch bei ihr anklopfen würdest.» Er hob die Brauen. «Na, wie bin ich als Detektiv? Ich hätte einen guten Columbo abgegeben, findest du nicht?»

«Ja. Stattdessen verschwendest du dein Talent als *I know someone who knows someone*.» Radu nahm das Glas, prostete Amon zu und trank einen Schluck. «Wusstest du, dass Enzo tot ist?», fragte er und sah Amon direkt in die Augen. Amon wich dem Blick aus und rieb sich mit Daumen und Mittelfinger die müden Augen. Er sah auf das Rotweinglas. «Dumme Geschichte. Autounfall. Mit seinem Schwager. Vor fünf Jahren, glaube ich.»

«Ja. Das hat Silvia auch erzählt.»

Amon sah vom Weinglas auf und beugte sich über den Tisch. «Der Monsignore hat sich gemeldet. Er möchte sich mit dir treffen.»

«In Rom?»

«Nein. In Locarno. Er hatte gerade in Vaduz zu tun.»

«Und was will er?»

Amon hob unwissend die Hände gen Himmel. «Das brauche ich nicht zu wissen.»

«Aber du weisst es.»

Amon schwieg.

«Wie viel?»

«Und wenn ich es wüsste, ich dürfte es nicht sagen. Davon lebe ich. Von Vertrauen.»

«Wo übernachtest du?»

«Hier. Ich habe auch ein Zimmer für dich gemietet. Heute fährt kein Bus mehr.» Amon griff in seine Jackentasche und schob Radu den Zimmerschlüssel rüber.

«Gut. Wo geht es zu den Zimmern?»

«An der Bar vorbei, die Treppe hoch. Erster Stock. Ganz hinten links. Ich bin direkt gegenüber.»

Radu nahm den letzten Schluck aus dem Glas und ging.

***

Laura dachte zuerst, sie würde den Lärm nur träumen. Klirrendes Glas, Schreie, dumpfe Schläge. Sie schoss im Bett auf und versuchte sich zu orientieren. Ja, sie war bei Regula. Und sie hatten viel Grappa getrunken. Filmriss. Urs und Regula mussten sie ins Gästebett gelegt haben. Jetzt wusste sie, wo sie war. Aber was sollte der Lärm? Sie erkannte die Stimme von Urs. Die Worte verstand sie nicht. Sie stieg aus dem Bett und ging langsam zur Tür. Ihr war schwindlig. Der Alkohol wirkte noch. Sie öffnete die Tür und sah auf den Flur. Sie war im oberen Stockwerk des Hauses. Der Lärm kam von unten. Stritten sich Urs und Regula wieder? Das taten sie oft. Und wenn sie getrunken hatten, wurden sie auch handgreiflich. Aber Regula war nicht zu hören. Nur Urs. Jetzt verstand sie ihn auch.

«Was habt ihr gemacht? Ihr Schweine? Was habt ihr nur gemacht?»

Laura ging langsam die Stufen hinab und spähte ums Eck. Urs stand mitten im verwüsteten Esszimmer und wiederholte seine Fragen. Vor ihm auf dem Teppich lag Regula. Sie bewegte sich nicht. Aus ihrem Kopf floss Blut.

«Hast du die 144 gerufen?» Laura war hellwach.

Urs fuhr herum und starrte sie an. «144? Da hilft kein Notarzt mehr. Sie ist tot.» Er liess die Papiere, die er in den Händen hielt, auf den Boden fallen.

Laura rannte zu Regula, beugte sich zu ihr hinunter und prüfte, ob Urs die Wahrheit sagte. Sie legte ihre Finger an die Halsschlagader der Freundin und drückte, so fest sie konnte, in der Hoffnung, tief im Fleisch noch ein Pochen zu spüren. Nichts. Regula war tot.

«Ich hatte ihn erwischt, weil ich aufs Klo musste. Wäre ich nur gleich wieder ins Bett. Aber ich hatte einen Einfall. Für mein Buch. Ich habe oft Einfälle in der Nacht. Und da gehe ich ins Büro und erwische dieses Schwein, wie es gerade meinen Schreibtisch durchwühlt. Ich brülle ihn an. Gehe auf ihn zu und will ihm die Maske vom Kopf reissen. Ich Idiot. Wäre ich doch nur einfach wieder ins Bett gegangen. Hätte er mein Manuskript doch stehlen sollen. Meine Gedanken wären wiedergekommen, aber Regula ist fort für immer.»

«Wie ist es passiert?»

«Regula ist von meinem Schreien aufgewacht. Der Kerl hat mir eine verpasst und ist mit dem Manuskript davon. Hier hat sich Regula ihm in den Weg gestellt. Du kennst sie. Ein Fels. An der kommt man nicht so einfach vorbei. Sie hat ihm wohl das Manuskript aus der Hand gerissen, und er hat ihr ein paar mit dem Schlagring verpasst.» Urs begann zu schluchzen. Laura nahm ihn in den Arm.

«Wir müssen die Polizei verständigen», sagte Laura.

Urs drückte sich von Laura ab und wischte mit der Hand durch seinen Bart. «Bertini? Der macht sowieso nichts. Der gehört doch zu der ganzen Bande dazu. Um solche Geschäfte abzuwickeln, braucht man Leute, die weggucken, verstehst du? Was glaubst du, warum die Suche nach dem dritten Mann aufgegeben wurde?»

Laura sah auf die tote Regula. «Meinst du, das war der dritte Mann?»

«Ich weiss es nicht, Laura. Ich bin nicht in der Lage, einen klaren Gedanken zu fassen.» Er stützte sich auf den Esstisch.

«Ich rufe Bertini an. Und Dani. Wenn sie jetzt nicht an der Story interessiert ist, dann ist etwas oberfaul.»

«Das kann ich dir jetzt schon unterschreiben.» Er sah sie an. «Hätte ich nur die Finger davongelassen. Manchmal schadet zu viel Phantasie der Gesundheit.» Er zog die Nase hoch, ging an das offene Cheminée, in dem noch Glut glomm, und warf die übrig gebliebenen Manuskriptseiten ins Feuer.

Laura trat neben ihn und sah, wie sie in Flammen aufgingen. «Schreibst du nicht auf dem Computer?»

«Den ersten Entwurf nie. Da bin ich altmodisch. Ausserdem habe ich Angst, dass mir die Dateien gehackt werden. Ich weiss, dass mein Rechner schon lange ausspioniert wird.» Er nahm einen Schürhaken und stocherte im verbrannten Papier. «Hätte ich es mal getan. Dann wären die Schweine nur durch den Computer bei mir eingebrochen, und Regula wäre noch am Leben.» Er klopfte mit dem Haken auf den übrig gebliebenen Buchenstrunk und stierte auf den Funkenflug.

Laura ging in ihr Zimmer hoch, zog das Handy aus der Jacke und rief Bertini an.

***

Radu träumte schlecht. Nass geschwitzt strampelte er im Laken. Die Bettdecke lag auf dem Fussboden. Er fror. Wie konnte man immer wieder dasselbe träumen? Er knipste die Lampe auf dem Nachttisch an und blinzelte in das Zimmer. Er fand die Bettdecke und zog sie über sich. Ein Blick auf die Armbanduhr verriet, dass es erst drei Uhr morgens war. Eine gefährliche Zeit. Wenn er jetzt nicht mehr einschlafen konnte, war der kommende Tag eine Qual. Radu brauchte nicht viel Schlaf. Aber die Stunden zwischen zwei und fünf Uhr morgens waren ihm wichtig, er träumte gerade in diesem Zeitraum am heftigsten. Er legte sich auf den Rücken und versuchte in die Chakren zu atmen, so wie es ihn Tanvee, seine indische Yogalehrerin, gelehrt hatte. Mit jedem Atemzug beruhigte er sich. Beim Herz-Chakra angekommen, war er fast so weit, dass er beruhigt hätte einschlafen können, da klingelte ein Handy. Radu schrak hoch. Er kannte den Klingelton nicht. Wessen Handy war das? Er erinnerte sich, dass er Tomaso das Handy abgenommen hatte. Und er erinnerte sich auch, dass Laura ihn angerufen hatte, um ihm zu sagen, dass Tomaso tot war. Also rief jemand an, der noch nicht wusste, was mit Tomaso geschehen war. Vielleicht war es aber auch Laura, die Radu nur unter diesem Telefon erreichen konnte.

Radu schälte sich aus der Decke und ging zu seiner Jacke. Er nahm das Handy heraus. Das Display zeigte eine Nummer, die Radu nicht kannte. Er nahm den Anruf entgegen.

«Pronto …?» Er sprach bewusst leise, damit man nicht sofort erkannte, dass er nicht Tomaso war.

«Radu, fahr nach Hause und setz dich zur Ruhe. Du bist dem Spiel nicht mehr gewachsen», sagte eine unbekannte Stimme am anderen Ende der Leitung.

«Was? Wer sind Sie? … Hallo …»

Aufgelegt. Radu wählte sofort die Nummer, die auf dem Display leuchtete. Er hätte es sich denken können. Die Nummer war jetzt tot. Erlaubte sich da jemand einen Scherz mit ihm? Ein alter Feind, der noch eine Rechnung offen hatte? Wer? Da gäbe es einige, die Radu gerne in der Hölle wüssten oder im Ruhestand. Das wollte er ja selbst auch. Aber nicht, bevor er seinen beiden toten Neffen die letzte Ehre erwiesen hatte. Und diese Ehre lautete nun einmal: Rache. So dumm es auch war. Auge um Auge, das hatte noch nie Frieden gebracht. Terror gebar Terror. Das wusste Radu. Und es war lange Zeit ein probates Mittel gewesen, um sein kleines Reich aufzubauen. Wenn er jetzt einknicken würde, wäre er ein zahnloser, alter Köter, dem man noch nicht einmal mehr das Trockenbrot gönnen würde. Nein, er musste diese Sache zu Ende bringen. Er durfte nicht mit leeren Händen nach Hause kommen. Seine Schwester und der Rest des Clans würden ihn bespucken. Und das zu Recht. Es gab nun einmal diesen verdammten Kodex. Da konnte er noch so viele kluge Philosophen lesen und sich stoisch zu Buddha bekennen. Radu war gefangen in der Tradition seiner Ahnen. Eine Tradition, die er selbst bewusst und stolz vor sich hergetragen hatte und die ihn nun wie Salzsäure zu zersetzen drohte.

Wer hatte ihn da eben angerufen? Und wozu? Wollte ihn da wirklich jemand warnen? Oder wollte er sich nur zu erkennen geben? Das Spiel offiziell bestätigen? War es der dritte Mann, der nasse Füsse bekam und zum Gegenangriff rüstete? Jemand aus Bukarest? Oder aus Rom? In Bukarest gab es nur Lupescu, der ernsthaft Interesse haben konnte, Radus Geschäfte zu übernehmen.

Aber Lupescu hatte gerade andere Sorgen. Die Steuerfahnder waren ihm auf den Fersen. Ausserdem tanzten seine Söhne aus der Reihe. Nein, Lupescu würde sich jetzt nicht aus der Deckung wagen. Das wäre sein Untergang. Also blieb Rom. Amon hatte gesagt, dass der Monsignore mit Radu sprechen wollte. Der engere Kreis. Eine mächtige Loge um den Vatikan herum. Radu hatte früher einige Geschäfte mit Holzer gemacht. Schmutzige Geschäfte. Organhandel. Flüchtlinge vor Lampedusa gerettet, um sie zum Metzger zu bringen. Radu hatte mit der Schlachtung nichts zu tun gehabt, nur mit der Logistik. Er hatte mit seinen Leuten die Flüchtlinge von den Schiffen in sein Boot genommen und sie an Land gebracht. Von dort hatten Holzers Leute den Rest besorgt. Sie waren mit Krankenwagen gekommen und hatten die Flüchtlinge in ein Hospital gebracht, um sie angeblich auf Krankheiten zu untersuchen. Tatsächlich wurden sie unter Narkose gesetzt und operiert. Dann kam Radu wieder ins Spiel. Und Giorgio Rossi. Giorgio hatte die Kunden, Radu die Spedition. Ein Scheissgeschäft. Aber es brachte Millionen. Und rettete auch Radus Schwester vor der Dialyse. Wie glücklich war sie, als die Nieren vom Körper angenommen worden waren. Zwei Nieren von einer unbekannten Afrikanerin. Und als gäbe es das Gesetz von Ursache und Wirkung tatsächlich, mussten dafür zwei Neffen sterben.

Es war rückgängig zu machen. Giorgio Rossi war mittlerweile tot. Ein interner Machtkampf. Seine Tochter Franca hatte das Erbe angetreten und meistbietend verhökert. Radu wusste nicht, an wen. Er war draussen aus dem Geschäft und froh darüber. Aber er wusste, dass Giorgio in Verscio ein Rustico hatte. Vielleicht sollte er mal dorthin? Vielleicht war seine Tochter zufällig dort? Oder es gab etwas in den Schränken zu finden, die ihm einen Hinweis geben konnten?

Radu zog seine Unterwäsche aus und ging duschen. Er wusste, dass er nicht mehr einschlafen konnte. Der Tag war im Eimer.

***

«Sah er so aus?» Bertini hatte Radus Foto auf den Tisch gelegt und tippte mit dem Zeigefinger darauf.

«Er war maskiert. Vielleicht sah er so aus. Was weiss ich. Sieht doch einer aus wie der andere. Ich sehe nur die Dummheit, wenn ich in so ein Verbrechergesicht schaue», sagte Urs, ohne richtig auf das Foto zu sehen.

«Dieser Mann ist alles andere als dumm. Er ist einer der gerissensten Bosse der rumänischen Mafia. Radu Steiner. Er hat seinem grössten Gegenspieler in Bukarest gerade die Steuerfahndung auf den Hals gehetzt. Ihm gehören Anwälte, Richter, Polizisten und Journalisten in Rumänien. Also erzählen Sie mir nicht, dass dieses Gesicht vor Dummheit strotzt.»

Urs liess sich auf einen Stuhl fallen. «Meinetwegen ist er eben gerissen und erfolgreich. Aber was ist ein Erfolg wert, für den man über Leichen geht? Nur wegen eines Manuskripts?»

«Vielleicht stehen Dinge darin, die ihm schaden könnten?»

«Da steht nichts drin von rumänischer Mafia. Aber gar nichts.»

«Was steht drin?»

«Etwas über korrupte Schweizer Polizisten.» Urs blitzte Bertini an.

«Ich verstehe den Schmerz über den Tod Ihrer Frau. Aber ich muss mich nicht beleidigen lassen.»

«Fühlen Sie sich etwa angesprochen?» Urs stand auf und ging aus dem Haus.

Bertini drehte sich zu Laura. «Wissen Sie etwas über den Inhalt des Manuskripts?»

«Nein.»

«Was wollten Sie hier? Das alles hier riecht doch nach einer Story für Sie.»

«Ich arbeite nicht mehr für den ‹Anzeiger›.»

«Dani hat mir aber erzählt, dass Sie sie angerufen haben. Sie glauben, dass diese Sache etwas mit den zwei toten Rumänen zu tun hat. Dasselbe glaube ich auch. Und ich glaube, dass Steiner dahintersteckt.»

«Dann reden Sie doch mit Dani und lassen Sie mich in Ruhe.»

Bertini nahm Steiners Foto vom Tisch und steckte es ein. «Übrigens, liebe Grüsse von Tomaso.» Er grinste breit und liess Laura mit offenem Mund zurück.

Urs kam rein. «Ich hoffe, es stört dich nicht, wenn ich die Tür noch ein wenig offen lasse. Der Kerl stinkt nach Korruption und schlechtem Rasierwasser.» Er trat an Laura heran und legte ihr den Arm auf die Schulter. «Ich lege mich hin. Schlafen werde ich nicht können. Aber ich werde bestimmt eine Woche nicht mehr aus dem Bett kriechen. Wenn du gehst, zieh einfach die Tür hinter dir zu. Du kannst aber auch bleiben. Nur: Lass mich im Bett.»

Laura nahm ihn fest in den Arm, drückte ihn und begann zu schluchzen. Urs war nicht in der Lage, ihre Umarmung zu erwidern. Seine Arme hingen wie angenäht an ihm herunter. Sie löste die Umklammerung und sah ihm nach, wie er in sein Zimmer schlurfte. Sie ging hoch ins Gästezimmer und legte sich aufs Bett. Nein. Schlafen konnte sie jetzt auch nicht. Nicht hier, wo vor wenigen Stunden jemand ihre einzige Freundin umgebracht hatte. Sie sprang auf, zog sich an und rannte aus dem Haus. Um zu ihrem Panda zu kommen, musste sie ein Stück zu Fuss gehen. Die frische Luft tat gut, schaffte aber auch keinen klaren Gedanken. Beim Wagen angekommen, sah sie, wie Bertini Monzas Haus verliess und davonfuhr. Er hatte sie von Tomaso gegrüsst? Warum? Was sollte das?

Sie stieg in ihren Panda und erschrak. Auf dem Fahrersitz lag ein Foto von Tomaso und ihr an der Promenade von Ascona. Es war von diesem Sommer. Ferragosto. Da hatte Tomaso ihr den Heiratsantrag gemacht. Und sie hatte «Ja» gesagt. Einfach so. Ohne lange zu überlegen. Weil sie es romantisch fand. Am Tag darauf hatte sie es längst bereut gehabt. Aber sie hatte nicht den Mut gefunden, es Tomaso zu sagen. Er gab ihr auch gar keine Gelegenheit, plante nur die Hochzeit, das gemeinsame Haus, redete von drei Kindern und dass Laura erst einmal in die Kochschule von Angela gehen musste. Bei jedem Wort von Tomaso hatte es ihr den Brustkorb zusammengeschnürt. Er hatte sie erstickt mit seiner gemeinsamen Zukunftsvision. Und er hatte gesagt, dass sie nicht arbeiten müsse, erstens wegen der Kinder und zweitens, weil Tomaso bald so viel Geld verdienen würde, dass es für drei Frauen reiche. Er hatte dabei gelacht, und Laura war übel geworden. Die geballte Grosskotzigkeit dieses Tessiner Machos hatte ihr auf den Magen geschlagen. Sie war plötzlich zu einem Objekt degradiert, nur weil sie ein falsches Wort gesagt hatte: «Ja».

Sie hatte gewusst, dass sie es revidieren musste, wollte sie nicht bis zur Trauung an Magenkrebs sterben. Sie hatte auf den richtigen Zeitpunkt gewartet. Und der war vor drei Wochen, auf der ersten Castagnata in Verscio. Sie hatten sich ein Stück im Teatro Dimitri angesehen, über das Laura schreiben sollte. «Der Lügner» von Carlo Goldoni. Sie hatte es lustig und zugleich doppelbödig gefunden, und sie hätte sich gerne mit Tomaso im Anschluss darüber unterhalten. Aber er war neben ihr eingeschlafen und hatte sogar kurz geschnarcht. Er war noch nicht einmal aufgewacht, als Laura ihm mit dem Ellbogen einen Rippenstoss versetzt hatte. Erst mit dem Schlussapplaus war er aufgeschreckt und hatte so wichtig «Bravo» geschrien, dass Laura peinlich berührt aus dem Teatro schlich. Er war ihr hinterhergelaufen, und sie hatte ihm eine Szene gemacht, die Goldoni in nichts nachstand. Am Ende hatte sie sich den Ring, den Tomaso ihr an Ferragosto geschenkt hatte, vom Finger gerissen und ihm vor die Füsse gepfeffert. Das Publikum, das nach ihnen das Teatro verlassen hatte, bekam hier die Fortsetzung des Stücks präsentiert. Statt drei Hochzeiten am Ende den ernst gemeinten Bruch eines naiven Eheversprechens. Laura hatte den begossenen Pudel stehen lassen und die Sache für erledigt betrachtet. Tomaso hatte es aber nicht gelten lassen wollen. Täglich hatte er sie angerufen, war ihr in die Redaktion gefolgt, hatte sie in Bars angepöbelt. Vorgestern, in der Bar Milano, war es das letzte Mal gewesen. Danach hatte sie ihn nur noch ein Mal gesehen.

Mit einer Kugel im Kopf in ihrem Auto. Und dann war er verschwunden. Und jetzt sandte Bertini ihr liebe Grüsse von Tomaso? Wie passte das zusammen? Bertini hatte nichts von Tomasos Tod erwähnt. Jemand musste ihn entsorgt haben. Derselbe, der Regula getötet hatte? Und hatte dieses Schwein auch das Foto auf den Autositz gelegt? Laura setzte sich hinters Steuer, startete den Panda und fuhr davon. Sie erinnerte sich an das Foto, das sie gestern von Monzas Besucher geschossen hatte. Hätte sie es nur nie getan. Plötzlich fühlte sie sich schuldig an Regulas Tod. Vielleicht war es gar nicht Urs' Manuskript, hinter dem der Mörder her war? Vielleicht wurde sie von Monza und dem Fremden gesehen, wie sie Fotos von ihnen geschossen hatte, und der Fremde hatte verhindern wollen, dass Laura entdeckte, wer er war und dass er hier war? Die Vermutungen galoppierten und bekamen Flügel.

Sie musste das Foto auswerten. Am besten wäre es, wenn sie es Felix schickte. Der konnte sich in Suchmaschinen der Polizei einloggen und den Kerl identifizieren. Laura hatte ihren Laptop im Rustico gelassen. Sie fürchtete sich, allein dorthin zu gehen. Sie entschied sich, die Redaktion zu besuchen. Sie musste mit Dani reden. Vielleicht ging doch noch was? Und wenn nicht, würde sie dort gleich ihren Tisch räumen. Bei der Gelegenheit konnte sie die Fotos in ihren Computer laden und an Felix schicken. Sie setzte den Blinker und überholte eine Piaggio Ape, die Holz auf ihrer Ladefläche gebunkert hatte. Sofort stiegen Erinnerungen mit Regula auf. Wie sie gestern gemeinsam Holz aufgeladen hatten. Laura wollte nicht glauben, dass sie Regula nie wiedersehen würde.

***

Radu dampfte vor Hitze. Sein Schweiss lief ihm über Stirn und Nacken. Er war schon über drei Wochen nicht mehr gelaufen. Er wusste, dass er mindestens fünf Kilo zu viel hatte. Aber was sollte er sich noch abrackern, eine Kampfmaschine zu sein? Das hatte er lange genug getan. Nächstes Jahr würde er achtundvierzig werden. Da musste man sich nicht mehr in allen Disziplinen mit den Dreissigjährigen messen. Wer das tat, hatte nichts dazugelernt. Aber das Laufen tat gut. Und das Klatschen der kleinen Wellen ans Promenadenufer beruhigte ihn und liess Radu klare Gedanken fassen. Er hatte sich entschlossen, sich mit dem Monsignore zu treffen. Ob sie nun gemeinsam wieder ins Geschäft kamen, war Radu nicht wichtig. Er hatte so viel Geld, dass er es im Laufe seines Lebens gar nicht mehr ausgeben konnte. Jedenfalls, wenn er weiter sein Unternehmen von Bukarest aus leiten würde. Aber er wollte aufhören. Aussteigen. Wenn er diese Sache hier erledigt hatte, würde Radu Steiner sterben und unter einem neuen Namen weiterleben. Irgendwo, mit einem kleinen monatlichen Einkommen. Er würde sich der Philosophie und Buddha widmen, vielleicht das Akkordeonspiel wieder aufnehmen, mit dem er als Zwölfjähriger auf den Plätzen Temeswars die ersten Münzen erbettelt hatte.

Radu drosselte das Tempo und kam ins Gehen. Er wunderte sich, dass er keine Schmerzen in den Gelenken hatte. Vor allem das rechte Kreuzbein-Darmbein-Gelenk schmerzte sonst regelmässig, wenn er Sport machte. Vielleicht hatte die Pause gutgetan? Vielleicht war es richtig, den Dampf aus seinem Leben zu nehmen? Seit er denken konnte, war er auf der Überholspur gerast. Das Pedal bis zum Anschlag durchgedrückt. Ohne Boxenstopp. Ein Wunder, dass es ihn nicht längst aus der Kurve geschleudert hatte. Er dehnte Waden und Oberschenkel, die Flanken und den Nacken, während er auf den See blickte.

Im Augenwinkel nahm er eine Gestalt wahr, die sich näherte. Radu zog sein Dehnungsprogramm durch und blieb wachsam. Er drehte den Kopf unter dem Vorwand einer Dehnung in Richtung der Gestalt und erkannte ihn. Der Kerl in der Lederjacke, der ihn gestern zu Amon geführt hatte. Er blieb in einem sicheren Abstand von drei Metern Entfernung vor Radu stehen und sagte kein Wort.

«Ist Amon ungeduldig? Sag ihm, ich komme gleich.»

Der Langhaarige rührte sich nicht vom Fleck.

Radu drückte seine Nasenspitze gegen die Knie, soweit es sein Bauch zuliess, hielt die Dehnung zehn Sekunden und rollte sich dann langsam, Wirbel für Wirbel wieder aufrecht. Die Lederjacke sah durch ihn hindurch. Radu fiel in einen Trab und lief zur Albergo zurück. Einmal sah er sich um, ob die Lederjacke ihm folgte. Sie dachte nicht daran. Cooler Hund. Amon wusste, wo er seine Knechte rekrutierte.

Amon sass bereits beim Frühstück und kratzte Rührei vom Teller.

«Ich gehe duschen», sagte Radu.

«Aber bitte nur kurz. Wir haben es eilig.» Er wischte sich den Mund mit einer grossen Serviette und spülte mit Orangensaft nach.

Radu lief nach oben und ging in sein Zimmer. Er warf einen kurzen Blick auf Tomasos Handy. Zweimal hatte jemand versucht, ihn zu erreichen. Er tippte auf die Anrufliste. Es war Laura. Klar, dass ihre Nummer in Tomasos Handy gespeichert war. Er zögerte und entschied sich, später zurückzurufen. Wenn Amon sagte, es sei eilig, war es kurz vor Ladenschluss. Radu zog die Sportkluft aus, die er sich vom Hotel geborgt hatte, und stellte sich unter die Dusche. Er brauchte es jetzt kalt. Er musste wach sein. Der Monsignore war mit allen Wassern gewaschen. Radu durfte nicht das kleinste versteckte Zeichen während des Gesprächs übersehen. Er genoss das kalte Wasser, atmete in den Kälteschock hinein und hielt eine Minute unter dem Strahl aus. Hellwach entstieg er der Dusche und trocknete sich ab. Er ging ins Zimmer und war überrascht, dass er nicht allein war. Ein kahlköpfiger, magerer, kleiner Mann in elegantem grauen Anzug und dunkelgrauem Hemd stand vor ihm. Der Monsignore. Radu hatte ihn fülliger in Erinnerung. Vor allem sinnlicher. Radu wusste, dass der Monsignore eine Schwäche für Lustknaben hatte und auch gerne mal das ein oder andere Gelage warf, wenn es der Moment erlaubte. Jetzt sah er aber einen strengen, asketischen, gealterten Mann vor sich, der ihn dünn anlächelte.

«Ich sehe, du bist noch in Form», sagte der Monsignore.

«Ein paar Kilo zu viel, aber ich bin zufrieden.» Floskeln, die es brauchte, um auf die richtige Temperatur zu kommen.

«Darf ich mich setzen?»

«Darf ich mich anziehen?»

«Darf ich dabei zusehen?» Er verzog neckisch das Gesicht. «Entschuldige, Radu. Alte Spannergewohnheit. Die einzige Lust, die ich mir noch gönne.»

Radu liess sein Handtuch fallen, gönnte dem Monsignore den Anblick und zog sich in aller Ruhe an. «Weiss nicht, ob dir mein Anblick so viel Lust verschafft.»

«Ein Adonis bist du wahrlich nicht mehr. Aber die Reife hat auch ihre Reize.»

Radu war längst in frischer Unterwäsche und zog sich den hellblauen Pullover über. Der Monsignore sah auf die Rotweinflecken, die Radu mit dem Salz nicht vollends hatte tilgen können.

«Hast du keinen sauberen?»

«Hatte nicht damit gerechnet, hier zu übernachten.»

«Man sollte stets mit allem rechnen.»

«Und womit soll ich rechnen?»

«Dass statt meiner auch ein Killer hätte im Zimmer stehen können.»

«Weshalb ein Killer?»

«Weil du dir in deinem ehrgeizigen Leben nicht nur Freunde geschaffen hast.»

«Dafür Feinde, die mich fürchten.»

«Solange du keine Fehler machst.»
«Habe ich nicht vor.»
«Hast du schon gemacht.»
Radu entfernte einen Fussel vom Ärmel und musterte den Monsignore. «Welchen?»
«Du bist hierhergekommen.»
«Wohin genau? Borgnone? Domodossola? Verbania? Cannobio? Welches war der falsche Ort?»
«Alle vier. Alles, was ausserhalb Bukarests liegt, ist der falsche Ort für dich.» Der Monsignore zeigte auf Radus Nähte. «Du hast ihn verkehrt herum an. Auf links. Du kannst ihn umdrehen.»
Radu sah an sich herab. Der Monsignore hatte recht. Er hatte den Pullover auf links angezogen. Radu liess ihn aus Trotz so, wie er war, und stieg in seine Hose.
«Unbelehrbar. Auch wenn die Fehler offensichtlich sind. Deine Sturheit wird dich zu Fall bringen.»
Radu zog sich die Socken an, schlüpfte in die Trekkingschuhe und band sie zu.
«Wer hat dir eigentlich diese Schuhe angedreht? Ich hatte dich geschmackvoller in Erinnerung.»
«Geschmack richtet sich nach der Situation. Pragmatismus geht vor. Das müsstest du doch wissen.»
«Sind wir endlich beim Punkt.»
«Scheint so.»
«Im Klartext: Verschwinde von hier. Geh nach Hause und ordne deine Geschäfte. Sonst wird Lupescu Bukarest übernehmen.»
«Lupescu hat andere Probleme.»
«Aber es würde ein Anruf genügen, und er hätte gute Freunde, die ihm dieses Problem vom Hals schaffen.» Der Monsignore faltete die Fingerspitzen zu einem Dach und neigte sein eingefallenes Gesicht. «Andererseits könnte ein Anruf seine Lage aber auch noch aussichtsloser machen. Sei kein Dummkopf, Radu. Wir haben doch immer gut zusammengearbeitet. Wäre schade, wenn das jetzt so unbedacht zu Ende ginge.»
Radu warf sich die Jacke über und zog den Reissverschluss zu. «Wer ist der dritte Mann?»
«Es gibt keinen dritten Mann.»

«Zwei Anwohner von Borgnone haben aber diesen dritten Mann gesehen.»

«Der eine davon ist schizophren, der andere ein einsamer Alter.»

«Wer sagt das?»

«Die heilige Kurie.» Er lachte. «Entschuldige. Alte Hybris.»

«Du willst also, dass ich mich aus dem Geschäft rausziehe.»

«Erstens will *ich* gar nichts. Ich vertrete nur Interessen. Mich persönlich gibt es hier nicht. Das ist dir hoffentlich klar. Die Sache ist wieder einmal grösser als wir beide. Wir sind beide austauschbar.»

«Die Sache auch.»

«Blasphemie?» Er lachte wieder.

«Menschenhandel, Waffen, Drogen, Organspende. Austauschbar. Es geht um Profit.»

«Du denkst zu klein, Radu. Ich hatte mehr erwartet. Aber dein limbisches Hirn steht dir im Weg. Wo Rache und Ehre das Denken lenken, sind Hopfen und Malz verloren.»

«Monsignore Lorenzo.» Radu baute sich vor dem Popen auf. «Ich werde das Geschäft abwickeln. Ich werde Firas treffen und mein Wort halten.»

«Und wenn Firas seins schon längst gebrochen hat?»

«Warum sollte er das tun?»

«Weil er schlau ist.» Lorenzo ging ans Fenster und sah auf den See hinaus. «Nebel. Nichts als Nebel. Vielleicht liegt auf der anderen Seite ein Ufer? Vielleicht aber auch die Unendlichkeit oder das Nichts.»

«Ich kann warten, bis er sich lichtet.»

«Wenn du im Boot sitzt, bist du bereits auf dem See.» Er drehte sich zu Radu um. «Und dein Boot hat ein grosses Leck. Entweder du gehst unter, oder du bist nur mit Schöpfen beschäftigt. So sehr, dass du nicht einmal merken wirst, wenn sich der Nebel gelichtet hat und du die Wahrheit sehen könntest.» Er ging an Radu vorbei zur Tür, drehte sich noch einmal zu ihm um und suchte nach den richtigen Worten für einen starken Abgang. Es fiel ihm nichts ein. Er ging. Statt seiner kam Amon herein. Fragend sah er Radu an.

«Setz dich.»

Amon gehorchte und setzte sich in den Korbsessel, in dem kurz zuvor der Monsignore gethront hatte.

«Wie viel weisst du?»

«Nichts. Ich weiss nie was.» Amon hoffte, sich mit seiner üblichen Taktik durchzuschlängeln. Radu wollte es nicht zulassen.

«Amon, weisst du, wie ich zu einem Unternehmen gekommen bin, das jährlich Hunderte Millionen umsetzt?»

«Du warst ein kluger Geschäftsmann.»

«Nein. Nicht klug. Um Millionen zu machen, braucht es keine Klugheit. Ich war brutal und rücksichtslos. Ich ging über Leichen. Die Regel hiess: der andere oder ich. Da braucht es keine Klugheit, um das zu verstehen. Da genügt schlichter Trieb. Und wenn du erst einmal Geld hast, vermehrt es sich von ganz alleine, wenn du deiner Linie treu bleibst.»

«Was willst du mir sagen? Das soll doch jetzt wohl kein Vortrag über Betriebswirtschaft werden?» Amon lachte unsicher.

«Nein. Aber es kann eine Lektion über Brutalität werden.» Radu ging einen Schritt auf Amon zu. Amon drückte sich in den Korbsessel, der etwas zu eng für ihn war. «Radu, ich weiss wirklich nichts.» Erste Schweissperlen drückten sich aus seinem Babyface. Er wischte sie sich mechanisch mit einem Taschentuch von der Stirn.

«Mit wem macht Firas das Geschäft?»

«Mit dir, dachte ich.»

«Mit wem?» Radu stand jetzt über Amon, hatte die Armlehnen des Sessels gepackt und schob den kleinen Fettsack an die Wand. Amon schluckte mit lautem Geräusch.

«Wen hast du in Domodossola getroffen?»

«Andere Baustelle.»

Radu gab Amon eine Ohrfeige. Der sah ihn an wie ein kleines Kind, das es nicht gewohnt war, von der Mutter Prügel zu beziehen.

«Einen Carabiniere», sagte er schnell. «Es geht um Drogengelder, die gewaschen werden sollen. Ich habe einen Kontakt hergestellt zu einem Spielkasino in der Schweiz.»

Radu trat einen Schritt zurück.

«Über den Carabiniere wusste ich auch so schnell, dass Erika und Giancarlo sich getötet haben. Sie hatten für ihn gearbeitet.»

«Der Carabiniere interessiert mich einen Scheissdreck. Firas interessiert mich. Meine beiden Neffen sind tot, weil sie Firas hier treffen und den Ablauf des Geschäfts regeln wollten. Es ist die Rede von einem dritten Mann, der blutüberströmt und verwirrt bei einem Dr. Wagner angeklopft hat und noch von einer anderen Person gesehen wurde. Und plötzlich war dieser Kerl verschwunden. War es Firas? Oder war es ein anderer, der mein Geschäft übernehmen will?»

«Ich weiss es nicht, Radu. Ich weiss es wirklich nicht.»

«Ich glaube an die zweite Variante. Wieso hätte sich der Monsignore sonst die Mühe gemacht, hier vorbeizukommen?»

«Es lag auf seinem Weg.»

«Alles und nichts liegt auf seinem Weg. Er hat mir gerade gesagt, dass ich aus dem Spiel bin. Er hat mir gedroht, mich sonst fertigzumachen.» Radu ging einen Schritt auf Amon zu. «Er hat mir den Krieg erklärt, Amon. Und ich kenne den Krieg. Ich habe darin gekämpft. Er ist schmutzig. Damit Geschäfte machen ist eine Sache, unter Beschuss zu stehen und zu schlachten eine andere. Von jetzt an gibt es nur noch Freund oder Feind. Nichts mehr dazwischen. Was bist du?»

«Ein Freund natürlich.»

«Wessen?»

«Deiner.»

Radu sah ihn an. Er wusste, dass Amon nur Freund des Profits war. Aber er tat so, als würde er ihm glauben. Er brauchte ihn noch.

«Dann fahr mich nach Borgnone.»

«Willst du mit diesem Dr. Wagner reden?»

«Richtig. Das hätte ich schon längst tun sollen. Aber ich dachte, das übernimmt jemand anders für mich.»

«Die kleine Journalistin?»

«Du weisst von ihr?»

«Das Tessin ist nicht Kairo. Und selbst dort weiss ich, wer mit wem.»

«Findest du es blöd, dass ich sie einspanne?»

«Sie ist jung und sieht gut aus.» Er lachte.

«Stimmt. Gehen wir.»

FÜNF

Dani sagte nichts. Sie stand am Fenster, sah auf die Piazza Grande und schwieg. Laura wusste, dass sie Geduld zeigen musste. Wenn sie Dani unter Druck setzte, war nichts gewonnen. Die Grande Signora des «Anzeigers» war es gewohnt, ihre Entscheidungen selbst zu treffen. Seit sie die Zeitung von ihrem Vater im Alter von achtundzwanzig Jahren übernommen hatte, war sie es gewesen, die das Käseblatt durch die Jahrzehnte manövriert hatte. Und trotz starker Konkurrenz grösserer Zeitungen und des Internets hatte sie den kleinen Laden am Leben gehalten. Der «Anzeiger» war weit davon entfernt, investigativen Journalismus zu machen, aber er war unabhängig geblieben, weil sich Dani erfolgreich gegen attraktive Übernahmeangebote gewehrt hatte. Dem einen oder anderen Politiker hatte Dani trotzdem im Laufe der Zeit mal ein Bein gestellt. Nicht immer glücklich. Manchmal auch aufgrund einer Falschmeldung, die dann Verleumdungsklagen mit sich gezogen hatten. Dani hatte sie alle überlebt, aber das Schiff war angeschlagen. Mittlerweile lebte sie nur noch von Reklamen und Todesanzeigen. Und die schrumpften auch. Statt ehrgeizige Journalisten durchzufüttern, wäre sie besser beraten, Werbeakquisiteure anzuheuern. Und jetzt stand Laura in ihrem Büro und wollte ihr einreden, dass sie einer ganz grossen Sache auf der Spur war. Klar, dass sie da erst einmal schwieg. Aber zehn Minuten? Jedenfalls kam es Laura so vor. Sie wollte gerade den Fehler machen, das Schweigen zu brechen, da drehte sich Dani um. «Tut mir leid, Laura. Ich kann das nicht unterstützten. Aber ich kann dir einen Kontakt zu einer grösseren Zeitung verschaffen. Ob die dir deine Geschichte aber abkaufen, kann ich nicht versprechen. Die Beweise fehlen.»

«Zwei tote Rumänen. Und ein dritter Mann, der verschwunden ist.»

«Darüber haben wir bereits berichtet. Das ist Schnee von gestern.»

«Aber wenn der dritte Mann wieder auftaucht und bei einem Schriftsteller einbricht, ihm das Manuskript stiehlt und dessen Frau ermordet?»

«Von dem Verbrechen werden wir berichten. Aber wir werden keine Spekulationen über ISIS und deren gebrandschatzte Güter schreiben. Dafür gibt es keinen Beweis. Nur die Theorien eines einschlägig bekannten Verschwörungstheoretikers. Dann können wir gleich eine Kolumne mit Erich von Däniken eröffnen.»

«Und was ist mit Radu Steiner? Er hat mich aufgesucht und mich aufgefordert, ihm bei der Suche nach dem dritten Mann zu helfen. Kurz danach kommt Bertini und zeigt mir ein Foto von ihm. Meine Quelle erzählt mir, dass dieser Steiner ein grosser Fisch der rumänischen Mafia ist. Was mache ich mit dem?»

«Wenn er sich wieder bei dir meldet, rufst du Bertini an.»

«Und wir schreiben kein Wort darüber?»

«Kein Wort.»

«Wir schreiben über das Seniorentreffen und den Abstieg der Volleyballerinnen?»

«Exakt.»

«Ich kündige.»

«Hast du bereits. Schon vergessen?»

Laura schluckte. Dani war knallhart. «Dann räume ich mal meinen Platz.»

«Ja. Mach das. Aber das Seniorentreffen heute Nachmittag und das Volleyballspiel sind in deinem Monatslohn inbegriffen. Die beiden Artikel bist du mir noch schuldig.»

Laura verliess das Büro und ging zu ihrem Arbeitsplatz. Am Kopierer stand Felix und sah sie unsicher an. «Alles klar?»

«Wie der Lago in fünfzig Meter Tiefe. Schwarz und trüb.»

«So trinke ich gerne meinen Kaffee.» Er lächelte unbeholfen. «Kann ich dir irgendwie helfen?»

«Ja.» Sie sah sich um. Laura wollte nicht, dass Dani sie mit Felix verhandeln sah. Vielleicht hatte Dani auch triftigere Gründe als nur Angst vor der Verleumdungsklage. Laura traute keinem mehr. Zu sehr waren sich alle einig, die Sache unter den Tisch zu kehren. «Bleib hier am Kopierer. Ich gehe schnell an meinen Rechner und drucke dir zwei Fotos aus. Ich würde gerne mehr über den Typen wissen.» Sie ging an ihren Schreibtisch. Felix blieb zurück und tat geschäftig. Laura wusste, dass er in sie verknallt war. Aber Felix war gefühlte zwölf, tatsächlich wohl schon Mitte zwanzig.

Jedenfalls ein Bubi, der immer rot wurde, wenn er Laura sah. Aber ein aufgeweckter Computerfreak. Er hatte ihr die Infos über Steiner gecheckt. Und er hielt dicht. Das hoffte Laura wenigstens. Sie fuhr den Rechner hoch und wartete, bis er betriebsbereit war. Sie schob den Chip ihrer Kamera in den Rechner und jagte die zwei Fotos, auf denen der Mann, der bei Monza gewesen war, sein Gesicht zeigte, zu Felix. Sofort zog sie den Chip wieder aus dem Rechner und steckte ihn ein. Dafür schob sie einen USB-Stick mit sechzehn Gigabyte in die Buchse und kopierte ihre Dateien und angefangenen Artikel darauf.

«Felix. Kannst du mal kommen?»

Felix gehorchte und kam herüber.

«Hast du die Fotos ausgedruckt?» Sie sprach betont leise, gestikulierte aber so, als hätte sie mit ihrem Computer ein Problem. Falls Dani durch ihr Fenster schaute, sollte sie nichts sehen, was ihr verdächtig scheinen konnte.

«Ja», sagte Felix.

«Ich brauche alles, was du über den Kerl rausfinden kannst. Alles. Hast du mich verstanden?»

Felix tat so, als drückte er auf der Tastatur rum. «Verstanden.»

«Und keiner darf davon wissen.»

«Auch nicht Dani?»

«Keiner.» Sie berührte ihn an der Hand und sah ihn an, wie er es sich wohl nachts in seinem Bett wünschte. Felix bekam rote Ohren.

Sie lächelte. «Wenn du magst, kannst du mich heute Nachmittag zu den Senioren begleiten. Oder lieber danach zu den Volleyballerinnen?»

«Scheisse. Kann nicht. Dani hat mich auf eine Umfrage angesetzt. Die Herbstfrage: Melancholie oder Depression?»

Laura zuckte mit den Schultern. «Sie ist der Boss. Ich muss los.» Sie zeigte auf den Rechner. «Formatier ihn bitte.»

«Das heisst, du gehst wirklich?»

«Ja.»

«Also ist das Seniorentreffen meine letzte Chance, dir zu assistieren?»

«Oder die Volleyballerinnen.»

«Meinetwegen auch die Kleingärtner. Hauptsache, ich habe

noch einen Tag mit dir.» Er schluckte, als er merkte, was er eben gesagt hatte.

«Feel free. Wir treffen uns um vier im Altersheim.» Laura schüttelte ihr blondes Haar und ging. Sie wusste, dass sie gerade eine Schlampe war, aber sie brauchte den Kleinen. Und sie mochte ihn. Aber anfangen würde sie deswegen nichts mit ihm. Sie hatte schon eine Leiche auf ihrem Konto. Sie erschrak bei der Metapher. Tomaso. Er war wirklich tot. Sie hatte ihn gesehen. Und sie war nicht verrückt. Aber noch immer hatte niemand seinen Tod bislang bestätigt.

***

Die Fahrt über die Grenze in Brissago verlief reibungslos.

«Soll ich dich in dein Domizil bringen?», fragte Amon.

«Nein. Setz mich in Locarno ab. Ich nehme später den Bus und suche diesen Dr. Wagner auf», sagte Radu und sah auf den graublauen See.

«Was hast du noch vor?», fragte Amon.

«Willst du das wirklich wissen?»

«Ich lebe davon, vieles zu wissen.»

«Diesmal würdest du verdammt gefährlich leben.»

«Du steigst also nicht aus.»

«Doch. In Locarno.» Er grinste Amon an.

«Ich meine es ernst.»

«Ich auch.»

«Ich könnte dich auch nach Ascona bringen.»

«Was soll ich dort?»

«Leute treffen.»

«Was für Leute?»

«Welche, die ein Geschäft vorschlagen und noch einen vertrauenswürdigen Partner suchen.»

«Geldwäsche?»

«Du würdest deine Verluste kompensieren, die du durch den Ausstieg in der anderen Sache erleidest.»

Ein letzter Blick auf den See. Sie fuhren in den Tunnel ein, der nach Locarno führte.

«Wie viel springt für dich dabei raus?»

«Das Übliche. Viel Laufarbeit und neue Schuhsohlen.»

Radu sagte nichts. Er zählte die Tunnellichter, die den Rhythmus der Fahrt takteten. Bei achtundzwanzig verhaspelte er sich und liess es sein. Kurz vor dem Tunnelausgang entschied er sich. «In Ordnung. Fahr mich nach Ascona.» Sollte Amon denken, dass er das eine Geschäft gegen das andere eintauschte. Er würde es dem Monsignore melden, und Radu hätte Luft gewonnen.

***

Laura war nicht wohl bei der Fahrt. Vielleicht hätte sie Felix mitnehmen sollen? Nicht, dass sie ihn für einen grossen Beschützer hielt. Aber zu zweit war sie immerhin nicht allein. Sie bog von der Strasse auf den Waldweg ab und steuerte auf das Rustico zu. Nach all dem, was geschehen war, war es eine Dummheit, allein hierherzufahren. Wenn der dritte Mann sie erledigen wollte – hier war es ein Kinderspiel. Aber sie brauchte ihren Laptop. Sie würde nicht lange bleiben. Nur rasch alles zusammenpacken und wieder nach Locarno zurückfahren. Sie parkierte den Panda und stieg aus. Sie sah sich um. Wurde sie beobachtet? Sie wollte den Schlüssel aus seinem Versteck holen. Er war nicht dort, wo sie ihn zurückgelegt hatte. Jemand öffnete die Tür. Laura erstarrte. Sie wollte rennen, aber sie kam nicht vom Fleck. «Überrascht?», fragte Tomaso und lächelte sie an.

Laura wollte es nicht glauben. Sie war sicher, dass sie ihn tot in den Graben gelegt hatte.

«Ich hoffe, du verzeihst mir meinen kleinen Scherz. Komm rein. Ich habe Kaffee gemacht. Und Mamma hat deinen Lieblingskuchen gebacken.» Er nahm sie an die Hand und zog sie ins Haus. Laura folgte verloren. Sie versuchte alles in ihrem Kopf zu ordnen.

«Du hast das alles nur inszeniert? Warum?» Sie riss sich von seiner Hand.

«Ich wollte wissen, ob du traurig wärst, wenn ich plötzlich tot bin.» Er führte sie in das Wohnzimmer und schenkte Kaffee aus einer Thermoskanne in zwei Tassen. «Warst du traurig?»

«Du Idiot! Mit so etwas scherzt man nicht. Weisst du, dass Regula ermordet wurde?» Die Lähmung war einer Wut gewichen.

«Darüber bist du bestimmt traurig.» Er sagte es tonlos, als fühlte er nichts dabei.

«Traurig? Ich bin fertig.» Sie fuhr sich mit den Händen durch die Haare und riss daran. Sie musste körperlichen Schmerz spüren, um die Situation auszuhalten und nicht auszurasten.

Tomaso kam einen Schritt auf sie zu und drückte sie an sich. Sie schrie laut auf. Es war wie in Träumen, in denen die Toten aus ihren Gräbern krochen und die Lebenden zu sich ins Dunkel zerrten. Sie wollte sich befreien, aber Tomaso besass mehr Kraft.

«Du gehörst mir.» Sein Atem drang heiss an ihr Ohr. Sein Schweiss roch nach Alkohol. Laura wusste nicht, wie sie sich wehren sollte. Egal, was sie anstellte, um aus der Umklammerung zu kommen, Tomaso hatte ein Gegenmittel. Sie versuchte zu beissen, als er begann, sie zu küssen. Er wich ihr aus, hielt ihr den Mund zu und lachte dreckig. «Das gefällt mir. Komm, wehr dich. Das macht mich nur heisser.» Er gab ihr eine Ohrfeige und liess sie los. Sie taumelte zurück und fiel mit dem Rücken gegen die Sessellehne. Sie jaulte.

«Schmerzen? Oh, das tut mir leid. Aber das war nicht meine Schuld. Komm, zeig mir, wo es wehtut.» Er kam zu ihr.

Laura sah den Schürhaken am Kamin liegen und hoffte, ihn zu erreichen, ehe Tomaso bei ihr war. Sie griff danach und bekam ihn zu fassen. Tomaso trat aufs Handgelenk und lachte. «Das würdest du wirklich tun?»

Laura liess den Schürhaken los. Tomaso gab ihm einen Tritt. Der Haken schlitterte über das Parkett und stiess gegen einen mit Holz gefüllten Korb. Tomaso liess sich in den Sessel fallen und sah auf Laura herab. «Ich liebe dich, Laura. Aber du hast mich sehr verletzt. Das kann ich doch nicht einfach auf mir sitzen lassen. Wie stehe ich denn vor allen anderen da? Vor meinen Freunden, Verwandten, meiner Mutter? Hast du auch nur mal eine Sekunde an Angela gedacht?»

Laura wagte es nicht, zu ihm hinaufzusehen. Sie liess ihren Kopf hängen, die blonden Haare verdeckten ihr Gesicht. Ein willkommener Vorhang, den sie am liebsten geschlossen gehalten hätte, bis der Spuk vorbei war. Aber wie sollte er vorbeigehen? Glaubte sie etwa, Tomaso würde gleich aufstehen und sich freundschaftlich für immer von ihr verabschieden?

«Es tut mir leid», sagte sie leise.

«Was? Ich hab dich nicht verstanden.»

«Es tut mir leid.» Jetzt lauter, aber noch immer hinter dem blonden Vorhang.

«Und was heisst das? Heiraten wir jetzt doch?»

Laura nickte.

«Sag es und schau mich dabei an.» Tomaso wurde lauter. «Ich will es hören. Bitte mich um Verzeihung und frage mich, ob ich dich heiraten will.»

«Verzeih mir bitte. Willst du mich heiraten?» Laura kam sich erbärmlich vor. Aber was sollte sie tun? Zeit gewinnen. Das war ihre Strategie. Hoffen, dass die Kavallerie angeritten kam und sie von dem Horror befreite. Doch wer sollte kommen? Radu? Ja. Vielleicht. Er würde bestimmt mit Tomaso fertigwerden. Aber Radu hatte auf ihre Anrufe nicht reagiert. Vielleicht war für ihn die Suche nach dem dritten Mann schon erledigt? Wenn er es selbst war, war ohnehin alles nur eine Farce gewesen. Wie lächerlich sie sich vorkam. Von Radu verarscht und von Tomaso gedemütigt. Medea würde grosse Rache schwören. Den Jasons der Welt gehörten die Gedärme aus dem Leib gerissen und die Kinder gefressen. Eine gewaltige Wut stieg in ihr auf. Sie zog sich zusammen und sprang mit Gebrüll auf den verblüfften Tomaso. Ihr Sprung war so stark, dass der Sessel mit den beiden nach hinten kippte. Ehe Tomaso auf den Übertölpelungsversuch reagieren konnte, hatte Laura ein Buchenscheit aus dem Korb gegriffen und schlug es mehrmals mit aller Wucht gegen Tomasos Schädel. Sie wollte nach dem ersten Mal schon aufhören, aber ihre Hände schlugen weiter. Sie zählte nicht. Sah sich nur von oben auf Tomaso sitzen und auf ihn einschlagen. Er rührte sich nicht mehr, und sie schlug weiter. Blut troff aus seinem Kopf auf das Parkett und tränkte es rot. Laura glitt das Scheit aus den Händen und polterte zu Boden. Sie sprang auf, rannte zum Schürhaken, nahm ihn und hielt ihn beidhändig, darauf lauernd, dass Tomaso gleich wieder aufstand und sein Spiel von vorn anfing. So hatte er schon einmal dagelegen. Und Laura hatte geglaubt, dass er tot sei. Ihr schossen Bilder aus Dario-Argento-Filmen ins Hirn. Zombies. Tomaso war so ein Zombie. Gleich würde er wieder aufstehen und lachen. Und dann würde er ihr Schlimmes antun.

Ihr Handy klingelte. Es lag zwischen dem umgekippten Sessel und Tomaso. Vielleicht war es Felix mit Neuigkeiten? Oder Radu? Laura näherte sich vorsichtig, bereit, mit dem Schürhaken zuzuschlagen. Tomaso rührte sich nicht. Sie stupste ihn mit dem Haken, schlug heftiger auf den Körper. Keine Reaktion. Sein Blick stierte an die Decke. Jetzt war er wirklich tot. Und weder Radu noch der dritte Mann hatten ihn auf dem Gewissen. Sondern Laura. Das Handy verstummte. Laura sah auf das Display. Bertini.

Als ob sie nicht schon genug Adrenalin im Körper hätte, schoss eine neue Ladung ins Blut. Wenn Bertini gleich auftauchte und sie hier mit dem toten Tomaso fände? Sie konnte lange von Notwehr faseln. Das hier sah nach Totschlag aus. Sie wäre erledigt. Panik überkam sie. Wohin mit dem Toten? Im Cheminée verbrennen? Zerstückeln und verfüttern? In den Panda schleppen und in die Melezza werfen? Laura kamen nur Schlagzeilen in den Sinn. Sie sah die Überschriften im «Anzeiger» und wie Danis Auflage sich verdoppelte. Das Handy klingelte wieder. Erneut Bertini. Sie wusste nicht, warum, aber sie ging ran.

«*Pronto?* … Nein, keine Ahnung, wo er ist … ich habe ihn vorgestern in der Bar Milano in Locarno zuletzt gesehen … wir hatten eine kleine Auseinandersetzung … warum? … Ach so … soll ich ihm was ausrichten, falls er mich anruft oder ich ihn treffe? … Gut …» Sie beendete das Gespräch und überlegte, ob sie etwas Falsches gesagt hatte. Bertini hatte nach Tomaso gefragt. Wegen einer Holzlieferung, die Tomaso noch nicht gebracht hatte. Warum hatte sie von der Auseinandersetzung erzählt? Weil es stimmte. Aber hätte sie es auch getan, wenn Tomaso jetzt nicht tot vor ihr läge? Sie sah ihn sich an. Einfach im Wald vergraben, schoss es ihr in den Sinn. Das Adrenalin war gewichen. Die Panik auch. Sie dachte jetzt klar und praktisch. Sie verliess das Rustico, ging in den kleinen Schuppen nebenan und suchte nach einem Spaten.

***

Das Eisengitter schloss automatisch. Die Auffahrt säumten Palmen, am Eingang flankierten zwei grosse Oleander die Vortreppe. Ein grauhaariger Mann in Gärtnerschürze kümmerte sich um kleine Kamelien in Töpfen, die in einer Hundertschaft nebeneinandergereiht standen.

Der Mann in der Gärtnerschürze richtete sich auf und sah sich nach dem heranfahrenden Wagen um. Radu erkannte ihn.

«Warum hast du nicht gesagt, dass wir zu Renard fahren.»

«Ihr kennt euch? Das habe ich nicht gewusst.»

Radu sah Amon böse an. Er glaubte ihm kein Wort. Wenn er Renard gesagt hatte, wen Amon zu ihm bringen würde, hatte der alte Legionär sicherlich ein Wort über Radu verloren. Es war zwar nur ein Jahr Ausbildung unter dem harten Hund, aber vergessen hatte der Offizier Radu bestimmt nicht. Zu oft waren sie aneinandergeraten. Zum Schluss hatten sie sogar gegeneinander geboxt, um alle Ungereimtheiten, die während der Ausbildung zwischen ihnen entstanden waren, wie Männer auszutragen. Radu hatte sich dabei zwei Rippen und das Nasenbein gebrochen, Renard war mit einem Kieferbruch davongekommen. Jahrzehnte her. Brüche und Narben waren längst verheilt. Es blieb verklärte Erinnerung.

Amon parkierte den Wagen. Zwei Bodyguards in dunkelblauen Anzügen und Sonnenbrillen kamen und öffneten die Türen. Amon und Radu stiegen aus. Die Bodyguards kontrollierten sie nach Waffen, nickten Renard entwarnend zu und zogen sich zurück.

Renard legte die Rosenschere aus den Händen und streifte sich die Handschuhe ab. Er ging zwei Schritte auf die Ankömmlinge zu und streckte seine Hand zum Gruss aus. Amon griff sie als Erster und lächelte devot.

«Amon, du alter Gauner. Du wirst immer fetter. Es geht dir wohl zu gut.»

«Ein bisschen Luft nach oben ist immer.»

Renard lachte höflich und drehte sich zu Radu. Sie sahen sich stumm an. Renard tastete mit seinen Fingern an seinen Kiefer und befühlte ihn, ob noch alles in Ordnung war, Radu stieg auf das Spiel ein und tat dasselbe mit seinem Nasenbein.

«Drei Monate konnte ich nur Brei mit dem Strohhalm essen.»

«Und ich rieche immer noch nicht, wenn das Essen angebrannt ist.»

«Aber hoffentlich, wenn die Luft zu dünn wird.» Renard zwinkerte.

«Ich reagiere schneller auf dicke Luft.»

«Immer noch das gleiche freche Maul, was? Amon, was glaubst du eigentlich, wen du vor dir hast?» Renard hatte seinen alten Offizierston angeschlagen. Amon erschrak und trat einen halben Meter zurück. «Schleppst mir hier einfach einen Deserteur an. Und ich soll ihm vertrauen?»

Amon wusste nichts zu erwidern. Die beiden Bodyguards standen bereit. Radu hatte sich innerlich ebenfalls auf Ärger eingestellt. Er wusste, dass sie keine Chance hatten, wenn es Renard jetzt darauf ankommen liess. Aber Renard liess es nicht darauf ankommen. Er brach die Spannung mit einem schallenden Gelächter und setzte sich an einen Gartentisch, der im Kies der Auffahrt stand.

«Nehmt Platz. Wein, Whiskey, Pastis?», fragte er.

«Mir wäre ein Wasser ganz recht», sagte Amon, der ins Schwitzen gekommen war.

«Mit Wasser besiegle ich keine Geschäfte», sagte Renard und kehrte den alten Legionär raus. «Sind wir Männer oder Memmen?» Er rief es laut, wie damals, als er vor der Kompanie der Anwärter gestanden hatte. Radu hatte die Musik sofort wieder im Ohr. Renard drehte sich zu Radu. «Erinnerst du dich?»

«An jeden Tag.»

«Das will ich hoffen. Du Arschloch. Du warst der Beste aus dem Haufen und haust einfach ab. Mit dir hatten einige etwas vor.»

«Und warum sollte ich dann im Dschungel auf Patrouille?»

«War nur als Zwischenschritt gedacht. Als Probe.»

Ein Bediensteter kam. Er schob ein Wägelchen, auf dem allerlei Getränke standen. Er stellte vier Gläser hin und sah fragend zu Renard.

«Die Herren trinken Pastis.»

«Und die Madame?»

«Je nach Laune. Das überlasse ich ihr.»

Der Bedienstete schenkte Pastis in die Gläser, etwas Wasser dazu, stellte den Wasserkrug daneben und zog sich zurück.

«Madame?», fragte Amon. «Ich wusste nicht, dass noch jemand bei dem Gespräch dabei sein wird.»

«Das haben Gespräche so an sich. Man kann sich nie sicher sein, wer sie mit anhört.»

«Wer ist sie?»

«Eine alte Bekannte. Sie arbeitet für die italienische Fraktion.»

«Und warum ist sie noch nicht hier?» Amon sah nervös auf seine Armbanduhr. «Ich habe heute noch einen anderen dringenden Termin in Zürich.»

«Den sagst du wohl besser ab. Es könnte hier länger dauern.»

«Aber wieso? Ich habe euch nur zusammengebracht. Ich brauche bei den Gesprächen nicht dabei zu sein.»

«Du schlägst doch nicht etwa meine Gastfreundschaft aus?» Radu kannte diesen Ton Renards. Er hatte eine Lieblichkeit, unter der tausend Gefahren lauerten.

«Nein. Natürlich nicht. Aber der Termin ist wirklich wichtig.»

«Wichtigkeit ist relativ. Wenn man den Lauf einer Beretta zwischen den Eiern kleben hat, wird ein Treffen in Zürich recht unwichtig, findest du nicht?»

Amon schluckte.

«Und wenn sich alte Freunde nach Ewigkeiten wieder beim Pastis treffen, dann wird sogar die Beretta zwischen den Eiern zum Nichts degradiert. Denn nichts geht über gute Freunde. Stimmst du mir zu, Amon?»

Amon lächelte gequält.

«Ah, da kommt sie ja.»

Radu drehte sich um. Ein weisser Rover kam durchs Eisentor gefahren und rollte die Auffahrt herauf. Er parkierte hinter Amons Wagen. Die beiden Sicherheitsleute gingen hin. Einer öffnete die Fahrertür. Der andere ging an den Kofferraum und entnahm ihm einen Rollkoffer. Eine Frau stieg aus. Sie trug ein elegantes, eng anliegendes weisses Kleid, das kurz unter den Knien endete, darüber eine kurze Jacke. Sie wurde nicht nach Waffen abgetastet. Radu brachte es nicht zusammen. Was hatte Silvia mit Renard zu schaffen? Renard sprang auf und lief ihr entgegen. Sie gaben sich drei Wangenküsse und kamen an den Tisch. Silvia sah Radu an. «Überrascht?»

Radu antwortete nicht. Er stand auf und gab Amon ein Zeichen, es ebenfalls zu tun.

«Was ist? Stimmt was nicht?», fragte Renard.

Amon hatte sich nicht vom Platz gerührt.

«Amon, dann gib mir wenigstens den Schlüssel.»

Amon sah unsicher zu Renard. Der zuckte mit den Schultern. Amon warf Radu die Schlüssel zu. Er fing sie auf und ging zum Wagen.

«Schade, Radu. Aber immer, wenn es spannend wird, desertierst du», sagte Renard.

Radu blieb stehen und drehte sich um.

«Willst du denn nicht wissen, was mit deinen Neffen passiert ist?»

Radu ging an den Tisch zurück und sah Silvia an. «Was machst du hier?»

«Dasselbe wie du. Geschäfte.»

«Ich dachte, du arbeitest im Supermarkt an der Kasse.»

«Viermal die Woche. Eine gute Tarnung, findest du nicht?»

«Und das ganze Geheule gestern? Auch nur Tarnung?»

Sie sah ihn scharf an. «Vor dir habe ich mich nie getarnt. Da war ich so sehr ich, wie ich sein konnte. Immer.»

Eine beklemmende Pause drohte.

«Wenn wir beide stören, können wir auch gerne ein wenig spazieren gehen. Ich zeige Amon meine Kamelienzucht.» Renard legte Silvia die Hand auf die Schulter. Sie küsste sie. «Nein. Das ist nicht nötig. Entweder wir reden jetzt übers Geschäft, oder Radu geht. So wie er das gerne macht. Nicht wahr, Radu?»

Radu setzte sich und atmete tief in den Bauch. Was halfen das Lesen der Stoiker und Zen-Meditationen, wenn sie nur im Trockenen geübt wurden? Jetzt konnte er zeigen, dass Gelassenheit seine neue Waffe war. «Ich höre.»

***

Das Loch war gross genug. Sie warf den Spaten weg und ging ins Rustico. Sie packte den toten Tomaso an den Stiefeln und schleifte ihn aus dem Haus. Regula hätte Tomaso geschultert und wie einen Sack Kartoffeln in die Grube geworfen. Laura zog es bei jedem Schritt im unteren Rücken. Letztes Jahr hatte sie einen Bandscheibenvorfall gehabt. L 4/L 5. Höllenschmerzen. Auf allen vieren war sie gekrochen. Sie war allein im Rustico gewesen. Damals hatte sie Tomaso angerufen, damit er sie zum Arzt brachte. Tomaso hatte sie getragen, wie man Bräute über Türschwellen hob. Jetzt zerrte sie ihn unbeholfen über den Schotter. Er hinterliess eine Schleifspur. Die würde sie reinigen müssen. Es zog heftiger in der Lendengegend. Sie liess Tomasos Stiefel los und streckte sich. Noch zehn Meter, dann hatte sie es geschafft. Sie hörte ein Motorgeräusch. Ein Auto. Fuhr es vorbei, oder bog es zu ihr ab? Sie lauschte. Das Motorgeräusch kam näher. Hastig fasste sie Tomasos Stiefel und riss, so sehr sie konnte. Bis zur Grube würde sie es nicht schaffen. Das Auto würde eher hier sein, und der Fahrer würde sich fragen, was da vor sich ging. Laura liess die Stiefel los. Die Beine plumpsten auf den Schotter. Sie kniete neben Tomaso und rollte ihn vom Weg ins Laub. Sie scharrte Laub zusammen und warf es über die Leiche. Ganz bedeckte es ihn nicht, doch fürs Erste musste das reichen. Sie stand auf und rannte neben dem Weg hinters Haus. Der fremde Wagen fuhr heran und parkierte. Der Motor wurde abgestellt. Ein Mann stieg aus. Felix.

«Laura?», rief er. «Hallo.»

Laura wischte sich mit dem Ärmel ihrer Jacke die Stirn trocken und trat hervor. «Hallo, Felix. Was machst du denn hier?»

«Meiner Tante gehört das Ferienhaus Nappa. Sie hat sich das Kreuzband gerissen und mich gefragt, ob ich oben nach dem Rechten schaue. Sie hat einen Gast. Der will zwar nicht gestört werden, aber meine Tante will, dass es ihm an nichts fehlt. So ist sie nun mal. Und da es auf dem Weg liegt, wir sowieso gleich zusammen zu den Senioren gehen, dachte ich, bringe ich dir schon mal etwas Material zu den Fotos, die du mir gegeben hast.» Er hielt einen USB-Stick zwischen den Fingern und streckte ihn Laura hin.

Sie nahm ihn entgegen. «Danke. Du bist toll, Felix.»

«Du auch.» Er sah verlegen auf den Boden.

Laura drehte den Stick zwischen ihren schmutzigen Fingern. «Ich schaue es mir gleich an.»

Felix schien erleichtert zu sein, dass sie auf sein Kompliment nicht näher eingegangen war. «Ich fahr dann mal hoch. Soll ich dich abholen? Oder fahren wir in zwei Autos?»

«Wir treffen uns dort. Um Viertel vor vier. Okay?»

«Okay.» Er schlurfte zu seinem Auto und hielt plötzlich inne. Er sah auf die Schleifspur, die in den Wald führte, und drehte sich zu Laura. «Hast du eine Leiche vergraben?» Er zeigte mit dem Finger auf die Spur, die ins Laub führte.

«Noch nicht. Aber ich mache mich gleich dran.»

Felix lachte. Laura war nichts Besseres eingefallen. Sie war heilfroh, dass Felix die Wahrheit als Witz begriff. Vielleicht war sie es auch. Alles nur ein grosser Witz, für den man einen düsteren Humor brauchte, um am Ende auszuhalten, dass das Leben über einen selbst lachte.

Felix stieg in seinen Wagen und fuhr davon.

Laura sah ihm nach, bis er verschwunden war, schob den Stick in ihre Jackentasche und machte sich daran, Tomasos Begräbnis zu beenden.

***

«Bist du dabei?», fragte Silvia, nachdem sie Radu alle Fakten ausgebreitet hatte.

«Hundert Millionen Dollar sind kein Pappenstiel.»

«Du hast die Kapazität.»

«Wer sagt das?»

«Der Monsignore.»

«Und Amon. Habe ich recht?»

«Und Amon.»

«Ja, ich habe die Kapazität. Aber ich habe keine grosse Lust. Das Geschäft ist zu heiss. Vor allem in der angesagten Zeit. Um hundert Millionen zu waschen, brauche ich länger, sonst merkt das ein Blinder.»

«Wir brauchen das Geld aber, sonst bricht unser Laden zusammen. Und dir bleibt die Hälfte. Das ist mehr als üblich.»

«Ich überlege es mir. *Va bene?*»

«Morgen muss ich Bescheid wissen.»

«Einverstanden. Wie erreiche ich dich?»

«Ich melde mich bei dir.»

«Ich habe gerade gar kein Telefon», log Radu.

Silvia lächelte, öffnete ihre Handtasche und schob Radu ein Handy über den Tisch. Er nahm es und sah es an. «Damit ihr wisst, wo ich gerade bin?»

«Das wissen wir auch so. Aber es erleichtert uns die Arbeit.»

Renard und Amon kamen an den Tisch zurück.

«Und? Habt ihr die alten Romanzen aufgewärmt?», fragte Renard, trat hinter Silvia und legte seine Hand auf ihre Schulter. Sie drückte ihre Wange dagegen und küsste seine Finger. «Da war nie was, *mon cher*. Nichts, ausser Geschäft. Habe ich recht, Radu?»

«Wenn du es sagst.» Radu stand auf. «Amon, wir gehen.»

Amon sah fragend zu Renard. Er wusste, wer hier gerade der Stärkste war. Renard löste sich von Silvia und trat auf Radu zu. Sie standen sich gegenüber. Erinnerungen wurden wach. So hatten sie sich schon einmal gegenübergestanden. Diesmal fand die Prügelei nur im Blick der beiden statt. Ein stummer Kampf. Erinnerung, Gegenwart und nahe Zukunft verschmolzen in eins und endeten in einem festen Händedruck.

«War schön, dich wiedergesehen zu haben», sagte Renard. «Wenn du nicht desertiert wärst, hätten wir gemeinsam noch viel Spass haben können.»

Radu antwortete nichts darauf. Er liess Renards Hand los, sah zu Silvia und ging ans Auto. Amon folgte. Sie stiegen ein und fuhren zum Gittertor.

«Die Sonne kommt raus», sagte Amon. «Wollen wir am See eine Glacé essen?»

Das Gittertor öffnete sich. Amon fuhr vom Grundstück.

«Ich würde gerne nach Montagnola», sagte Radu.

«Was gibt es denn dort? Bessere Glacén?»

«Nein. Hesse starb dort.»

«Wer?»

«Hermann Hesse. Ein Dichter. Kennst du ihn nicht? ‹Steppenwolf›. ‹Siddhartha›. ‹Narziss und Goldmund›. ‹Glasperlenspiel›. Nein?»

«Ich müsste lügen. Ich bin eher auf Wirtschaftsexperten fokussiert.»

«Und wie willst du das Geschäft mit der ISIS durchziehen, wenn du keine Ahnung von Kunst hast?»

«Dafür gibt es Experten. Du hast vergessen, dass es mein Job ist, die richtigen Leute zusammenzubringen, nicht der Supermann zu sein. Das überlasse ich gerne dir.»

Radu liess das Fenster runter und atmete die milde Luft ein. «Ich würde auch gerne so schreiben können», sagte er. «Irgendwo im Tessin in einer Hütte sitzen, auf Berge und See schauen und kluge Worte zu Papier bringen. Oder malen.»

«Was nun? Schreiben oder malen?»

«Am besten beides. Und zur Entspannung Akkordeon spielen.»

«Was hindert dich daran?»

«Leute wie Silvia und Renard. Sie werden immer auf der Matte stehen und anklopfen. Die Geister, die ich rief, werd ich nun nicht los. Von wem ist das?»

«Von dem Hessen?»

«Nicht Hessen. Hesse. Hermann Hesse. Aber von dem ist es nicht.»

«Ich dachte, Goethe käme aus Frankfurt.» Amon drehte langsam seinen Kopf zu Radu und zwinkerte frech. Radu brach in ein lautes Gelächter aus. «Du Drecksack.»

Amon lachte ebenfalls. «Ja, so blöd bin ich nicht. Aber ich stelle mich gerne blöd, das rettet mir meinen Kopf.»

Sie lachten sich aus und schwiegen dann eine Weile. Amon suchte einen Parkplatz in der Nähe der Piazza. Er fand einen, stieg aus und kümmerte sich um ein Parkticket. Radu sah auf den See, der jetzt ganz anders aussah als noch heute Morgen. Das Grau hatte sich in ein tiefes Blau verwandelt. Der warme Wind schlug leichte Wellen. Radu inhalierte und genoss.

«Bei Fredo gibt es die besten Glacén», sagte Amon und legte das Parkticket ins Cockpit.

SECHS

Lorenzo Visconti, Leiter der römischen Jesuitenuniversität Gregoriana. Was hatte so einer bei Monza zu schaffen?

Laura scrollte durch die Datei, die ihr Felix gebracht hatte. Die Übereinstimmung der Fotos war eindeutig. Viel hatte Felix nicht gefunden. Wenn der Monsignore Dreck am Stecken haben sollte, dann wusste er es gut zu verstecken. Blitzsaubere Vita. Zweimal Doktor, eine Professur und Ehrenmitglied bei Rotary. Ausserdem im Vorstand verschiedener Kunst- und Kulturstiftungen. Ein Vorzeige-Katholik.

Von draussen hörte sie einen Wagen. Kam Felix, um sie abzuholen? Sie hatte ihm doch gesagt, dass sie sich im Altersheim treffen wollten.

Sie zog den Stick vom Rechner und schob ihn in die Hosentasche ihrer Jeans. Sie klappte den Laptop zu, packte ihn in die Tasche und ging damit nach draussen.

Es war nicht Felix, sondern Bertini. Diesmal allein. Und in Forstkleidung.

«Hallo Laura», sagte er und grinste wie ein Wolf, der mit dem Lamm vorher plaudern wollte, ehe er es verschlang.

«Was gibt's?», fragte sie und ging zu ihrem Panda.

«Ich wollte Tomaso oben treffen. Wir wollten holzen.»

«Und der Mörder von Regula findet sich allein?»

«Wir haben alles in die Wege geleitet. Die Hauptzeugin habe ich bereits befragt, und nach dem Hauptverdächtigen wird gefahndet.»

«Dann ist der Fall ja so gut wie gelöst.»

«Manchmal braucht man ein wenig Abstand. Und den kriege ich am besten bei der Waldarbeit. Viele Kreative arbeiten auch so. Nicht immer ins Problem verbeissen, sondern mal loslassen. Das habe ich von Tomaso gelernt.»

«Dann grüssen Sie ihn von mir.» Sie sagte es so gerotzt, wie sie konnte.

«Hätte ich getan. Auch wenn es ihn schmerzen würde. Aber er ist nicht dort.»

«Passt gar nicht zu ihm. Ich habe ihn sehr pünktlich in Erinnerung. Lassen Sie mich durch? Ich habe einen Termin mit den Senioren. Und bin auch gerne pünktlich.» Sie stieg in den Panda und zündete den Motor. Bertini dachte nicht daran, in seinen Wagen zu steigen und den Weg frei zu machen, sondern setzte sich neben Laura auf den Beifahrersitz. «Tomaso sagte, er wollte vorher noch bei Ihnen vorbeikommen, um mit Ihnen über alles zu reden.»

«Da gibt es nichts mehr zu reden. Und das weiss er.»

«Männer sind manchmal langsam in solchen Sachen.»

«Ich muss wirklich los. Dani reisst mir sonst den Kopf ab.»

«Ich dachte, Sie sind sowieso draussen.»

«Die zwei Sachen mache ich noch. Vertrag ist Vertrag.»

«Sehe ich auch so. Manchmal hat man aber mehrere Verträge gleichzeitig unterschrieben. Und dann zählt der, der gewichtiger ist.»

«Ich habe nur einen Vertrag. Und der endet mit den beiden Artikeln, die ich heute noch für den ‹Anzeiger› schreiben werde.»

«Und was ist mit dem dritten Mann?»

«Die Story hat sich erledigt.»

«Und Regula?»

«Das ist Ihr Vertrag.»

«Und wenn ich noch einen anderen habe?» Er sah sie kalt an.

Laura lief es schaurig über den Rücken. Fing es schon wieder an? Musste sie noch einen verscharren?

«Wenn Sie Ihren Vertrag einhalten, halte ich meinen ein. Versprochen.» Er entschärfte sein Gesicht, stieg aus, ging zu seinem Wagen und fuhr ihn zur Seite. Nicht weit von Tomasos Grab hielt er an. Laura fuhr los. Im Rückspiegel sah sie, dass Bertini ihr nicht folgte, sondern aus dem Wagen stieg und ihr nachsah. Würde er beim Rustico auf Tomaso warten? Oder würde er dort einbrechen und schnüffeln? Laura konnte nur hoffen, dass er die Schleifspur nicht sah. Sie hatte sie nur schlecht verwischt. Zu sehr hatte sie unter Zeitdruck gestanden. Woran sollte sie denn alles denken? Sie war kein Profi. Sie umklammerte das Lenkrad und fuhr in Richtung Locarno. Was wollte sie dort? Tatsächlich zu den Senioren? Und anschliessend zu den Volleyballerinnen? Was für ein Schwachsinn. Sie hatte gerade einen Menschen getötet, der der beste Freund des schmierigen Polizisten war. Sie musste verschwinden. Abtauchen. Wohin? Ihr fiel nur einer ein, der ihr jetzt helfen konnte. Sie kannte ihn nicht, und trotzdem war er der Einzige, dem sie zutraute, ihr jetzt zu helfen. Sie nahm ihr Handy aus der Tasche und wählte die Nummer. Tomasos Nummer. Absurd. Vielleicht würde Radu diesmal rangehen.

***

Radu hatte seine Glacé Amon rübergeschoben und war aufgestanden, um Lauras Anruf entgegenzunehmen. Dass Lorenzo bei Monza gewesen war, überraschte Radu nicht. Er hatte gerochen, dass der alte Fälscher seine Finger in der Sache hatte. Vermutlich hatte der Monsignore ihn als Gutachter für die Kunstwerke erkoren. Dass Laura aber Tomaso getötet hatte und Bertini ihr auf den Fersen war, verschärfte alles.

Er ging an den Tisch zurück. Amon hatte es geschafft, auch Radus Becher wegzuputzen.

«Gehen wir», sagte Radu.

«Jetzt gleich?»

«Was willst du noch hier?»

«Ich wollte dich noch jemandem vorstellen.»

«Herrgott. Gibt es denn irgendein Nest auf dieser Erde, in dem du keinen Ganoven kennst?»

«Es dauert nicht lange. Könnte aber ein Joker sein, wenn dir die andere Sache um die Ohren fliegt.»

«Aber nur eine Viertelstunde. Ich habe noch Termine. Wohin gehen wir?»

«Rein. Zahlen. Oder willst du die Zeche prellen?» Amon stand auf.

«Ich warte hier draussen.»

«Nein, du kommst mit.» Er riss genervt die Augen auf.

Radu verstand. Der Ganove, den Amon ihm vorstellen wollte, wartete drinnen. Radu folgte Amon in die Bar. Sie gingen an der Theke vorbei. Amon nickte der Frau zu, die gerade einen Becher mit Crema füllte, und verschwand in der Küche. Radu nahm der

Frau den Becher aus der Hand und stibitzte sich einen Plastiklöffel. Er zwinkerte der Frau zu und folgte Amon. Die Frau verdrehte die Augen und füllte einen neuen Becher.

«Und? Was machen wir jetzt hier?», fragte Radu und löffelte die Crema.

«Wir sind etwas zu früh. Zwei Minuten etwa. Er nimmt es sehr genau.»

«Wer?»

«Dein Joker.»

«Ich brauche keinen Joker.»

«Jeder braucht einen Joker. Jedenfalls in diesem Spiel. Du hast es hier nicht mit Lupescu zu tun oder mit irgendeinem aufmüpfigen Zuhälter, sondern mit Rom. Da braucht man Joker oder Schutzengel.»

«Ich habe schon einmal mit Rom gearbeitet.»

«Und nichts dazugelernt.»

«Du nervst, Amon.»

«Das haben Freunde manchmal so an sich.»

«Freunde? Sind wir wirklich Freunde? Doch nur so lange, wie ich dir dein Bankkonto fülle.»

«Dann sieh es so. Ich möchte, dass du mir noch möglichst lange mein Bankkonto füllst.»

Die Küchentür ging auf. Ein Mann, geschätzte eins neunzig, in dunkelblauem eleganten Boss-Anzug trat ein. Breites Kreuz, durchtrainiert. Eine Kampfmaschine mit wachen Augen. Radu schätzte ihn auf Ende dreissig. Er lächelte freundlich und streckte Radu die Hand entgegen. «Stahl», sagte er. Radu schlug ein. «Steiner.» Amon hatte ihm von dem Gardisten erzählt. Dass er ausgetreten war, einen Boxclub in Zürich eröffnet hatte.

«Stahl wird eine Woche hier sein, um die Kunst des Glacémachens zu lernen», sagte Amon und gefiel sich in seinem Geschwätz. «Sollte es für dich so heiss werden, dass du dringend verschwinden musst, ruf ihn an, und er bringt dich, wohin du willst.»

«Und wo ist der Haken?»

«Es gibt keinen Haken. Das ist Teil meiner Investition in dieses Geschäft. Ich habe dir gesagt, dass hier nichts ohne Joker geht. Du bringst mir nichts, wenn du tot bist. Dieses Spiel hier ist nur eins von vielen. Wenn ich dadurch andere Einnahmen verliere, schmerzt mich das stark. Ausserdem habe ich keine Lust, mit Lupescu Geschäfte zu machen.»

«Seit wann bist du so wählerisch?»

«Seit ich es mir leisten kann. Gib mir dein Handy.»

Radu gab ihm das von Tomaso.

«Sperrcode?»

«2710.»

Amon entsperrte das Phone und tippte. Er gab Radu das Handy zurück. «Unter Joker.»

Radu steckte das Handy ein und sah zu Stahl. Der verzog keine Miene, stand nur da, als würde er Wache auf dem Petersplatz schieben. Fehlte nur noch die Hellebarde. Ein Söldner als Joker. Und auf so einen sollte er zählen, wenn es eng wurde?

«Gut», sagte Radu. «Können wir jetzt los?»

«Ja.»

Radu reichte Stahl die Hand. «Nehmen Sie es nicht persönlich. Aber ich hoffe, dass wir uns nicht mehr begegnen.»

«Das wünsche ich Ihnen.»

Radu ging nach draussen. Amon blieb zurück. Er hatte wohl noch ein paar Sätze mit dem Joker zu reden.

***

Felix wartete bereits vor dem Altersheim. Laura parkierte den Panda und sprang aus dem Wagen.

«Sie singen sich schon warm, hörst du?», sagte Felix.

Laura spitzte die Ohren. «Was ist das?»

«Frau Fuhrmann sagte: ‹Wilhelm Tell›.»

«Ach du Scheisse. Die ganze Oper?»

«Nein. The best of. Zusammengerafft auf zwei Stunden. Eine betuchte Insassin hat sich das gewünscht.»

«Und wer singt? Der Gesangsverein von Locarno?»

«Nein. Eine Truppe aus Mailand. Sind wohl dort an der Scala im Chor und wollen auch mal die grossen Parts spielen.»

«Volkslieder wären mir lieber.»

«Wilhelm Tell ist Volkslied.»

«Rossini ist Italiener.»

«Und Schiller ein Deutscher.»

«Und trotzdem wollen wir hier keine Ausländer.»

«Hier.» Felix streckte ihr ein Blatt entgegen.

«Was ist das?»

«Das Inhaltsverzeichnis und ein paar kluge Sachen über die Oper. Frisch ausgedruckt bei Wikipedia. Oder bist du kundig?»

Laura nahm ihm das Papier aus der Hand. Felix hielt ihr die Tür auf. Sie gingen in das Gebäude.

Eine pummelige Frau, Anfang fünfzig, kam ihnen entgegen. Aufgeregt, in kurzen Schritten. Längere liess der enge Rock nicht zu. Dafür trug sie ein Zelt als Oberteil, das mit bunten Blumenmustern übersät war. Ihr knallrot gefärbtes Haar wackelte wie ein Pudding. Vor Laura blieb sie stehen und schnappte nach Luft.

«Wären Sie langsamer gegangen, könnten Sie früher sprechen. So haben Sie keine Zeit gespart», sagte Laura trocken. Sie konnte es sich nicht verkneifen, Frau Fuhrmann eins zu verpassen. Die Leiterin des Altersheims war eine aufgeblasene Wichtigtuerin. Aus Mückenlarven konnte sie Elefantenherden zaubern. Es verging kaum eine Woche, in der sie nicht in irgendeiner Zeitung präsent war.

«Ich dachte, Dani wollte selbst kommen?»

«Ist wohl verhindert. Dafür schickt sie ihre besten Leute.» Laura verzog den Mund zu einem gespielten Lächeln.

«Die von Pünktlichkeit nichts halten.» Frau Fuhrmann stellte sich auf die Zehenspitzen. Sie schien es nicht auszuhalten, dass Laura gute fünfzehn Zentimeter grösser war, obwohl sie flache Schuhe trug.

«Kommen Sie. Die Zuschauer warten schon.» Sie drehte sich auf dem Absatz um und fiel in den hastigen Trippelschritt. Laura und Felix genügten normale Schritte, um ihr zu folgen.

Frau Fuhrmann führte sie in den Aufenthaltsraum, der heute als Opernbühne herhalten musste. Stühle waren gereiht, eine kleine Bühne aufgebaut, hinter deren gemalter Kulisse das Einsingen des Ensembles summte.

«Gleich ganz vorne. Es gibt aber nur einen Platz. Einer von Ihnen muss mit hinten vorliebnehmen», sagte Frau Fuhrmann.

«Felix. Du sitzt vorne.»

«Was?»

«Ja. Du wirst das alles hier erben. Ab morgen bin ich nicht mehr dabei.»

«Ach.» Frau Fuhrmann hob erfreut die gemalten Brauen. «Hat Dani Sie endlich rausgeworfen? Wurde auch Zeit. Wissen Sie, dass einige Geschäftsleute bereits daran dachten, ihre Werbung aus dem ‹Anzeiger› zu nehmen wegen Ihnen?»

«Und warum haben Sie es nicht getan?»

«Weil unter anderem ich ihnen gut zugeredet habe, Ihre Unverschämtheiten zu ignorieren. Ich sagte, dieser Schmierfink wird nicht lange durchhalten. Et voilà.» Sie drehte sich von Laura ab, legte Felix eine Hand auf die Schulter und führte den Armen auf seinen Sitzplatz in der ersten Reihe. Laura war es recht. Sie war jetzt Luft für Frau Fuhrmann, die sich auf die Bühne mühte, um die anstehende Veranstaltung anzukündigen. Zwei Rückkopplungen im Mikrofon, dann ging es los. Laura hatte keine Lust, die Floskeln und Phrasen der Heimleiterin zu hören. Überhaupt wusste sie nicht, was sie hier sollte. Morgen war sowieso Schluss. Es ging nur darum, Felix einzuführen. Das hatte sie getan. Also konnte sie nun gehen. Sie verliess den Saal, schlurfte gedankenverloren, den Blick auf den Boden gerichtet, nach links statt nach rechts zum Ausgang. Sie erkannte es erst nach einigen Schritten, als sie den Kopf hob. Aber sie bemerkte noch etwas anderes. Zwei ältere Männer, die sich am Ende des Ganges unterhielten. Der eine davon sass im Rollstuhl. Den anderen glaubte Laura zu kennen. Sie wollte es genau wissen und steuerte auf die beiden zu. Die Männer unterbrachen ihr Gespräch und sahen zu ihr.

«Entschuldigung. Wissen Sie, wie ich hier zur Veranstaltung komme?»

«Einfach umkehren und dann nach rechts», sagte der Mann im Rollstuhl. «Aber ich würde Ihnen empfehlen, stracks geradeaus zu gehen. Dort ist der Ausgang. Dann ersparen Sie sich die Qual.»

Lauras Puls schlug höher. Er war es tatsächlich. Der Mann, der hinter dem Rollstuhl stand, war Lorenzo Visconti, der Mann, den sie bei Monza fotografiert hatte.

«Guido, mach es nicht schlechter, als es ist.»

«Es ist schlechter, als ich es mache», schimpfte Guido.

«Nur die Ouvertüre, dann kannst du gehen.»

«Wenn ich gehen könnte. Du bist vielleicht lustig.» Er klopfte dabei auf seine Beine, die unter eine Wolldecke gepackt waren. «Nein. Geh du alleine und erzähl mir nachher, wie scheusslich es war. Vor allem der Tell, der ist zum Kotzen. Während der gesamten Probenzeit hat er im Garten seine Arien geschmettert. Ich habe die Fenster geschlossen, es hat nichts geholfen. Sein Geknödel durchdringt Bunkerwände. Zwei Kanarienvögel sind in der Zeit vom Stängel gefallen. Mein Käfig ist leer. Nur der Fresskolben hängt noch drin. Und schuld ist dieser Knödler. Aber meinst du, er hätte sich dafür entschuldigt? Oder Beileid gewünscht? Nichts.»

«Vielleicht hast du es ihm nicht gesagt?» Der Monsignore hatte eine feine Stimme.

«Natürlich habe ich es ihm gesagt. Aber er hört nichts. Ich habe vom Balkon hinuntergeschrien. Keine Reaktion. Er muss taub sein. Na klar. Stell dir vor, der müsste sich selbst hören? Dann würde er bestimmt nicht singen.»

Der Monsignore lachte. Auch Laura fand es lustig.

«Ich warte im Park», sagte Guido. «Frische Luft tut mir gut.» Er fuhr mit dem Rollstuhl davon.

«Kommen Sie», sagte der Monsignore. «Ich bringe Sie in den Saal.»

***

Radu hatte sich von Amon in Borgnone absetzen lassen und war den Rest zu Fuss gegangen. Die Villa war in ein gepflegtes Grundstück gebettet. Eher fand man eine Nadel im Heuhaufen als auf diesem Rasen Wegerich, Klee oder Quecke. Er lag da wie frisch ausgerollt. Ein sportlicher Mann um die fünfzig kam mit einem Rollkoffer aus dem Haus. Er steuerte auf Radu zu und hielt am Tor inne.

«Dr. Wagner?», fragte Radu.

«Ja. Ich verkaufe nicht. Ich habe es mir anders überlegt. Hat die Agentur das nicht gesagt? Das sind Schnarchzapfen. Da redet der eine nicht mit dem anderen.» Er öffnete das Gartentor. «Entschuldigen Sie, ich habe es eilig. Eigentlich dürfte ich gar nicht hier sein. Aber die Terrasse. Immer dasselbe mit dem Bauamt. Die Statik. Angeblich hält die Terrasse den Druck nicht aus. Ich sage, die machen Geld, wo sie können. Hätte ich mir nur etwas in Italien gekauft. Mein Tipp: Kaufen Sie hier nichts. Sie ärgern sich nur mit den Erbsenzählern.» Er ging an Radu vorbei und öffnete den Kofferraum einer dunkelgrauen Mercedes-Limousine. Radu folgte ihm.

«Ich will kein Haus kaufen.»

«Was wollen Sie dann?» Dr. Wagner verstaute sein Gepäck im Kofferraum und drehte sich zu Radu. «Oh, nein. Sagen Sie nicht, Sie sind vom Bauamt. Ich habe jetzt wirklich keine Zeit. Besprechen Sie alles mit dem Architekten.» Er schlug den Kofferraum zu, öffnete die Fahrertür und wollte einsteigen. Radu hielt ihn unsanft am Arm zurück.

«Was soll das?» Dr. Wagner riss sich los. «Was erlauben Sie sich, mich anzufassen?»

Radu schlug ihm ins Gesicht. Er hatte es nicht geplant. Aber das Geschwätz dieses Pinkels und die angestaute Spannung, auch durch Silvias Doppelspiel verursacht, verlangten ein Ventil.

Dr. Wagner hielt sich die Wange und sah Radu erschrocken an. Radu sah sich um. Es war niemand auf der Strasse. Aber er wollte nicht, dass man ihn hier sah, falls er Dr. Wagner intensiver in die Mangel nehmen musste.

«Gehen wir rein», sagte Radu.

«Ich habe einen wichtigen Termin in Luzern.»

«Sagen Sie einfach, es war Stau am Gotthard. Das zieht immer.» Er nickte mit dem Kopf zur Villa. Dr. Wagner ging voran. Radu folgte ins Haus. Auch hier alles sauber und geordnet. Geschmackvoll, aber unbewohnt.

«Leben Sie allein?», fragte Radu.

«Ja.»

«Zweitwohnsitz?»

«Dritt-. Ich habe auch eine Finca auf Mallorca. Dort fliege ich morgen hin. Im Winter halte ich es hier nicht aus.» Er sah Radu unruhig an. «Entschuldigen Sie, dass ich Ihnen weder Platz noch Getränk anbiete, aber ich habe es wirklich eilig.»

Radu ging durch den Wohnraum. «Hat Ihnen jemand gesagt, dass Sie verschwinden sollen?», fragte er und nahm einen Bildband vom Tisch, der mit der Natur des Tessins warb.

«Verschwinden?»

«Sie sagten, Sie wollten das Haus verkaufen.»

«Ich sagte, dass ich es nicht mehr will.»

«Und wieso wollten Sie? Wegen des dritten Mannes?»

«Was? Dritter Mann?»

«Der Rumäne, der hier bei Ihnen blutüberströmt angeklopft hatte und dann plötzlich verschwunden war.» Radu blätterte in dem Band.

«Ich weiss nicht, ob es ein Rumäne war.»

«Aber der Mann war hier.»

«Ja. Aber das habe ich doch schon alles der Polizei gesagt.»

«Und plötzlich war er verschwunden?»

«Ja. Ich bin ins Bad gegangen, um Verbandszeug zu holen, und als ich zurückkam, war er weg.»

«Können Sie ihn beschreiben?»

«Er war blutüberströmt. Und ich war geschockt. Es könnte jeder gewesen sein.»

Radu klappte den Bildband zu und klopfte ihn energisch auf den Tisch. Dr. Wagner erschrak. «Ich weiss es wirklich nicht. Bitte glauben Sie mir.»

Radu ging auf Dr. Wagner zu. Er wich zurück. «Bitte. Ich will mit der Sache nichts zu tun haben.»

«Ich auch nicht. Aber ich bin dazu gezwungen. Die beiden Toten in der Melezza waren meine Neffen. Und der Kerl, der hier bei Ihnen angeklopft hat, ist vielleicht ihr Mörder.»

«Dann gehen Sie doch zur Polizei. Ich weiss nichts. Wirklich.» Er schluckte. Sein grosser Kehlkopf zuckte ängstlich. Ein gezielter Schlag darauf und Dr. Wagner wäre erledigt. Radu hatte grosse Lust dazu. Der Feigling reizte ihn im Innersten. Solche Typen hatte er noch nie gemocht.

«Am besten Sie steigen jetzt in Ihr Auto und fahren weit weg. Ich ziehe die Tür dann hinter mir zu», sagte Radu.

Dr. Wagner nickte und floh aus dem Haus. Radu hörte, wie die Autotür zuschlug, der Motor startete und der Mercedes davonfuhr.

Er nahm den Bildband vom Tisch und schlug eine Seite auf. Eine Doppelseite von der Melezza. Düster und ungezähmt nach dem Tauwetter. Radu schleuderte das Buch in eine Vitrine. Er genoss den Lärm und die Splitter. Endlich etwas Unordnung. Er verliess das Haus und liess die Tür weit offen. Vielleicht würden ein paar Katzen einen Unterschlupf suchen und auf die Teppiche pissen. Radu war geladen. Er hatte die richtige Temperatur, um die nächste Station abzuklappern.

Er klopfte an Monzas Tür. Es öffnete niemand. Auch im Schuppen war keiner. Radu zog sich schwarze Lederhandschuhe an und öffnete mit Schliesswerkzeugen die Haustür. Leise trat er ein und schloss die Tür hinter sich. Er roch Feuer und hörte es knistern. Er ging an der Küche vorbei in den Wohnraum. Monza lag vor dem Cheminée regungslos auf dem Rücken. Radu näherte sich und sah das Einschussloch mitten auf der Stirn. Ein Profi. Radu sah sich um. Alles war in Ordnung. Keine Schubladen herausgerissen, nichts durchwühlt. Es war wohl nur um Monzas Schweigen gegangen. Laura hatte gesagt, dass der Monsignore bei Monza gewesen sei. Möglich, dass er die Exekution veranlasst hatte. Der Monsignore selbst war kein Killer. Jedenfalls nicht in der Exekutiven. Er richtete und fällte Entscheidungen. Ausführen liess er die Drecksarbeit andere. Von draussen erklang ein Motorengeräusch. Radu trat ans Fenster, das zur Strasse lag, und sah hinaus. Ein Polizeiauto. Es parkierte. Drei Polizisten stiegen aus. Angeführt von einem untersetzten Ferkel mit Halbglatze, das wichtig mit den Armen ruderte, um vorwärtszukommen. Das musste Bertini sein. Auf dem Foto, das Radu sich im Netz angesehen hatte, wirkte der Polizist schmaler und frischer. Sie schwärmten aus. Einer ging zum Schuppen, während die anderen sich ums Haus gruppierten. Was für Stümper. Ein Sniper hätte sie mit Leichtigkeit ausgeknipst. Radu trug keine Waffe bei sich. Er ging ins obere Stockwerk. Er hörte, wie unten die Tür mit einem Brecheisen gesprengt wurde, und mokierte sich über die unangemessene Gewalt gegenüber einem einfachen Schnappschloss. Hier oben standen Gerümpel und Bilder. Radu wusste sie nicht einzuordnen. Er war noch nicht lange genug im Kunsthandel tätig. Er hatte gerade mal grob die Epochen der europäischen Kunst gepaukt. Mittlerweile konnte er einen Picasso von einem Cézanne unterscheiden, und auch einen Rembrandt hätte er wohl von van Gogh abgrenzen können. Aber was hier herumstand, zog sich von russischen Ikonen zu zeitgenössischer Sudelei. Radu hatte keinen Schimmer, ob das Zeug was taugte und ob es wertvoll war. Er verschanzte sich hinter einem mannshohen Porträt, das einen italienischen Cavaliere in Uniform auf einem Schimmel zeigte, und wartete. Er hörte, wie jemand die Stufen nach oben kam.

«Was machen wir damit?»

«Das holen wir später als Möbelpacker.»

«Wie viel ist das wert?»

«Weiss ich nicht. Kunst ist immer so viel wert, wie einer zahlt.»

«Und zahlt man viel dafür?»

«Es gibt immer Idioten, die sich so etwas in die Wohnung hängen.»

«So etwas hier könnte ich bei mir gar nicht aufhängen. Da braucht man die passende Wohnung.»

«Wie wär's mit dem?»

«Was soll das sein? Darauf kann ich nichts erkennen. So malt meine Tochter auch.» Er lachte.

«Aber sie kriegt dafür bestimmt keine hunderttausend.»

«Hunderttausend? Der Mist ist hunderttausend wert?»

«Ich sagte doch. Wenn es jemand zahlt, ist es das wert. Wir müssen los. Ich gehe noch rüber und frage die Nachbarin, ob sie Monza gesehen hat, währenddessen macht ihr eure Arbeit.»

Sie gingen die Treppe hinunter.

Radu hielt es vorerst für das Beste, hinter den Bildern versteckt zu bleiben. Was immer Bertinis Leute zu tun hatten, sie würden für einige Zeit aus dem Haus verschwinden müssen, um als Möbelpacker zurückzukommen. Diesen Zeitpunkt würde Radu nutzen, um von hier zu verschwinden. So lange musste er sich gedulden.

***

«Kleines Dorf, inmitten der Berge», sagte der Monsignore leise zu Laura. Sie sassen nebeneinander in der letzten Reihe und sahen auf die Bühne, wo Pfleger Kulissen schoben.

«Was?», fragte Laura.

«So heisst das Bild. Kennen Sie die Oper nicht?»

«Nein.»

«Ich dachte, der Tell sei in allen Variationen mit der Muttermilch der Schweizer gesogen.»

«Vielleicht liegt es daran, dass meine Mutter mich nicht gestillt hat.»

Der Monsignore sah sie belustigt an. «Sie haben Humor.»

«Warum nicht?»

«Weil das nicht dem Klischee der Schweizer Frauen entspricht.»

«Nein? Was entspricht ihm denn?»

«Die Italiener sagen, sie seien bigott und humorlos.»

«Der beste Clown bei uns ist eine Frau. Gardi Hutter, schon mal gehört?»

«Nein, ich kenne nur Franca Rame. Kennen Sie die?»

«Klar. Franca Rame. Bezahlt wird nicht. Von Dario Fo.»

«Wunderbar. Das ist Humor. Und was machen Sie? Sind Sie auch Clownin?»

«Kommt darauf an, wie man es sieht. Ich bin Journalistin.»

«Ah. Feuilleton?»

«Wenn es sein muss.»

«Dann hätten Sie sich aber doch vorher über Rossini informieren sollen.»

«Keine Zeit. Direkt im Anschluss bin ich für Sport zuständig.»

Der Monsignore lachte leise. «Und morgen Politik und Wirtschaft? Sagen Sie bloss, Sie drucken Ihre Zeitung auch und tragen sie selbst aus?»

«Fast. Kleines Dorf.»

Er lachte. «Bravo.»

«Meinen Sie mich oder den Tenor.»

«Das ist ein Bariton, der da vorne knödelt. Den meine ich ganz bestimmt nicht.»

«Und was treibt Sie hierher?»

«Mein alter Freund Guido.»

«War er auch Priester?»

«Nein. Er war Verleger. Falls Sie auch Bücher schreiben, kann er vielleicht etwas für Sie tun. Er kennt viele Leute.»

«Was für ein Verlag?»

«Kleine Auflagen. Ein Spezialist.»

«Was für Bücher?»

«Kirchliche.»

«Messbücher?»

«Auch. Kleine theologische Abhandlungen, wissenschaftliche Arbeiten. Aber auch Bücher über Kirchenkunst. Er hat eine sehr interessante Reihe über die Kirchenmalerei Italiens herausgebracht. Wird Sie als Bilderstürmer aber kaum interessieren.»

«Schon wieder ein Klischee.»

«So lässt sich die Welt leichter einordnen.» Er zeigte auf die Bühne und hob den Zeigefinger, um Aufmerksamkeit zu fordern. «Jetzt kommt's gleich.»

Laura sah nach vorne. Dort stand ein Hüne und schrie mit italienischem Akzent: «Wir Schweizer sind keine Angeber!»

Das Publikum johlte. Der Monsignore sah Laura schelmisch an. «Das reicht mir. Gleich brennen sie das Dorf nieder. Das muss ich nicht sehen. Ausserdem wartet Guido.» Er reichte Laura die Hand, stand auf und ging.

Auf der Bühne brannten sie das Dorf nieder.

***

Radu kroch hinter seinem Versteck hervor. Bertinis Helfer waren gegangen. Waren es Polizisten oder Ganoven in Uniformen?

Radu ging die Treppe hinunter. Monzas Leiche war verschwunden. Wer hatte ihn getötet? Bertini? Oder war Bertini nur fürs Saubermachen zuständig? Radu kannte den Job. Er hatte diese Dienstleistung selbst im Portfolio. Ob sie ihn in Säure aufgelöst hatten? Zersägt hatten sie ihn nicht. Das hätte er gehört. Für Radu selbst wäre es das Beste, er würde sich jetzt in Luft auflösen. Bertini wollte als Möbelpacker wiederkommen und Monzas kleine Kunstsammlung einkassieren. Für wen arbeitete Bertini? An wen würde er die Werke verscherbeln? Offiziell konnte er damit vielleicht einen guten Gewinn erzielen, aber als Diebesgut fiel der Kurs der Bilder mindestens um die Hälfte. Und wo war das Zeug, das von Syrien kommen sollte?

Radu sah aus dem Fenster neben der Eingangstür. Die Luft war rein. Er öffnete die Tür, schlüpfte hinaus und ging so rasch wie möglich zur Strasse, um als Fussgänger zu gelten, falls ihn jemand sah. Von vorne kam ein Möbelwagen angefahren. Radu trat von der Strasse und versteckte sich hinter einer Kastanie. Der Möbelwagen hielt vor Monzas Haus. Vier Männer in Blaumännern stiegen aus, öffneten die Lade und verschwanden im Haus.

Radu ging die Strasse hinunter. Er passierte einen Gartenzaun, an dem eine Frau stand und eine gebrochene Latte austauschte. Wohl die Nachbarin, die Bertini scheinheilig nach dem toten Monza fragen wollte. Sie fluchte etwas.

«Kann ich helfen?», fragte Radu.

Sie sah zu ihm auf und wischte sich die schwarzgraue Locke aus der Stirn.

«Sie ist zu lang. Der Idiot hat sie zu lang geschnitten. Dabei habe ich ihm neunundachtzig gesagt. Und er hat achtundneunzig geschnitten.»

«Hängen Sie die Latte tiefer. Dann sieht man das nicht. Das Gras wächst dann von unten drüber.»

«Soso. Gras darüber wachsen lassen. So einer sind Sie. Italiener?»

«Rumäne.»

Sie hob den Hammer, der für die Nägel in der Latte gedacht waren, und hielt ihn hoch. «Bei mir gibt's nichts zu holen.»

«Haben Sie auch eine Säge? Dann kürze ich Ihnen die Latte.»

Sie sah ihn misstrauisch an.

«Erst geben, dann nehmen, was? Wie die rumänischen Bettlerinnen am Mailänder Hauptbahnhof. Erst schenken sie dir gepflückte Blumen, dann wollen sie Geld für ein ganzes Bouquet. Wer sind Sie?»

«Messerschleifer und Töpfeverkäufer.»

«Habe ich mir gedacht.» Sie musterte ihn. «Sie müssen gut sein. Vermutlich nicht im Schleifen, aber im Verkaufen. Verkaufen bringt mehr Geld. Und Sie scheinen mir ein reicher Bettler zu sein.» Sie blieb ernst, obwohl ihre blauen Äuglein lachten. «Warten Sie. Ich bin gleich wieder da.»

Radu wusste nicht, warum er sich auf das Gespräch mit der Frau eingelassen hatte. Früher hätte ihn das nicht aufgehalten. Er wäre entweder in den Möbelwagen gestiegen und hätte sich zum Hehler fahren lassen, um mehr über Bertinis Hintermänner zu erfahren, oder er hätte direkt gefragt, wo es zu dem Schriftsteller Urs Ritter ging, dessen Frau in der letzten Nacht ermordet worden war. Etwas an der Frau erinnerte ihn an seine Schwester. Und seiner Schwester hatte er schon immer geholfen. Hätte er es nicht getan, wäre er nicht auf ihr Drängen eingegangen und seine beiden Neffen wären noch am Leben. Aber Radu hatte nicht ahnen können, wie gross die Nummer mit den gebrandschatzten Kunstwerken der ISIS war. Er hatte nicht damit gerechnet, dass so viele Parteien mit im Spiel waren. Sein Partner war noch immer Firas, den er hier hatte treffen wollen. Sie hatten sich auf morgen verabredet. Niemand ausser Radu wusste von dem Treffen. Er hatte auch Amon nichts davon gesagt. Noch nicht einmal seine Schwester wusste davon. Firas hatte gewollt, dass es topsecret blieb. Und Radu hielt sich daran. Er hatte gedacht, wenn er zwei Tage vorher hier wäre, konnte er die Lage sondieren und gleichzeitig etwas über den mysteriösen Tod seiner Neffen erfahren. Er war froh, dass er früher gekommen war, aber nicht über die Entwicklung vor Ort. Wie es aussah, würde Firas sowieso nicht kommen. Jedenfalls, wenn der Monsignore ihn eingekauft hatte.

Die Frau kam zurück. In der einen Hand hielt sie einen Fuchsschwanz, in der anderen einen Kupfertopf, der Grünspan angesetzt hatte. «Womit wollen Sie anfangen?», fragte sie und streckte ihm beides entgegen. «Wenn sie den Topf flicken, koche ich Ihnen ein Fondue darin.»

«Tut mir leid, im Löcherstopfen bin ich etwas aus der Übung.» Er nahm ihr die Säge aus der Hand und setzte die neue Latte an einer alten an, um das richtige Mass zu haben. Er markierte die angedachte Schnittstelle mit einem kurzen Ansägen und legte die Latte auf den Querbalken des Zauns. «Halten Sie das hintere Ende.»

Die Frau gehorchte, Radu sägte und reichte ihr den Fuchsschwanz. «Soll ich sie auch nageln? Als Ersatz fürs Topfflicken.»

Sie reichte ihm den Hammer. Er nagelte die Latte an, stand auf und drehte sich zu ihr. «Und jetzt habe ich Hunger.»

Sie standen sich viel zu nah. Sie wich seinem Blick nicht aus. Er schätzte sie auf Mitte vierzig. Sie sah aus wie eine, die schon viel erlebt hatte und es gewohnt war, sich zu nehmen, was sie begehrte. Er hatte nichts dagegen. Es würde ihm den Kopf freimachen. «Komm, Zigeuner», sagte sie und drückte ihm den Topf in die Hand. «Ich füttere dich durch.»

Er folgte ihr über den Waschbeton ins Haus.

SIEBEN

Ein tiefes Tal. Zweiter Akt. Erstes Bild. Walter Fürst überbringt Arnold die schlechte Nachricht. Vater Melchtal ist tot. Soldaten haben ihn erschlagen. Arnold zögert nicht. Er schliesst sich Tell an und schwört Rache.

«Habe ich da vorhin richtig gesehen?», fragte Felix leise. «Das war doch Visconti, der Kerl auf dem Foto, der hier gesessen hatte.»

«Du solltest dir doch die Oper genau ansehen, damit du für morgen deine erste Rezension schreiben kannst», sagte Laura.

«Deswegen bin ich ja aufgestanden. Im Sitzen wäre ich eingeschlafen. Und dann wüsste ich nicht, worüber ich schreiben sollte.»

«Jetzt bleibst du aber sitzen, bis ich wiederkomme.»

«Wo willst du hin?»

«Ein paar Recherchen machen.»

«Weck mich dann, wenn du wieder da bist.»

Laura verliess den Saal und ging den Gang entlang bis zu der Stelle, wo sie Guido und den Monsignore getroffen hatte. Ein Pfleger kam ihr entgegen. «Kann ich Ihnen helfen?»

«Ja. Ich besuche meinen Onkel Guido, kann ihn aber im Saal nirgendwo finden.»

«Welchen Guido? Wir haben mehrere.»

Laura schwamm. Sie kannte den Nachnamen nicht. Raten wäre Blödsinn. Sie griff sich in die Jackentasche und tat, als würde ihr Handy brummen. Sie sah aufs Display. «Ah, das ist er. Sucht mich vermutlich ebenfalls. Hallo, Onkel Guido, wo bist du? … Auf dem Zimmer? Ich dachte, wir wollten uns zusammen die Oper ansehen … verstehe.» Sie lachte laut über einen scheinbaren Witz. «Gut, ich komme hoch, du alter Banause … welcher Stock?»

«Zweiter», sagte der Pfleger. «Letzte Tür rechts. Guido Brentano, habe ich recht?»

Laura sprach ins Handy. «Gut, bin gleich da.» Sie steckte es ein und sah den Pfleger an. «Was meinten Sie?»

«Brentano. Ihr Onkel. Der Feingeist im Rollstuhl. Er hat schon die Proben nicht ertragen und gemeckert, dass Rossini sich im Grabe umdrehen würde, wenn er das Verbrechen an seinem Tell hören würde.»

Laura lachte. Viel zu laut. Aber sie war so froh, die Hürde genommen zu haben. «Jaja, so ist er, der Guido. Stammt halt aus alter Philosophen-Dynastie. Die haben an allem zu mäkeln.»

«Wenn Sie seine Nichte sind, steht es um Sie nicht besser.»

«Wie? Ach so. Ja, da haben Sie recht.» Sie lachte wieder zu laut und kam sich dabei blonder vor, als sie war.

«Ich habe leider nicht das Glück, dem Spektakel ganz zu entgehen. Meiner Chefin wird es auffallen, wenn ich zu lange draussen bleibe. Aber ohne Zigarette halte ich das nicht aus.» Auch er wollte lustig sein. Laura goutierte es mit einem Kichern.

Er lauschte. «Dritter Akt hat begonnen. Abgelegene Gegend. Zum Glück raffen sie es so stark. Sonst wäre es wirklich nicht zu ertragen.» Er hob die Brauen und ging. Laura sah ihm nach, bis er im Saal verschwunden war, und lief die Treppen in den zweiten Stock nach oben. Der Gang war leer. Er zog sich lang, hartes Kunstlicht speiste ihn. Sie erreichte die letzte Tür rechts und blieb davor stehen. Sie legte ihr Ohr an die Tür und horchte. Zwei Männerstimmen. Laura konnte nicht verstehen, was sie sprachen. Es war unklug, hier zu lauschen. Die Tür konnte jederzeit geöffnet werden. Was würde sie dem Monsignore sagen, wenn er sie plötzlich hier lauschend fand? Entschuldigung, ich habe mich verirrt? So einfach wie der Pfleger würde es ihr der Jesuit nicht machen. Laura ging an die Nebentür und drückte langsam die Klinke nach unten. Die Tür liess sich öffnen. Vielleicht hatte sie Glück, und der Zimmerbewohner war in der Oper. Dann hatte sie noch etwas Zeit, ungestört zu spitzeln.

Sie öffnete die Tür und sah ins Zimmer. Es war niemand da. Sie trat ein, schloss die Tür hinter sich und ging an die Wand, um zu lauschen. Die Wand liess nichts durch. Trotzdem vernahm Laura Stimmen. Sie sah die offene Balkontür und ging hin. Die Stimmen wurden lauter. Laura schob sich näher heran und konnte nun die Stimme des Monsignore erkennen. Sie schob den Kopf ans Fenster und sah die beiden Männer. Guido im Rollstuhl, eine Zino paffend, der Monsignore ein Glas Rotwein in der Hand.

«Ist es dir auch wirklich nicht kalt, hier draussen?», fragte der Monsignore und schob die Wolldecke auf Guidos Beinen zurecht.

«Ich bin andere Kälte gewohnt», sagte Guido und paffte. «Und gegen die kommt man mit Kaschmirwolle leider nicht an.»

«Ja, die inneren Dämonen. Mit denen haben wir alle zu kämpfen.»

«Du auch? Ich dachte immer, du wärst mit dir im Reinen.»

«Ich glaube, nicht einmal Holzer war mit sich im Reinen.»

«Holzer. Dass es ihn erwischt hat, kann ich noch immer nicht glauben. Und du warst dabei? Und hast überlebt. Seltsam. Findest du nicht?»

«Die Wege des Herrn sind unergründlich.»

«Ist mir auch egal, wie du deinen Kopf aus der Schlinge gezogen hast. Holzer ist schon ein schwerer Schlag für uns. Aber wenn es dich auch noch erwischt hätte, dann könnten wir vorerst einpacken.»

«Wir können einpacken, wenn wir das Geschäft nicht allein abwickeln. Solange der Rumäne mitmischt, fällt für uns zu wenig ab. Enzo will auch seinen Schnitt. Und am Ende bleibt für uns nur viel Risiko und wenig Rendite.»

«Und auf welcher Seite steht unser Mann aus Zug?»

«Ihm ist egal, wer liefert. Er zahlt, was der Markt hergibt, mehr nicht. Aber er hat Abnehmer, die schon mit den Hufen scharren.»

«Was machen die Leute mit dem Zeug?»

«In den Tresor legen.»

«Ich habe diese Art von Spekulation nie verstanden. Was will ich mit einem Picasso, wenn ich ihn nur im Keller angucken kann?»

«Die Dunkelheit hat ihre Reize. Aber Verlust hat für mich überhaupt keinen.»

«Manchmal muss man sich eben auch mit kleinen Fischen abgeben. Nennen wir es Investition.»

«Die Investition steht in keinem Verhältnis.»

«Aber wir brauchen einen Zwischenhändler. Da wäre der Rumäne doch gut?»

«Steiner wird sich aber nicht als Zwischenhändler zufriedengeben, wenn er den ganzen Deal abwickeln kann. Und Firas ist es auch lieber, er verkauft direkt an uns.»

«Es ist schon absurd.»

«Was meinst du?»

«Na ja. Das Zeug kommt auf demselben Weg nach Europa wie die Flüchtlinge.»

«Teilweise sogar in denselben Booten. Stell dir vor, was die Presse daraus machen wird, wenn sie davon Wind bekommt: Vatikan versilbert geraubte Kunstschätze des Islamischen Staats. Das wäre unser Untergang.»

«Wir sind nicht der Vatikan.»

«Aber wir sind eine Zelle davon. Und die anderen werden es sich nicht bieten lassen, dass wir sie mit runterziehen. Noch gibt es einige in Rom, die schützend die Hand über uns halten. Aber wenn die Bombe platzt, kennt uns niemand mehr.»

«Dann steigen wir ganz aus.» Guido merkte, dass sein Zigarillo ausgegangen war, und versuchte mit zittriger Hand, ihn wieder anzuzünden. Die Flamme des Feuerzeugs wackelte. Der Monsignore nahm Guidos Hand und führte sie zum Ende des Zigarillos. Guido paffte. Der Monsignore nahm ihm das Feuerzeug ab.

«Danke», sagte Guido und atmete schwer. «Diese Krankheit macht mich fertig. Ich war mal der sicherste Schütze, den wir hatten. Jetzt kann ich mir nicht einmal mehr ein Glas Wein einschenken, ohne dass was danebengeht.»

Der Monsignore sah sich die Gravur auf dem Feuerzeug an.

«Papaya soll helfen», sagte Guido. «Schmeckt aber zum Kotzen.»

«Wir können nicht aussteigen», sagte der Monsignore. «Wir haben gerade nichts anderes, das uns einen so gewaltigen Hebel bringen könnte. Wir sind angezählt.»

«Was ist mit den Organen?»

«Stahl und Franca Rossi haben die Liste vernichtet. Ich hatte geglaubt, sie überzeugen zu können, dass man mit dem Geld viel Gutes anstellen könnte. Franca hätte ich vielleicht überzeugen können, aber Stahl ist ein Starrkopf. Er war zu lange unter den Fittichen des alten Camerlengo.»

«Für wen arbeitet er jetzt?»

«Keine Ahnung. Er ist abgetaucht.»

«Können wir ihn nicht für uns gewinnen?»

«Es gelang nicht einmal Holzer, ihn zu überzeugen. Wir haben Enzo.»

«Können wir ihm trauen?»

«Die Alternative wäre Renard.»

«Oder der Rumäne.»

«Vergiss ihn. Der Tod seiner Neffen macht ihn für uns unbrauchbar.»

«Enzo ist ein Idiot. Warum hat er das gemacht?»

«Er sagt, es wäre eskaliert. Er hatte keine Wahl. Die Rumänen hätten angefangen. Junge Hitzköpfe.»

«Gib mir einen Schluck.»

«Du sollst keinen Alkohol trinken.»

Guido lachte leise. «Wenn du das sagst, klingt es wie eines der Zehn Gebote. Und ich wüsste nicht, welches ich davon eingehalten hätte.»

Der Monsignore führte Guido das Rotweinglas an den Mund. Er nahm einen kräftigen Schluck. «Das tut gut und zieht sofort rein. Ich bin nichts mehr gewohnt. Weisst du noch, wie wir früher saufen konnten? Mit Albin und Giorgio?» Er drückte den Zigarillo im Aschenbecher aus. «Beide tot», sagte er. «Warum hören wir nicht auch einfach auf?»

«Weil es nicht um uns geht.»

«Um die Sache? Gibt es die noch?»

«Es gibt das Unternehmen seit zweitausend Jahren. Ich möchte nicht dabei sein, wenn wir Insolvenz anmelden müssen. Dagegen werde ich kämpfen, so lange ich kann.»

«Schieb mich rein. Oder gib mir noch einen Schluck. Jetzt wird mir kalt.»

Der Monsignore trat hinter Guidos Rollstuhl und schob ihn ins Zimmer.

Laura hatte genug gehört. Viele Namen. Sie hatte während des Gesprächs ihr Notizbuch gezückt und mitgeschrieben. Sie steckte es ein und wollte das Zimmer verlassen. Die Tür wurde von aussen geöffnet. Hatte sie der Monsignore entdeckt? Kam er selbst? Schickte er einen seiner Leute? Laura sah sich um. Unters Bett? In den Schrank? Sie huschte auf den Balkon und verschanzte sich an der Wand neben der Tür. Viel Platz war nicht. Sie sah zum angrenzenden Balkon hinüber, auf dem sich zuvor Guido und der Monsignore unterhalten hatten. Die Lücke zwischen den Balkonen betrug höchstens einen Meter. Ein Kinderspiel, hinüberzugelangen. Aber was sollte sie dort? Auch Guido würde Fragen stellen. Aber er hatte Parkinson. Mit ihm würde sie fertigwerden.

«Ich wäre gerne noch bis zum Ende geblieben», sagte eine Frauenstimme.

«Ich erzähle Ihnen dann morgen, wie es ausgegangen ist.» Es war der Pfleger, dem Laura unten begegnet war.

«Scherzkeks. Jeder weiss, wie es endet. Tell erschiesst Gessler mit der Armbrust, und dann singt der Freiheitschor.»

«Na dann verpassen Sie ja nichts, Frau Gessler.»

«Gessner. Nicht Gessler. Das wissen Sie genau. Wie die Gessnerallee in Zürich. Kennen Sie die? Sie kommen doch aus Zürich?»

«Nein, ich komme aus Basel.»

«Deswegen das freche Maul.» Sie lachte. «Wenn Sie die Balkontür noch schliessen, erfriere ich heute Nacht nicht. Oder brauchen Sie wieder freie Zimmer?»

«Die Chefin braucht volle Zimmer. Sie wünscht sich sicher, dass Sie hundert werden.»

«Ob ich es noch fünf Jahre hier aushalten werde, das weiss ich nicht. Kommt darauf an, wann Sie endlich gehen. Wetten, Sie gehen vor mir?»

Der Pfleger schloss die Tür. Laura konnte nichts mehr von dem Gespräch hören. Sollte sie warten, bis der Pfleger fort war, und dann bei Frau Gessner an die Balkontür klopfen? Das Risiko war zu gross, dass sie den Pfleger rufen würde. Sie drehte sich zu Guidos Balkon. Dort stand die Tür noch offen. Laura kletterte hinüber und lugte vorsichtig in Guidos Zimmer. Der Alte lag mit Kopfhörern in seinem Bett und hatte die Augen geschlossen. Er dirigierte mit zittrigen Händen die Musik. Jetzt donnerte ein Crescendo, das unter den Kopfhörern herauskroch und von Laura zu hören war. Guido fuchtelte wild dazu, packte die Luft in Fäuste, zeigte mit den Fingern seiner Rechten den Gehörnten und sang dazu. Eindeutig kein Rossini. Laura tippte auf Led Zeppelin. Sie drehte sich zur Tür und drückte die Klinke runter. Hinter ihr schepperte es. Sie drehte sich um. Guido hatte eine Karaffe vom Nachttisch gefegt. Er fluchte.

Laura schlüpfte hinaus. Vor ihr versperrte ihr der Pfleger den Weg. Laura erschrak. Der Pfleger grinste sie an. «Zerlegt er wieder beim Rockkonzert die Halle?»

«Es ist ein Jammer. Sie hätten ihn früher sehen sollen, wie er Gitarre gespielt hat. Er konnte jedes Solo von Jimmy Page.»

«Da kann ich ja froh sein, dass er Parkinson hat. Sonst müsste ich täglich ‹Stairway To Heaven› hören.»

«Mit wem plappern Sie denn da? Kommen Sie und räumen Sie den Scherbenhaufen weg.» Guido war ungehalten.

«Immer mit der Ruhe. Ich komme aus Bern. Da ist man etwas langsamer.»

«Ich dachte aus Basel.» Es war Laura rausgerutscht.

Der Pfleger sah sie kurz irritiert an. Laura überspielte ihren Patzer mit einem angestrengten Lächeln. «Ich stand vorhin auf dem Balkon und habe eine geraucht, als Sie mit Frau Gessner scherzten.»

«Ach so. Verstehe. Na ja. Ich spiele halt gerne. Das macht die Sache hier erträglicher. Ist nämlich nicht immer lustig mit den Figuren hier.»

«Mit wem plappern Sie da?»

«Ich führe interessante Selbstgespräche und weiss noch nicht, wem ich recht geben soll.»

«Sie sind ein Idiot. Kommen Sie jetzt her und räumen Sie die Sauerei hier weg. Sie wissen genau, wie sehr ich Unordnung hasse.»

«Übrigens, ich bin Reto und komme aus Davos. Fall Sie mal Lust haben, ein Wochenende Ski zu fahren – Sie wissen ja, wo Sie mich finden.»

«Danke. Viel Vergnügen noch mit Onkel Guido.» Sie ging.

«Wer war das?», hörte sie noch in ihrem Rücken.

«Ihre Nichte. Ich dachte, Sie hätten Parkinson und nicht Alzheimer.»

«Ach, lassen Sie mich in Ruhe. Sie gehen mir langsam auf die Nerven mit Ihren Faxen.»

***

«Anna», sagte sie und reichte Radu die Zigarette. Er nahm einen Zug, blies den Rauch zur Decke und sah sie an. Eine schöne Frau. Schon etwas welk, aber junge Augen. Er wünschte sich, er hätte selbst noch etwas davon in seinem Blick.

«Und wie heisst du?»

«Radu.»

Sie nahm ihm die Zigarette weg und rauchte. «Ich habe einige Töpfe zu reparieren. Wenn du magst, kannst du länger bleiben.» Sie lächelte und nagte verlegen an ihrer Unterlippe. «Blödsinn. Zigeuner müssen weiter, stimmt's?»

«Stimmt.»

«Und wenn der Schnee zu früh kommt?»

«Das ist dann etwas anderes. Dann machen wir Notquartier.»

«Schau raus, es fallen dicke Flocken.» Sie blies ihm Rauch ins Gesicht. «Siehst du es?»

Er schloss die Augen. «Ja, ich sehe es.»

«Sie sind so dick, dass man sie als Schneebälle malen müsste. Und innerhalb von einer Viertelstunde ist das ganze Tal eingeschneit.»

«Haben wir Proviant?»

«Für fünf Jahre. Das müsste reichen.»

«Ist der Winter so lang?»

«Ja. Das Klima hat sich geändert. Dafür haben wir aber auch sieben Jahre Sommer.»

«Und Frühling? Und Herbst?»

«Den Herbst gibt es gar nicht mehr. Der Übergang von Sommer auf Winter fällt hart. Es gibt keine Zeit, sich auf Kälte umzustellen. Dafür kommt der Frühling manchmal für eine Stunde. Aber nicht zwischen Winter und Sommer. Sondern mittendrin. Er kann im Winter kommen und im Sommer. Der Stunden-Frühling.» Sie drückte die Zigarette aus, schlug die Decke von sich und zog sich an. Radu öffnete die Augen. «Was machst du?», fragte er.

«Ich gehe Schnee schaufeln. Dann kommst du wenigstens bis zur Strasse.» Sie verliess das Zimmer. Radu sah zu dem kleinen Altar hinüber, auf dem ein Buddha aus Messing stand. Das Zimmer war in hellem Blau gestrichen, wie er es von griechischen Tavernen kannte, die auf ihren Fensterläden die Farbe des Sonnenhimmels einfangen wollten. Fünf Jahre. Warum nicht? Was wäre dabei, wenn er sich hier einschneien liesse? Anna gefiel ihm. Sie hatte Humor und eine innere Ruhe, nach der er sich sehnte. Sie kannten sich gerade mal eine Stunde, und trotzdem war es ihm, als könnte er ihr alles erzählen. Der Buddha lächelte ihn an. Radu lächelte zurück und setzte sich auf die Bettkante. Anna erschien in der Tür. «Der Weg ist freigeschaufelt. Du musst dich aber beeilen, er schneit rasch wieder zu.» Sie kam auf ihn zu und streichelte ihm über die angegrauten Stoppeln. «Warum trägst du deine Haare so kurz? Ich wette, du hättest schwarze Locken, Zingaro.»

«Das ist lange her.»

«Erzähl mir davon.» Sie drückte ihn aufs Bett zurück und legte sich neben ihn. Sie schlug ein Bein über ihn und küsste seinen Hals. «Na komm schon. Erzähl.»

«Und der Schnee?»

«Fällt von allein.»

Er streichelte sie an der Schulter und malte mit seinem Finger unbestimmte Linien darauf. «Als Kind hatte ich schwarze Locken. Meine Mutter hatte dieselben. Meine Onkel auch. Aber sie mochten sie nicht. Sie glätteten sie mit Gel nach hinten. Das sah schneidig aus. Wenn man ein Mann sein wollte, musste man schneidig aussehen. Da durfte man keine Locken tragen. Locken hatten nur die Mädchen. Da ich kein Gel hatte, aber schon früh ein Mann sein wollte, schmierte ich meine Haare mit Butter ein. Ich war stolz. Sie klebten und glänzten wie die meines Patenonkels Eddy. Meine Mutter fand das gar nicht gut. Butter war teuer. Sie versohlte mir den Hintern und rasierte mir den Schädel. Und aus Trotz hielt ich mir die Haare seither so kurz.» Er hörte auf, mit dem Finger zu malen. Er strich einmal mit der Hand darüber, als würde er das Gemalte damit von der Tafel wischen.

«Ich weiss, was du gemalt hast», sagte Anna und stützte sich auf ihren Ellbogen. «Weisst du es auch?»

«Nein. Ich habe keine Ahnung. Ich habe eine Geschichte erzählt und dich dabei gestreichelt.»

«Ja, du hast eine Geschichte erzählt. Aber die Sache mit der Butter war nicht die Geschichte. Das war nur eine Anekdote. Die eigentliche Geschichte hast du mir auf den Arm gemalt. Hab keine Sorge, ich werde sie keinem verraten.» Sie küsste ihn auf die Stirn und stand auf. «Ich glaube, du musst jetzt gehen, sonst ist der Weg wieder zu.» Sie setzte sich im Lotussitz vor ihren Altar und begann zu meditieren. Radu stand auf, zog sich an und ging.

***

Laura konnte Felix nicht finden. Im Saal herrschte Aufregung. Auf der Bühne sang keiner mehr. Dafür tat Frau Fuhrmann sehr wichtig. Sie fuchtelte mit den Armen, dirigierte Personal, beschwichtigte die Senioren. Laura wandte sich an eine Alte, die ganz ruhig auf ihrem Platz hockte und sich nicht beirren liess.

«Was ist passiert?», fragte sie.

«Der Gessler ist tot», sagte die Alte und faltete eine Papierserviette.

«Das weiss ich. Der Tell hat ihn mit der Armbrust erlegt. Ich kenne die Oper. Aber warum ist hier so ein Tumult?»

«Weil der Gessler tot ist. Ist einfach umgefallen, bevor der Tell ihn hat abschiessen können. Dann wird es heute nichts mit dem Freiheitschor. Dabei haben sie ihn so schön geübt.» Sie sah nur auf ihre Serviette und faltete weiter. «Wissen Sie, der Gessler war ein Arschloch.»

«Meinen Sie die Figur oder den Darsteller?»

«Beide. Ich habe bei der Probe gehört, wie er den Tell angeschnauzt hat wegen einem falschen Ton. Der Tell hat daraufhin geweint. Schauen Sie.» Sie zeigte Laura das Produkt ihrer Faltkunst. «Was ist das?»

«Eine Serviette.»

«Ich gebe Ihnen einen Tipp: Es ist ein Vogel. Aber was für einer?»

«Eine Möwe.»

«Tschechow. Ich bin die Möwe. Gehen Sie gerne ins Theater?» Sie zerknüllte den Vogel. «Es war keine Möwe.»

«Tut mir leid, ich bin keine Vogelexpertin.»

«Die Schuld liegt nicht bei Ihnen. Nicht am Empfänger. Immer am Sender. Hätte ich besser gefaltet, hätten Sie es erkannt.»

«Und was war es?»

«Spielt keine Rolle. Was war, spielt keine Rolle. Auch was

werden wird, ist belanglos. Aber was ist, das ist wichtig. Und jetzt ist es eine zerknüllte Serviette. Und der Gessner ist ein totes Arschloch. Man bringt den Tell nicht zum Weinen. Nur wegen einem falschen Ton.» Sie stand auf und ging.

Laura sah ihr nach und entdeckte Felix. Sie winkte ihn zu sich. Er kam froh gelaunt. «Da hast du was verpasst. Das ist eine tolle Story: Gessner fällt in Ohnmacht aus Furcht vor Tell.»

«Sag's einfacher.»

«Der Typ hat wohl falsch geatmet. Hyperventiliert. Der Tell legte die Armbrust an, und der Gessner fiel um, bevor der Tell schiessen konnte. Das war ein Gelächter. Der Tell stand blöd da mit seiner geladenen Armbrust. Sie sangen unbeirrt weiter. Einer fing an zu schreien, weil er kapiert hatte, dass der Gessner ohnmächtig ist, aber man hörte ihn nicht, weil die anderen lauter sangen, als er schrie. Dann wurden es immer mehr Schreier und immer weniger Sänger. Und am Ende: nur noch Geschrei. Abgefahren.» Er nahm sich eine Mineralflasche vom Tisch, schraubte sie auf und trank daraus. Er rülpste leise und stellte die Flasche zurück. «Aber wo warst du? Ich habe dich gesucht. Die Fuhrmann wollte mit dir reden.»

«Mir war eingefallen, dass hier ein Onkel von mir lebt, den ich lange nicht mehr gesehen habe. Er hatte viel zu erzählen, deswegen blieben wir auf seinem Zimmer.»

«So eine Ausrede hätte ich auch gerne gehabt. Das Katzengejammer war nicht zum Aushalten.» Er zeigte an Laura vorbei. «Sie hat dich entdeckt. Mal sehen, ob sie dir den Onkel abkauft. Ich gehe raus und rauche eine. Ich warte dort auf dich.» Er lächelte der anbrausenden Fuhrmann zu und zog ab.

«Eine Tragödie.» Frau Fuhrmann klatschte in die Hände und blickte gen Himmel.

«Das haben viele Opern so an sich.»

«Sie sind geschmacklos. Stellen Sie sich vor, er wäre gestorben.»

«Entschuldigung. Ist mir rausgerutscht.»

«Aber es geht ihm wieder besser.»

Laura nickte und wollte gehen. Frau Fuhrmann hielt sie am Arm zurück. «Sie machen jetzt daraus aber keine Schlagzeile. Ich warne Sie. Ich habe Kontakte. Der ‹Anzeiger› kann dichtmachen, wenn ich mobil mache.» Ihre knallroten Lippen verschwanden vor Verkniffenheit.

«Der ‹Anzeiger› ist mir egal. Ich bin ab morgen nicht mehr dabei.»

«Ach.» Sie lächelte erleichtert. «Dann brauchen Sie ja auch nichts mehr zu schreiben.»

«Dani hat mich hierhergeschickt, damit ich meinen Vertrag erfülle. Und das werde ich auch tun. Sogar mit Freude.»

«Dani wird es nicht drucken, wenn Sie schlecht schreiben.»

«Wenn ich will, kriegt sie es gar nicht auf den Schreibtisch. Oder ich verkaufe es an ein grösseres Blatt. Heimleiterin treibt Insassen durch Opernmarathon in den Tod. Na, wie klingt das?»

«Absurd. Das interessiert doch keinen.»

«Meinen Sie, es interessiert überhaupt jemanden, was Sie hier veranstalten? Da bringt ein ohnmächtiger Gessner vielleicht wenigstens einen kleinen Lacher.»

Frau Fuhrmann verdrehte wild die Augen. Gleich würde sie zur Arie ansetzen. Sie beherrschte sich, kniff die Augen zusammen und fragte leise: «Was wollen Sie?»

«Ein paar Informationen über einen Bewohner des Heims.»

«Tut mir leid. Wir sind diskret wie eine Bank. Unsere Bewohner sind unser Kapital.»

«Vor allem, wenn sie ihr Erbe an Sie überschreiben.»

Frau Fuhrmann lief rot an. «Was erlauben Sie sich? Sie hören von meinen Anwälten.» Sie drehte sich um und wollte gehen.

«Stimmt es, dass Guido Brentano hier lebt?»

Frau Fuhrmann kam Laura näher als erlaubt und zischte ihr ins Ohr. «Vergessen Sie Brentano. Daran verbrennen Sie sich die Finger. Ein guter Rat. Und jetzt verschwinden Sie.»

Laura wischte sich den Speichel vom Gesicht, den ihr Frau Fuhrmanns feuchte Aussprache hinterlassen hatte, und verliess das Heim.

ACHT

Radu klingelte und wartete. Es öffnete niemand. Er klingelte erneut. Jetzt hörte er Schritte hinter der Tür. Die Tür wurde geöffnet. Ein grauschwarzer Vollbart, der mit dem Kopfhaar das Gesicht verwuchs, blickte ihm entgegen. «Niemand daheim», sagte der Zerzauste, verlor das Gleichgewicht und flog mit der Tür nach innen. Er liess die Klinke los und rutschte an der Wand zu Boden. Die Whiskeyflasche, die er in der anderen Hand hielt, rettete er und drückte sie gegen seinen Bauch.

«Urs Ritter?», fragte Radu.

«Wer will das wissen?»

«Radu Steiner.»

«Radu? Ist das ein Spitzname für Rudolf?» Er kicherte albern. «Rudi und Radu. Könnte auch ein Kinderbuch sein. Wie Fix und Foxi. Kennen Sie das noch? Rolf Kauka. Von dem war das. Ich merke mir die sonderbarsten Namen. Nur Gesichter, die vergesse ich. Verrückt, oder? Meistens ist es andersrum. Die meisten Menschen behalten Gesichter, dafür vergessen sie die Namen.» Er sah zu Radu auf. «Entweder Sie helfen mir hoch, oder Sie kommen zu mir runter. Egal, wie Sie sich entscheiden, Sie müssen mit mir einen trinken. Deal?»

Radu packte Urs am Arm und zog ihn hoch. «Ui. Sie sind stark. Das hat sonst nur Regula geschafft. Sie war auch stark. Viel stärker als ich. Aber sie ist tot. So ein Arschloch hat sie umgebracht. Einfach so. Weil sie im falschen Moment am falschen Platz war. Und ich bin schuld. Weil ich die Scheisse geschrieben habe.»

«Was haben Sie geschrieben?», fragte Radu und schloss die Tür. Er brachte den schwer angeschlagenen Urs ins Wohnzimmer und pflanzte ihn auf einen Sessel. «Geht Sie nichts an. Geheimnis.» Er starrte Radu an. «Sind Sie deswegen gekommen? Wollen Sie auch das Manuskript? Da muss ich Sie enttäuschen. Ein anderer war schneller.» Er tippte mit dem Zeigefinger gegen seine Stirn. «Aber da obendrin, da ist noch alles. Wort für Wort. Nicht nur Namen. Auch Wörter und Gedanken kann ich mir merken. Nur wozu? Es ist alles sinnlos jetzt. Ohne Regula.» Er liess den Kopf fallen und begann zu weinen.

«Worum geht es in Ihrem Manuskript?» Radu nahm Urs die Whiskeyflasche aus der Hand.

«Geben Sie mir die Flasche.» Urs wurde laut. «Was fällt Ihnen ein?»

«Was war so wichtig, dass man dafür hier einbricht, es stiehlt und Ihre Frau tötet?»

«Namen. Ich wusste Namen. Und die habe ich hineingeschrieben.»

«Was für Namen?»

«Wichtige Namen. So wichtige wie Rudolf Steiner.»

«Sie haben über Steiner geschrieben?»

«Blödsinn. Aber wenn Steiner noch leben würde und ich hätte das über ihn geschrieben, was ich über die Leute geschrieben habe, die in dem Buch vorkommen, die Eurhythmie würde ab sofort als satanisches Ritual gelten.» Er kicherte besoffen.

Radu goss den Whiskey in zwei Gläser und reichte Urs eines. «Ich trink mit Ihnen, und Sie erzählen mir von Ihrem Manuskript.»

«Und wenn ich keine Lust habe?»

«Kann es wehtun.»

Urs riss die Augen auf, musterte Radu und schüttelte dann lachend den Kopf. «Sie sind von der Gegenseite? Stimmt's? ‹Spion & Spion›, kennen Sie das? Antonio Prohias. Wieder ein Name. Ein grossartiger Zeichner. Kubaner, der sich in die Staaten abgesetzt hatte. Noch vor der Kubakrise. Ich habe ‹MAD› geliebt. Sie auch? Kennen Sie ‹MAD› überhaupt?»

«Alfred E. Neumann?»

«Sie kennen ‹MAD›. Sieh mal einer an. Sie werden mir sympathisch. Was kennen Sie noch? Superman? Bestimmt. Superman kennt jeder. Aber Grüne Leuchte oder Elastoman?»

«Nein. Die kenne ich nicht. Aber vielleicht kenne ich ein paar Namen aus Ihrem Manuskript.»

«Vielleicht.»

Radu nahm einen Schluck aus der Flasche. Der Tropfen war gut. Er brannte wohlig im Bauch. «Kann ich sie kaufen?», fragte er.

«Wen?»
«Die Namen.»
Urs schüttelte den Kopf. «Ohne die Story sind die Namen wertlos.»
«Dann kaufe ich eben die Story mit den Namen.»
Urs sah zu ihm auf. «Wie viel?»
«Hunderttausend.»
«Fünfhunderttausend. Dann kann ich ein neues Leben anfangen.»
«Fünfhunderttausend.»
«Für das ganze Buch?»
«Ein Exposé reicht. Aber Sie schreiben es jetzt.»
«Und wenn ich es geschrieben habe, legen Sie mich um.»
«Wieso sollte ich das tun?»
«Um fünfhunderttausend zu sparen. Sie sehen mir nicht aus wie ein Wohltäter.»
«Bin ich auch nicht. Ich bin Geschäftsmann. Und ich wittere, dass Ihr Exposé fünfhunderttausend wert ist.»
«Auch eine Million?»
«Dann lege ich Sie lieber um.»
Urs lachte trocken. «Sie haben Humor. Das gefällt mir. Und ich wette, dass Sie Ihren Namen auch darin lesen werden. Habe ich recht? Wie heissen Sie noch mal?»
«Ich hatte mich schon vorgestellt. Ich dachte, Sie können sich Namen merken.»
«Zu viel getrunken. ’tschuldigung.»
«Steiner.»
Urs lachte lauter. «Der war gut.» Er nahm Radu die Whiskeyflasche aus der Hand und goss sich ein. «Nein. Steiner ist diesmal nicht dabei. Über den wurde schon genug geschrieben. Vor allem hat er viel geschrieben. Und viel Blödsinn ist auch dabei.» Er streckte die Hand aus. «Helfen Sie mir hoch.»
Radu zog ihn nach oben, nah an sich ran. «Schreiben Sie um Ihr Leben. Ich gebe Ihnen zwei Stunden. Dann bekommen Sie entweder das Geld, oder Sie sind tot.» Radu sah an Urs’ Blick, dass seine Worte Wirkung zeigten. Radu konnte noch immer kalt wie Eis sein, wenn es notwendig war. Urs nickte und leckte

sich Whiskey von den Lippen. «Ich hole noch eine Flasche. Dann schreibe ich besser und schneller.» Er ging an einen kleinen Barwagen, neben dem ein Akkordeon auf dem Boden stand.

«Stört es Sie, wenn ich spiele?», fragte Radu.

«Nein. Im Gegenteil. Ich liebe es. Regula spielte immer, wenn ich schrieb.» Er verschwand mit der vollen Flasche in sein Arbeitszimmer. Radu nahm das Akkordeon, setzte sich damit auf einen Stuhl, Eingangstür und Arbeitszimmer im Blick, und begann auf dem Akkordeon zu spielen. Erst ein rumänisches Volkslied, das er von seinem Grossvater gelernt hatte, dann «Bésame Mucho» und «La Paloma», ehe er auf «Verano Porteño» von Astor Piazzolla wechselte.

***

Laura kannte nur einen, dem sie die Sache erzählen konnte. Die Story, die sie eben zwischen Guido und dem Monsignore belauscht hatte, war zu gross für Dani und den «Anzeiger». Urs würde Leute kennen, die sich für die Sache mehr interessierten. Aber sie hatte keine Beweise. Sie hatte etwas aufgeschnappt. Statt Notizen zu machen, hätte sie wenigstens mit dem Handy das Gespräch aufzeichnen können. Sie ohrfeigte sich, dass sie es nicht getan hatte. Beweise finden. Wo? Vielleicht bei Monza? Dort hatte sie auch den Monsignore gesehen. Und Monza galt zwar als erfolgloser Künstler, der hauptsächlich von Kopien alter Meister lebte, sich aber auf dem Markt gut auskannte. Er lag auf dem Weg zu Urs. Diesmal würde sie sich von ihm nicht abwimmeln lassen.

«Und jetzt zu den Volleyballerinnen?», fragte Felix, der neben ihr aus dem Boden gewachsen war. Sie hatte ihn völlig vergessen.

«Wo warst du?», fragte sie. «Ich dachte, wir treffen uns hier bei den Autos.»

«Ich habe noch mit Frau Fuhrmann gesprochen und die Wogen geglättet. Ich glaube, sie mag mich. Hilfe!»

«Gratuliere. Fahr allein zu den Volleyballerinnen. Für mich ist die Arbeit beim ‹Anzeiger› jetzt erledigt.»

«Schade. Ich dachte, du würdest es dir noch mal überlegen.

Dani würde die Kündigung bestimmt wieder rückgängig machen. Wäre ja nicht das erste Mal.»

«Diesmal gilt es aber. Es macht keinen Sinn mehr. Ich kann das nicht mehr. Ich habe den Eindruck, ich verplempere meine Zeit. Dafür bin ich nicht angetreten.»

«Und wofür bist du angetreten?»

«Investigation.»

«Watergate, Wikileaks und Snowden?»

«Warum nicht?»

«Und der dritte Mann?»

«Ja.»

«Hat sich der Rumäne wieder gemeldet?»

«Nein.»

«Vielleicht besser so.»

«Warum?»

«Na ja. Was der auf dem Kerbholz hat.»

«Da hast du recht.»

«Und was machst du jetzt?»

«Ich fahre ins Rustico, packe meine Sachen und checke im Internet die Jobangebote für Journalisten.»

«Viel Vergnügen. Falls du was finden solltest und einen Praktikanten brauchst, ruf mich an.»

«Mach ich.» Sie umarmte Felix. «Viel Spass bei den Volleyballerinnen.» Sie stieg in den Panda und fuhr los.

***

Radu beendete «Fuga 9» mit einem improvisierten Solo und legte das Akkordeon zur Seite. Er stand auf und wollte sehen, wie weit Urs mit dem Exposé war. Urs lag mit dem Kopf auf dem Schreibtisch. Daneben die geleerte Flasche Whiskey und eine aufgerissene Packung «Vivinox stark». Radu legte die Finger an Urs' Aorta und tastete den Puls. Er schlug schwach. Sollte er Urs jetzt unter die kalte Dusche zerren, ihn mit Kaffee vollpumpen und mit ihm durch die Wohnung stapfen? Was kümmerte ihn der Spinner? Er hob Urs Kopf an und zog das Blatt Papier darunter weg. Immerhin eine Seite hatte Urs geschrieben, ehe er sich den

Rest geben wollte. Schönschrift sah anders aus. Radu faltete das Papier und steckte es ein. Einen Moment überlegte er, ob er den Rettungsdienst hierherschicken sollte. Er tat es nicht. Früher hätte er Urs nach getaner Arbeit selbst erledigt. Jetzt konnte er dankbar sein, dass es Urs selbst übernahm. Radu verliess das Haus, ging über die Wiese in den angrenzenden Wald und setzte sich dort auf einen Stein. Er zog das Papier hervor und las, was Urs geschrieben hatte. Es glich eher einer Mindmap als einem prosaischen Text. Knappe Kritzeleien, Cluster, Pfeile. Und viele Ausrufezeichen. In der Mitte das Kreuz Christi und der Schlüssel des Vatikans. Dann Pfeile zur Mafia, zu einigen Banken, Medienmogulen, Politikern und Journalisten. Nichts, was man nicht aus dem täglichen Verschwörungsklatsch schon kannte. Radu musste schon genauer hinsehen. Ein kleiner Cluster mit vier Buchstaben: ISIS. Rot umrandet. Daneben Stichworte: Syrien, Kunstraub, Handel. Ein Pfeil zum Vatikan, unterbrochen von einem kleinen Cluster mit einem Namen. Der Zwischenhändler: Enzo Monza.

Radu wischte sich die Augen. Er wollte es nicht glauben. Hatte Silvia ihn also belogen. Enzo war nicht bei einem Autounfall ums Leben gekommen. Er lebte. Und er war Radus grosser Gegenspieler in dem Geschäft. Er arbeitete für den Monsignore. Und Renard? Renard war Söldner. Er verlieh seine Leute an den Meistbietenden. Was hatte Silvia mit ihm zu schaffen? Nur das Reinwaschen von Schwarzgeld für die Mafia? Oder arbeitete sie mit dem Monsignore und Enzo zusammen? Und was wusste Amon? War Enzo hier? Hatte er die Frau von Urs getötet und das Manuskript gestohlen? War er vielleicht auch der dritte Mann, der Radus Neffen in die Schlucht geworfen hatte? Sein Onkel, der alte Monza, lebte hier. Auch er war tot. Enzo hätte ihn nie getötet. Oder doch? Kannte er Enzo überhaupt? Und für wen arbeitete Bertini? In Radus Hirn spann es ebenso verworrene Fäden wie auf Urs' Skizzen. Er zog Tomasos Handy und wählte Lauras Nummer. Sie nahm ab. «Ich muss mit Ihnen sprechen … das ist keine gute Idee. Ihr Freund hat sich mit Whiskey und Schlaftabletten abgeschossen … nein, habe ich nicht. Sie können ihm einen Notarzt rufen, vielleicht schafft er es dann noch … wir treffen uns bei Ihnen im Rustico … In zwei Stunden.»

Er legte auf, verstaute Handy und Zettel in der Jackentasche und marschierte durch den Wald.

***

Laura war schon in Borgnone, als Radu sie angerufen hatte. Wieder war sie erschrocken, als sie den Namen Tomaso auf ihrem Display blinken sah. Der Tote meldete sich zurück. Sie hatte ihn verdrängt. Auch Regulas Tod hatte sie beiseitegeschoben. Wilhelm Tell, Guido Brentano und der Monsignore waren wichtiger gewesen. Jetzt pochte das schlechte Gewissen in ihren Schläfen. Sie hatte einen Menschen getötet. Nicht irgendeinen, sondern ihren ehemaligen Freund. Den Mann, der sie heiraten wollte. Regula, ihre beste Freundin, war ebenfalls tot. Und Urs lag halb tot in seinem Haus. Hoffentlich würde der Rettungsdienst nicht zu spät kommen. Warum hatte Radu ihn nicht gerufen? Sie fürchtete sich vor ihm. Er war ihr unheimlich. Gleichzeitig zog er sie an. Er strahlte eine Wärme aus, die sie einem Gangster nicht zutraute. Wenn sie seine Stimme hörte, schien er ihr vertraut und nah. Er war ein Bär, den man gerne streicheln wollte, dabei aber vergass, dass er ein Raubtier blieb.

Sie fuhr an Monzas Haus vorbei, nahm die grosse Kurve hinter der Wiese und steuerte auf Regulas Hof zu. Der Krankenwagen war noch nicht da. Sie parkierte, sprang aus dem Wagen und rannte zum Haus. Die Tür war verschlossen. Sie ging um das Haus herum und schlug das Fenster der Terrassentür mit einem Stein ein. Sie fasste durch das gesplitterte Glas und öffnete die Tür. Sie eilte zu Urs, der im Wohnzimmer auf dem Boden lag. Sie fühlte seinen Puls und den Atem. Beides tot. Er starrte sie an. Sie war zu spät gekommen. Von draussen hörte sie die Sirene des Krankenwagens. Sie ging zur Haustür und öffnete sie. Sie verliess das Haus, stieg in ihren Wagen und fuhr davon. Der Rettungsdienst kam ihr entgegen. Im Rückspiegel konnte sie sehen, wie die Notärzte aus dem Wagen sprangen und ins Haus liefen. Es knallte laut. Ein Schuss? Der Panda schlingerte und begann zu holpern. Laura bremste und stieg aus dem Wagen. Vorne links hatte sie einen Platten. Sie öffnete den Kofferraum und wuchtete den Ersatzreifen raus. Wo war der Wagenheber? Sie erinnerte sich: Sie hatte ihn Tomaso ausgeliehen. Sie legte den Ersatzreifen an seinen Platz zurück und sah sich um. Es gab nur zwei Häuser, bei denen sie um Hilfe anfragen konnte. Monza und Anna Tedeschi. Monza würde ihr nicht einmal die Tür öffnen. Blieb nur Anna. Anna war es gewesen, die damals Bertini angerufen hatte, in der Nacht, als die beiden Rumänen abgestürzt waren. Bei ihr wäre eingebrochen worden. Schmuck und Geld hätte man gestohlen. Vielleicht eine gute Gelegenheit, um noch mal nachzuhaken.

Laura liess den Panda stehen und ging über die Wiese zu Annas Haus. Laute Musik drang durch die Scheiben. Bob Marley and the Wailers. «Could You Be Loved.» Ein Fenster wurde geöffnet. Anna hatte Laura wohl kommen sehen. «Was wollen Sie?», rief Anna über den Reggae hinweg.

«Ich habe einen Platten und keinen Wagenheber.»

«Moment. Ich komme.» Anna schloss das Fenster. Kurz darauf kam sie durch die Terrassentür raus. «Kommen Sie. Wir schauen in der Scheune nach. Ich habe ja keinen Führerausweis. Bin erwischt worden mit zwei Komma fünf Promille vor fünf Jahren. Seitdem rühre ich keinen Tropfen Benzin mehr an.» Sie lachte.

Laura folgte ihr. Anna galt als durchgeknallt. Vor zehn Jahren war sie hier aufgetaucht, hatte das grosse Grundstück neben Monza gekauft und die alte Scheune sehr ansehnlich umgebaut. Dani hatte gesagt, sie wäre die reiche Erbin eines Walliser Weinhändlers. Was sie selbst tat, wusste niemand. Sie lebte einfach ihren Tag. Warum auch nicht?

«Helfen Sie mir mal», sagte Anna, die vor der schiefen Holztür der Scheune stand und am Riegel zerrte. «Man muss die Tür vorne anheben, sonst schleift die Ecke im Dreck. Wenn ich allein bin, kriege ich immer nur einen Spalt auf, durch den ich gerade hindurchschlüpfen kann. Zum Glück bin ich beweglich wie eine Katze. Yoga.» Sie öffneten gemeinsam die Tür. «Machen Sie auch Yoga?»

«Nein. Keine Zeit.»

«Was hat das mit Zeit zu tun?»

«Ich kann mich nicht eine Stunde in den Lotussitz hauen und an nichts denken.»

«Was tun Sie stattdessen?»

«Von A nach B hetzen und platte Reifen wechseln.»

«Vielleicht würden Sie weniger hetzen, wenn Sie Yoga machen würden.»

«Machen Sie das mal meiner Chefin klar.»

Anna knipste eine Glühbirne an, die von einem Dachbalken baumelte, und ging an eine alte Werkbank. «Hier muss irgendwo ein Wagenheber liegen. Suchen Sie selbst.» Sie wollte gehen.

«Haben Sie Ihren Schmuck wiederbekommen?»

«Welchen Schmuck?»

«Den die Rumänen Ihnen geklaut haben.»

«Ach den. Nein. Ist aber nicht so wichtig.»

«Warum haben Sie dann die Polizei angerufen?»

«Weil der alte Monza so ein Theater gemacht hat. Er sagte, wenn ich das nicht melden würde, käme bald eine ganze Horde von Rumänen und würde das Land niederbrennen.» Sie zog ein Päckchen Zigaretten aus der Tasche und fingerte eine heraus. «Auch eine?»

Laura winkte ab.

Anna steckte sich die Zigarette an und inhalierte. Sie blies den Rauch aus der Nase und lachte. «Denken Sie nicht, dass ich so albern wäre, mich vor einer Horde Rumänen zu fürchten. Aber ich wollte, dass Monza beruhigt war. Also habe ich Bertini angerufen. Der Schmuck war nicht viel wert. Vielleicht zehntausend.»

«Ich finde, zehntausend sind es wert, dass man sie wiederkriegt.»

«Sie sollten Yoga machen. Dann wüssten Sie, wo die wahren Werte liegen.»

Laura wühlte in einer Kiste, die auf der Werkbank stand. «Hier ist nichts.» Ihr Blick fiel auf eine schwarze Plastikplane, die etwas überdeckte. «Ist da ein Auto drunter?»

Anna sah irritiert in die Richtung, in die Laura zeigte. «Ja. Ein sehr schönes Auto. Warum?»

«Vielleicht ist da ja auch ein Wagenheber?»

Anna klatschte sich lachend an die Stirn. «Stimmt. Ich bin selten blöd. Natürlich wird da ein Wagenheber sein. Kommen Sie, wir befreien das Schmuckstück.»

Laura musste zwei Mal hinsehen. Vor ihr stand ein Rolls-Royce. In Weinrot, mit beigen Ledersitzen.

«Baujahr 74», sagte Anna.

«Wie kommt so ein Auto hierher?»

«Ich habe ihn hier reingefahren. Es war meine letzte Fahrt ohne Führerausweis. Ich hatte ihn fast vergessen.» Sie fuhr mit der Hand über den Kotflügel. «Wäre es nicht profan, bei so einem Auto an einen Wagenheber zu denken?»

«Es ist immer profan, an einen Wagenheber zu denken.»

Beide lachten.

«Wollen Sie ihn fahren?», fragte Anna.

«Was?»

«Ja. Warum nicht? Er steht hier rum, und Sie haben einen Platten.»

«Nein, ich weiss nicht.»

«Was ist dabei?»

«Wir kennen uns doch gar nicht. Ich kann mir doch nicht Ihren Wagen leihen.»

«Aber meinen Wagenheber schon? Wo liegt da der Unterschied?»

«Im Wert.»

«Ich sagte ja, Sie kommen an Yoga nicht vorbei. Nehmen Sie den Wagen und bringen Sie ihn mir wieder zurück, wenn Sie ihn nicht mehr brauchen.»

«Ist er denn angemeldet?»

«Bestimmt. Ich habe ihn jedenfalls nicht abgemeldet.»

«Sie fahren einen Wagen seit fünf Jahren nicht mehr und melden ihn nicht ab?»

«Ich habe anderes zu tun.»

«Was denn? Meditieren?»

«Zum Beispiel.» Sie drehte sich weg und ging zum Holztor, um es vollends zu öffnen. «Der Schlüssel steckt. Ich lasse ihn immer stecken, damit ich ihn nicht verlege.»

Anna stieg in den Wagen und startete den Motor. Erst dachte sie, er wäre nicht angesprungen, dann hörte sie das leise Schnurren. Sie legte den ersten Gang ein und fuhr langsam aus der Scheune. Vor der Scheune hielt sie an und liess die Scheibe runter.

«Steht Ihnen gut», sagte Anna, winkte und ging ins Haus. Laura rollte langsam vom Grundstück und wusste nicht, wie ihr gerade geschehen war. Hatte Anna Tedeschi eine Schraube locker, oder zelebrierte sie nur ihren eigenen Lifestyle? Laura wollte einen Wagenheber und hatte nun einen Rolls-Royce. Hinter jeder Biegung konnte eine Überraschung liegen. Im Guten wie im Schlechten. Laura blieb wachsam. Nichts und niemand würde sie einlullen.

***

Das GPS brachte Radu sicher durch den Wald. Jedes Kind konnte so seinen Weg finden. Damals bei der Legion waren sie ohne Karte losgeschickt worden. Orientierung über den Stand der Sonne, Sterne und Ameisenhaufen. Obendrein mit fünfundzwanzig Kilo Sturmgepäck. Enzo und Radu. Sie waren ein unzertrennliches Paar geworden. Gemeinsam hatten sie sich Mut zugesprochen, Trost gespendet, wenn Renard sie wieder schikaniert hatte. Und gemeinsam waren sie auch desertiert. Durch diesen Wald waren sie gerannt, hatten sich verirrt, waren plötzlich in der Melezza gelandet und mussten eine Wand hochklettern; schon am Ende ihrer Kräfte. Enzo wäre beinahe abgeschmiert. Radu hatte ihn nur mit Mühe halten können. Danach waren sie beim alten Monza untergetaucht. Er hatte ihnen frische Kleidung, etwas Geld und neue Papiere gegeben. Enzo war nach Italien zurückgekehrt, Radu nach Rumänien. Sie hatten sich noch einmal gesehen. Im Sommer darauf. Bei Silvia. Danach hatte Radu Hausverbot. Silvia und er waren sich zu nahe gekommen. Die Familie hatte mit Silvia andere Pläne. Radu hatte es respektiert. Aus Freundschaft zu Enzo.

Und nun sollte Enzo der grosse Gegenspieler sein? Es stand Aussage gegen Aussage. Aber was hätte Urs für Gründe haben sollen, den Namen eines Toten auf sein Vermächtnis zu setzen? Silvia hingegen würde Gründe haben, Enzo für tot zu erklären, wenn sie mit im Boot sass.

Vielleicht wusste Amon mehr? Bestimmt. Aber Amon würde nur etwas rausrücken, wenn es ihm in den Kram passte. Er lebte davon, dass er Geheimnisse hütete und sie dann meistbietend verkaufte. Wenn er gerade mit Enzo und dem Monsignore mehr

Geschäfte witterte, würde er Radu verhungern lassen. Er würde Amon nicht nach Enzo fragen. Wenn Amon auf der anderen Seite mitverdiente, würde er Enzo berichten, dass Radu ihn lebend wusste. Die Journalistin konnte ihm helfen. Gleich würde er sie treffen. Das GPS sagte ihm, dass er sich westlicher halten musste.

***

Der Rolls-Royce war ein Genuss. Laura konnte noch immer nicht fassen, dass sie hinter dem Steuer dieses Schiffes sass. Am liebsten wäre sie damit den See entlanggekurvt. Aber sie sollte Radu treffen. Ihren derzeit einzigen Arbeitgeber. Ob er bereits mit seiner Biografie beginnen wollte? Wohl nicht. Noch hatte sie für ihn den dritten Mann nicht gefunden. Oder doch? Guido war es bestimmt nicht. Der konnte sich nicht vom Fleck bewegen. Der Monsignore? Ja. Dem würde sie alles zutrauen. Aber wieso sollte er sich um zwei kleine Rumänen kümmern, die Schmuck raubten? Der Monsignore hatte für solche Arbeiten bestimmt Leute, die das für ihn erledigten.

Ein Polizeiauto überholte sie und zwang sie zum Anhalten. Laura tat es. Bertini stieg aus dem Wagen und kam auf Laura zu. Ihr Herz klopfte. Sie dachte an den verscharrten Tomaso. Hatte Bertini ihn etwa gefunden?

Sie liess das Fenster runter und grinste unsicher.

«Steigen Sie bitte aus.»

«Warum? Bin ich zu schnell gefahren? Ich bin das Auto nicht gewohnt.»

«Sie werden auch keine Zeit dazu haben, sich daran zu gewöhnen. Aber vielleicht an eine kleine gemütliche Zelle.»

«Was? Den Witz verstehe ich nicht.»

«Die Eigentümerin hätte gerne ihr Fahrzeug wieder.»

«Sie hat ihn mir doch geliehen.»

«Sie sagt aber, Sie hätten ihr eins übergezogen und den Wagen geklaut.»

«Das ist gelogen.»

Bertini zeigte ihr einen Hammer in einer Klarsichtfolie. «Hier vorne klebt das Blut von Anna Tedeschi. Wenn am anderen Ende

Ihre Fingerabdrücke sind, könnten manche Richter auf Mordversuch kommen.»

«Das ist doch absurd.»

«Steigen Sie jetzt aus. Ich möchte ungern Gewalt anwenden müssen.»

«Sie hat mir den Wagen geliehen, weil ich einen Platten hatte.»

«Stimmt. Unter dem Vorwand sind Sie zu Frau Tedeschi gegangen. Sie hatten keinen Wagenheber. Und in der Scheune haben Sie dann den Rolls-Royce gesehen, diesen Hammer genommen und ihr eins auf den Kopf gehauen.»

«Die Geschichte kauft Ihnen keiner ab.»

«Meinen Sie etwa, Frau Tedeschi schlägt sich selbst einen Hammer auf den Hinterkopf?»

«Ich war es jedenfalls nicht.»

«Raus jetzt. Ich verhöre ungern auf der Strasse. Dazu haben wir noch die ganze Nacht bei uns auf dem Revier Zeit.» Er wollte die Tür öffnen. Laura hatte den Motor nicht ausgemacht. Er war nur so leise, dass man ihn kaum hörte. Sie legte den Rückwärtsgang ein und trat aufs Gas. Der Rolls zog sanft an und liess Bertini verdattert zurück. Es brauchte einen Moment, ehe er zu seinem Wagen rannte und die Verfolgung aufnahm.

Laura fuhr rückwärts in einen Feldweg, legte den Vorwärtsgang ein und zog das Tempo an. Nur die Nadel des Tachometers verriet, dass sie bereits hundertzwanzig Stundenkilometer heizte. Sehr schnell für die kleine Strasse. Vorne lauerte die scharfe Linkskurve. Sie drosselte das Tempo, traute dem Schiff nicht zu, dass es eine rennfähige Kurvenlage hatte. Dadurch konnte Bertini aufholen. Erst auf der Geraden gewann sie wieder Vorsprung. Sie sah in den Rückspiegel. Bertini hatte kein Blaulicht an. Seltsam. Vorne drohte ein Traktor mit Anhänger vom Feldweg auf die Strasse zu fahren. Laura musste an ihm vorbei, ehe er ihr den Weg versperrte. Sie drückte aufs Pedal. Der Motor zog geschmeidig auf hundertsechzig Stundenkilometer. Sie hupte, hoffend, der Bauer auf dem Traktor würde es hören und verzögern. Er dachte nicht daran. Laura zog den Motor auf hundertachtzig, zog den Wagen leicht nach links und raste mit den linken Reifen im Gras des Randstreifens an dem Traktor vorbei. Der Wagen schlingerte. Laura hielt dagegen, stieg vom Gas und bremste leicht. Der Rolls lag wieder gerade auf der Strasse. Dafür raste jetzt ihr Herz. Der Blick in den Rückspiegel verriet, dass der Traktor sich zwischen sie und Bertini geschoben hatte. Sie hatte sich Luft verschafft. Die musste sie nutzen. Sie zog das Tempo an und rauschte in den Wald. Hier gab es nur eine asphaltierte Strasse. Wenn sie darauf blieb, hatte Bertini leichtes Spiel. Schon am Ende des Waldstücks konnten sie seine Leute abfangen. Sie bog links auf den Waldweg, den sie am Tag zuvor noch auf Regulas Traktor gefahren war, und lenkte den Rolls bis zu Regulas Holzlager. Sie stellte den Motor aus und drückte ihre Stirn gegen das Lenkrad. Ihre Hände zitterten. Sie fuhr sich damit durchs Haar und begann zu weinen. Das Zittern der Hände übertrug sich über den gesamten Körper. Alles bebte und schluchzte. Wo war sie nur hineingeraten?

***

Radu hatte die beiden Männer erst spät entdeckt. Aber noch rechtzeitig, um sich selbst nicht zu verraten. Sie standen am Eingang des Rusticos und rauchten. Radu glaubte in ihnen zwei der Möbelpacker zu erkennen, die den alten Monza entsorgt hatten. Was hatten sie hier zu suchen? War Laura bereits so gefährlich, dass man sie ebenfalls entsorgen wollte? Radu schlich sich näher heran. Vielleicht tratschten die beiden. Auf Wache war es langweilig. Das wusste Radu aus eigener Erfahrung. Da kam man gerne ins Gespräch.

«Warum warten wir eigentlich nicht drinnen auf sie?», fragte der eine. «He Grillo.»

«Weil Bertini es so will.»

«Scheiss auf Bertini, Grillo. Es wird dunkel und feucht. Soll er sich doch mal die Beine in den Bauch stehen.»

«Kannst es ihm ja sagen.» Grillo warf die Kippe auf den Boden und spuckte darauf.

«Was will er denn von der Kleinen? Sie ficken?»

«Mambo, du hast keinen Stil.»

«Aber du. Glaubst wohl, du bist was Besseres, was? Denkst wohl nie ans Ficken, was? Signor Grillo. Dass ich nicht lache.»

«Ich denke nicht ständig daran. Aber du hast gar kein anderes Thema.»

«Na und? Wenigstens habe ich ein Thema. Du würdest gar nichts reden. Zwei Stunden die Beine in den Bauch stehen und kein Wort sagen. Aber nicht, weil du so vornehm bist, sondern weil du kein Thema hast.»

«Natürlich habe ich Themen. Aber die kann ich mit dir nicht verhandeln.»

«Zum Beispiel? Na los. Spuck ein Thema aus, und ich zeige dir, dass ich nicht frisch vom Baum geklettert bin.»

«Familientherapie.»

«Was?»

«Was hältst du von Familientherapie?»

«Leck mich.»

«Siehst du.»

«Was soll das? Familientherapie. Das ist doch kein Thema.»

«Wieso ist das kein Thema?»

«Weil eine Familie eine Familie ist. Basta. Da gibt es nichts zu therapieren. Die Mamma ist die Mamma, und der Rest ist so, wie es immer war.»

«Wie es immer war?»

«Ja. Wie es immer war.»

«Und wie war es immer?»

Ein heranfahrendes Auto unterbrach die beiden. Sie stahlen sich vom Eingang hinter einen Rhododendron und beobachteten den Ankömmling. Der Wagen hielt an. Die Scheinwerfer wurden gelöscht, der Motor abgestellt. Es stieg niemand aus. Der Fahrer hatte wohl gesehen, dass im Haus kein Licht brannte, und wartete im Wagen.

Mambo und Grillo waren nur drei Meter von Radus Versteck entfernt. Mambo zupfte Grillo am Ärmel. «Was machen wir jetzt?»

«Warten.»

«Scheisse. Ich stehe in einer Pfütze.»

«Dann geh dort hinüber.»

«Dort sehe ich aber nichts.»

«Ich gebe dir ein Zeichen, wenn sich etwas tut.»

Mambo furzte laut. «Endlich. Der rumorte schon den ganzen

Tag. Ich glaube, die Sache mit dem alten Monza hat mir auf die Verdauung geschlagen.» Er furzte noch mal.

«Verzieh dich, du Schwein.» Grillo schubste Mambo.

Mambo lachte dreckig und ging drei Schritte weiter hinter eine Stechpalme.

Es knackte hinter Radu. Jemand kam durch den Wald. Radu warf sich flach ins Laub. Auch Mambo und Grillo hatten das Geräusch gehört und duckten sich. Die Gestalt ging an Radu vorbei. Radu erkannte sie. Laura. Sie lief direkt in die Arme ihrer Häscher. Kaum verliess sie den Wald, sprang Mambo hinter der Stechpalme hervor und packte sie.

«Keinen Ton», sagte Mambo und drehte ihr den Arm auf den Rücken.

«Sie wird wohl kaum lauter schreien, als du furzt. Bring sie hierher.»

Mambo gehorchte und schob Laura zu Grillo hinter den Rhododendron. «Und was machen wir jetzt?»

«Wir warten, bis der Kerl dort aus seinem Wagen steigt oder wieder abfährt.»

«Und wenn er aussteigt?»

«Wissen wir, wer es ist. Und dann handeln wir.»

«Das dauert mir zu lange. Ich muss scheissen.»

«Dann verzieh dich. Ich übernehme die Kleine.»

Grillo zog Laura zu sich und drückte sie auf die Knie. «Keinen Mucks, sonst bist du kalt.» Laura gehorchte.

Mambo löste sich hinter dem Busch und kam auf Radu zu. Radu rollte sich ein Stück zurück. Mambo liess die Hosen runter und hockte sich hin. Radu nahm einen kräftigen Ast, kam hinter Mambo zu stehen und schlug ihm das Holz ins Genick. Mambo fiel um und blieb regungslos liegen. Radu verliess den Wald und näherte sich von hinten Grillo.

«Das ging aber schnell», sagte Grillo und drehte sich zu Radu um. Zu früh. Radu hatte noch nicht ausgeholt. Er hätte ihn ebenso gerne kalt von hinten erwischt wie Mambo. Das Holz schlug auf Grillos rechte Schulter. Grillo jaulte und torkelte hinter dem Busch in Richtung Rustico. Radu sah, dass Grillo in seine Jacke griff, und ahnte, dass gleich eine Pistole krachen würde. Er schleuderte den Ast und traf Grillo am Kopf. Grillo taumelte und schlug mit dem Rücken an die Hauswand. Radu setzte nach. Grillo zog die Pistole, entsicherte sie und drückte ab. Radu hörte einen Schrei. Laura. Er sprang auf Grillo und versuchte ihn zu entwaffnen. Grillo war stark und trainiert. Es gelang ihm, sich aus Radus Griff zu befreien. Er rollte sich weg. Radu wusste, dass der nächste Schuss ihn treffen würde. Er fasste erneut den Ast und schleuderte ihn auf Grillo. Diesmal erwischte er Grillos Handgelenk. Die Pistole flog durch die Luft und landete im Rhododendron. Radu hörte das Klacken eines aufspringenden Klappmessers. Grillo kam auf ihn zu und stiess das Messer in Richtung Radus Bauch. Radu wich aus, fasste Grillos Arm und drehte ihn ein. Grillo lief in seine eigene Klinge. Er stöhnte, röchelte, sank auf die Knie und fiel um.

Radu rannte zu Laura. Sie kauerte noch in derselben Stellung, in die Grillo sie gedrückt hatte.

«Bist du verletzt?», fragte Radu.

Laura schüttelte den Kopf, wagte es aber nicht, sich zu rühren. Radu fasste sie an den Schultern und zog sie nach oben. «Komm. Es ist alles gut», sagte er und drückte sie an sich. Er zerrte sie mit sich zum Haus.

Plötzlich standen sie im Scheinwerferlicht. Radu hatte das Auto vergessen. Sie standen im Kegel des Lichts wie Schiessbudenfiguren. Ein gefundenes Fressen für jeden Sniper. Es knallte wie aus einer Schrotflinte. Radu warf sich auf den Boden und zog Laura mit sich. Es war aber kein Schuss, sondern eine Fehlzündung. Der Wagen versuchte noch mal zu starten. Diesmal gelang es. Er fuhr im Rückwärtsgang davon.

Radu half Laura hoch. «Wir gehen nur kurz ins Haus. Lange können wir hier nicht bleiben.»

Laura stand unter Schock. Sie sah ihn an, als wäre sie weit weg, auf einem anderen Planeten. Radu ging mit ihr zur Eingangstür, nahm den Schlüssel aus dem Versteck, öffnete die Tür und trat ein. Laura folgte ihm wie ein Kalb zur Schlachtbank. Er setzte sie auf den Sessel vor dem Cheminée.

«Machen Sie das Licht an, ich habe Angst im Dunkeln.»

«Wir lassen es besser aus. Die Kerle, die da draussen liegen, haben bestimmt Freunde, die sich wundern werden, wenn sich die beiden nicht melden. Und ich möchte denen ungern den Scheinwerfer auf meinen Schädel leuchten.»

«Ich will nicht mehr. Ich kann nicht mehr.» Laura zerrte an Radus Jacke. «Hören wir auf damit. Ich will nicht wissen, wer der dritte Mann ist, und ich will auch Ihre Biografie nicht wissen. Ich will einfach nur Volleyball gucken und den Spielbericht schreiben. Was sonst noch auf der Welt passiert, interessiert mich nicht.» Mit jedem Wort war sie lauter geworden. «Haben Sie mich verstanden?»

Radu hielt ihr den Mund zu. Sie schrie in seine Hand. Er liess sie schreien, bis ihre Kraft von allein schwand. Dann fiel sie in ein leises Weinen. Radu strich ihr über das Haar und drückte ihren Kopf gegen seinen Bauch. Laura fing sich und sagte leise: «Ich habe Tomaso getötet.»

Radu liess ihren Kopf los und trat einen Schritt zurück. «Ich dachte, er war schon tot?»

«Das dachte ich auch. Aber er hatte es mir nur vorgespielt. Ein geschmackloser Scherz. Dann kam er hierher und wollte mir wehtun. Es war Notwehr.»

«Und wo ist er jetzt?»

«Ich habe ihn vergraben. Hinterm Haus. Ich will hier weg.»

«Ich fülle nur meine Flasche mit Wasser. Und du überlegst dir, was du mitnehmen willst.»

«Ich brauche nichts von hier. Wohin gehen wir?»

Radu antwortete nicht. Er ging in die Küche, füllte seine Wasserflasche, steckte sie in den kleinen Rucksack und kehrte in den Salon zurück. Laura war nicht mehr da. Dafür stand die Haustür offen. Radu trat eilig raus. «Laura. Wo bist du? Mach keinen Blödsinn.»

Sie antwortete nicht. Vom Waldweg dröhnte Motorengeräusch. Ein grösserer Wagen. Vermutlich der Transporter der Möbelpacker. Die Scheinwerfer des Transporters hüpften durch die Schlaglöcher des Weges. Radu verschwand im Wald und wartete, bis der Transporter parkierte und der Fahrer ausstieg. Bertini. Er ging ins Rustico.

Radu sah, wie nacheinander drinnen die Lichter angingen.

Bertini war ein Tölpel. Hätte Radu gewollt, er hätte erst Bertinis Möbelpacker gekillt und dann den falschen Polizisten gestellt. Strategisch wäre es der richtige Schritt gewesen. Bertini hätte Radus Verhör bestimmt nicht lange standgehalten. Aber Radu musste sich um Laura kümmern. Alter Machismo. Er fühlte sich verantwortlich für die Journalistin. Sie hatte sich zu viel zugemutet und tapfer durchgehalten. Sie gefiel ihm. Erst hatte er sie nur benutzen wollen. Jetzt war sie ihm nicht mehr egal. Ob es daran lag, dass sie Tomaso getötet hatte? Sie hatte Blut vergossen, um zu überleben. So wie es Radu seit seiner frühen Jugend hatte halten müssen. Und auch er hatte sich schlecht gefühlt nach dem ersten Mal. Geprügelt hatte er sich schon immer. Das gehörte zum Kinderspiel wie heute der Playmobil-Katalog. Aber getötet hatte er erst mit fünfzehn. Burak, einen Türken, der aus Wien gekommen war und sich in Temeswar hatte breitmachen wollen. Er hatte Geld gehabt. Schilling und Dollars. Damit hatte er sich eingekauft und eine Gang nach der anderen gesprengt. Radu hatte einen kleinen Handel mit Uhren und Schmuck aufgebaut. Sie stahlen es Geschäftsleuten oder Touristen und verkauften es günstig. Das erwirtschaftete Kapital legte Radu in Waffen an. Er hatte gelesen, dass mit Waffen weltweit mehr Umsatz gemacht wurde als mit Drogen. Also setzte er darauf. Burak wollte Radus Geschäft kaufen, ehe Radu zu gross wurde. Radu lehnte ab. Burak verdoppelte sein Angebot. Radu lachte ihn aus. Das griff die Ehre des Türken an. Radu hatte es provoziert, aber nicht damit gerechnet, wie hart Burak vorgehen würde. In einer Nacht tötete er zwei von Radus engsten Freunden: Mischa und Katja. Ausgerechnet Katja. Sie war wie eine Schwester. Seine rechte Hand und Seelsorgerin. Sie hatten nie miteinander geschlafen. Aber sie hatten sich geliebt. Radu sah rot. Er war so blind vor Wut, dass er Burak ins offene Messer gerannt wäre. Aber Aldo, der einbeinige Akkordeonspieler, hatte ihn zurückgehalten und ihm erklärt, was Burak im Sinn führte. Aldo hatte Radu das Akkordeon in die Hand gedrückt und ihm aufgetragen, so lange zu spielen, bis seine Wut abgekühlt sei. Dann würde ihm der richtige Plan der Vergeltung einfallen. «Nach der Musik kommt die Stille», hatte Aldo gesagt. «Und aus der Stille klingt der weise Gedanke.» Ob es weise gewesen war, Burak das

Messer ins Herz zu rammen, während er auf der Hure Ramona lag? Radu wusste es nicht. Aber es war überlebensnotwendig gewesen. Ramona hatte ihn nicht verraten, und Radu hatte es ihr gedankt. Das war der Anfang seiner Karriere. Er würde ihn Laura diktieren, wenn sie diese Geschichte gemeinsam zu Ende gebracht hatten. Doch dafür musste er sie erst finden.

NEUN

Laura rannte. Erst einmal nur weit weg. Die Richtung war egal. Radu hatte zwei Männer getötet, ohne mit der Wimper zu zucken. Dann war Bertini gekommen. Laura war nicht blöd. Das war kein Zufall. Radu steckte mit Bertini unter einer Decke. Die beiden Toten gehörten vermutlich zum Monsignore. Was wollten sie von ihr? Was wusste sie, was sie nicht wissen durfte? Radu hatte gesagt, Urs habe ihm eine Aufzeichnung über den Inhalt seines Manuskripts angefertigt, ehe er sich die Schlaftabletten eingeworfen hatte. Hatte Radu gelogen? Hatte Urs ihm die Aussage verweigert, und Radu hatte ihn dann mit Alkohol und Schlaftabletten vergiftet? Sie traute dem Gangster alles zu. Aber weshalb hatte er sie dann treffen wollen? Was wusste sie? Und warum hatte Anna sie in eine Falle gelockt? Wie hing die da drin?

Laura setzte sich auf einen Baumstumpf und atmete durch. Es begann zu regnen. Ohne Dach überm Kopf würde sie sich eine Grippe holen. Vielleicht sogar eine Lungenentzündung. Sie war anfällig an den Bronchien. Seit ihrer Kindheit. Ihre Mutter hatte sie oft ans Meer geschickt. Zu Zia Maria nach Genua. Aber geholfen hatte es wenig. Sie hustete, sah sich um und orientierte sich. Nicht weit entfernt begann Tomasos Waldstück. Dort lag eine kleine Waldhütte. Tomaso hatte dort manchmal übernachtet, wenn er am Holzen war und ihn der Weg nach Hause zu viel Zeit kostete. Sie rappelte sich auf und stieg über totes Geäst.

Ihr Handy klingelte. Tomaso. Also Radu. Sie nahm nicht ab. Sie wollte keine Lügen hören. Sie fürchtete, Radu würde alles wieder ganz anders schildern und sie erneut in eine Falle locken. Aber sie konnte jemand anrufen, dem sie vertrauen konnte. Er würde sie abholen und von hier fortbringen. Wenn es sein musste, würde sie auch mit ihm schlafen. Sie wusste, dass er in sie verliebt war. Und ein wenig Nähe würde sie nichts kosten. Auch wenn er ein Nerd und überhaupt nicht ihr Typ war. Sie wählte die Nummer. Felix nahm ab.

«Wo bist du? … Kennst du die Waldhütte von Tomaso? … Hol

mich dort ab. Es ist dringend.» Sie legte auf und marschierte los. Der Regen hatte wieder aufgehört. Feucht war es trotzdem. Ein furchtbarer Herbst. Im letzten Jahr war es ein goldener Oktober gewesen. Blauer Himmel und prächtiges Herbstlaub. Laura hatte sich gar nicht sattsehen können. Dieses Jahr zeichnete sich die Jahreszeit nur grau in grau. Man musste genau hinsehen, um wenigstens Kontraste in dem Bild entdecken zu können. Eine graue Buchstabensuppe, die keinen Sinn ergab. Wie Lauras Leben.

Sie stoppte. Gesang schwappte durch den Niesel. Ein Männerchor. Drehte sie jetzt völlig ab? Oder stolperte sie von einer Oper in die nächste? Als ob der Tell nicht schon genug gewesen wäre. Sie horchte. Ja, singende Männer. Sie erinnerte sich, dass etwa zweihundert Meter vor ihr ein Grillplatz lag, an dem Wanderer gerne rasteten. Sie näherte sich dem Gesang und sah ein grosses Feuer, um das eine Gruppe von Männern hockte. Der Chorführer trug einen fetten Bart im Gesicht. Er dirigierte seine Mannschaft mit einem Kastanienstock, warf die ausgestreckte Hand in die Luft und ballte sie zur Faust. Alle verstummten. Das Lied war zu Ende. Gelächter und Geschwätz lösten den Gesang ab.

Laura war nah genug dran, um zu hören, was geredet wurde. Nichts von Belang. Jedenfalls nicht für sie. Es ging um den Wein, den sie tranken, und die Sau, die sie über dem Feuer drehten. Der Dirigent war gleichzeitig auch Grillmeister. Er übergoss die Sau mit Bier und drehte den Spiess. Laura hatte keine Lust, den Männern zu begegnen. In ihrem Zustand konnte eine junge Frau leicht zur gegrillten Sau werden. Hinter ihr knackte es. Sie drehte sich um und sah einen Mann auf sich zukommen, der noch damit beschäftigt war, sich die Hosen wieder zu richten. Er war wohl ausgetreten. Laura warf sich rasch auf den Boden und hoffte, dass der Mann sie nicht gesehen hatte. Sie hörte die Schritte, die näher kamen, und fürchtete, der Trunkenbold würde gleich über sie stolpern. Kurz vor Laura blieb er stehen, rülpste und fiel um. Direkt auf Lauras Bein. Sie hielt still, als wär sie totes Geäst. Der Mann umarmte ihren Schenkel und schnarchte.

Laura zog langsam ihr Bein aus der Umklammerung. Aber der trunkene Schläfer fasste nach und drückte seinen Schädel auf Lauras Schenkel, als wäre er ein Kopfkissen.

«Weiss jemand, wo Angelo ist?» Der Dirigent. «Wenn der glaubt, ich kümmere mich den ganzen Abend um das Schwein und er kann sich volllaufen lassen, ist er bei mir an den Falschen geraten.»

«Ich glaube, der kotzt sich nur aus, damit wieder Platz ist», sagte ein anderer und kassierte dafür Lacher.

«Ich wette, er schnarcht irgendwo. Der verträgt einfach nichts. Wer hält dagegen?»

«Oder er fickt ein Reh», rief einer. Gelächter.

«Eher eine Wildsau. Da musst du nur seine Frau angucken, dann weisst du, worauf der steht.» Grölen.

«Ich sehe mal nach.» Der Dirigent verliess die Gruppe und kam auf Laura zu. Wenn er weiter geradeaus ging, würde er drei Meter an ihr vorbeilaufen. Aber er hatte auch schon Schlagseite und driftete ab, sodass er direkt über sie und Angelo stolpern würde. Laura musste reagieren. Sie packte Angelos Arme und versuchte die Umklammerung zu lösen. Angelos Pranken blieben verschlossen. Laura versuchte mit aller Kraft ihr Bein zu bewegen. Nichts. Der Chorführer war nur noch zwei Schritte von ihr entfernt. Laura kam nicht los. Sie zog sich ihre Kapuze fest über den Kopf, zurrte sie, dass ihre blonden Haare darunter verschwanden, und drückte ihr Gesicht ins Laub. Vielleicht funktionierte die Vogel-Strauss-Methode.

Laura merkte, wie der Fuss des Dirigenten an sie stiess und der grosse Mann stolperte. Er fiel hin und fluchte. Rappelte sich auf und entdeckte seinen Kumpan. «Angelo, du Drecksack. Willst mich wohl verarschen, was?» Er trat mit dem Stiefel in Angelos Hintern. Angelo streckte sich, liess Lauras Bein los und jaulte.

«Steh auf, du Lappen.» Der Dirigent holte zum nächsten Tritt aus. Angelo bekam den Stiefel zu fassen und drehte dem Chef den Fuss um. Der schrie, drehte sich mit dem Fuss und fiel auf den Boden. «Na warte, das kriegst du zurück.»

Angelo brummte ebenfalls etwas in der Art und warf sich mit Gebrüll auf seinen Gegner.

«Ich glaube, die beiden haben sich gefunden», rief einer aus der Gruppe. «Kommt, den Spass wollen wir nicht verpassen.» Die anderen johlten, sprangen auf und folgten.

Jetzt musste Laura etwas tun. Nicht alle wären so blind, sie nicht zu entdecken. Sie rappelte sich auf und rannte in den Wald hinein.

«He. Was war das?»

«Ein Reh?»

«Oder hat der Angelo doch eine Wildsau gefickt?» Das Gelächter der Männer verstummte unter den lauten Schritten und dem Keuchen Lauras.

***

Bertini war noch immer im Rustico. Radu hatte keine Ahnung, was er dort so lange suchte. Vielleicht wartete er auch nur auf jemanden? Radu würde im Gebüsch bleiben, bis sich etwas tat. Entweder würde Bertini verschwinden oder Besuch bekommen. Geduld war gefragt.

Radu hatte es mehrmals versucht. Laura ging nicht an ihr Telefon. Er hatte erwogen, Amon anzurufen, es dann aber verworfen. Amon war gut für strategische und kaufmännische Angelegenheiten, aber auf dem Schlachtfeld nicht zu gebrauchen. Vielleicht als Logistiker. Aber Panzer und Benzin brachten Radu jetzt wenig. Er brauchte einen Soldaten. Einen richtigen Mann, dann konnte er die Sache heil überstehen. Er müsste noch nicht einmal kämpfen, nur gut ablenken. Radu dachte an Stahl. Der Joker, den ihm Amon vorgestellt hatte. Radu hatte schon einiges von dem Ex-Gardisten gehört. Aber Legenden wurden schnell erzählt. Wenn Radu nur daran dachte, was für Geschichten über ihn in Bukarest kursierten. Nicht einmal die Hälfte davon stimmte. Trotzdem. Einer wie Stahl konnte jetzt helfen. Er wählte die Nummer, die ihm Amon gegeben hatte. Am anderen Ende meldete sich eine tiefe Männerstimme.

«Habe ich Sie geweckt? Ich brauche Ihre Hilfe … Sofort … Was? Aber Amon sagte doch … verstehe.» So ein Mist. Stahl war bereits anderweitig verpflichtet. Der Joker, den ihm Amon so hoch angepriesen hatte, verdiente sein Geld gerade für einen anderen Herrn. Wie er sie hasste, diese Söldner. Er war selbst einer gewesen. Oft genug. Aber er hatte auch etwas Eigenes geschaffen. Und er war stolz darauf, auch wenn er es hinter sich lassen wollte.

Ein Auto kam herangefahren. Endlich. Radu hatte es gewusst. Es parkierte vor dem Rustico. Ein junger Mann stieg aus. Bertini kam aus dem Haus. Sie wechselten Worte, die Radu nicht verstehen konnte. Bertini verschwand im Haus und löschte das Licht. Er erschien wieder und stieg in den Wagen des jungen Mannes. Der junge Mann setzte sich hinters Steuer. Die beiden fuhren davon. Warum liess Bertini sein Auto hier zurück? Warum fuhren sie gemeinsam? Und wer war der junge Mann?

Ein Lieferwagen kam herangefahren. Hier ging es zu wie auf dem Rangierbahnhof. Zwei Männer stiegen aus. Bertini hatte sie wohl gerufen, um Grillo und Mambo zu entsorgen. Radu wartete, bis sie ausgestiegen und zum Rhododendron gegangen waren. Er huschte aus seinem Versteck und rannte zum Lieferwagen. Der Schlüssel steckte. Radu kletterte in den Wagen, startete den Motor und fuhr rückwärts davon. Im Scheinwerferlicht sah er die verdutzten Männer, die sicher gleich Bertini anrufen würden.

Radu setzte den Wagen vorsichtig mit dem Heck auf die Strasse und fuhr in Richtung Locarno. Er versuchte erneut, Laura anzurufen. Sie nahm nicht ab. Radu erinnerte sich, dass ihm Laura am Telefon gesagt hatte, dass sie im Altersheim Guido Brentano mit einem Geistlichen belauscht hatte, die wohl in die Sache mit den Kunstschätzen verwickelt waren. Radu kannte Brentano aus dem Organhandel. Und bei dem Geistlichen tippte er auf den Monsignore. Laura hatte Radu noch mehr erzählen wollen, aber dazu war es nicht gekommen. Also musste er selbst zu Brentano fahren.

Tomasos Handy klingelte. Jemand, der nicht wissen konnte, dass Tomaso tot war? Vielleicht seine Mutter? Radu hatte nur einem Menschen die Nummer gegeben. Er nahm den Anruf entgegen. Es war Amon. «Was gibts? … Ich kann jetzt nicht. Habe was anderes vor … das Geschäft mit Renard ist geplatzt. Silvia spielt falsch. Aber das weisst du vielleicht schon … Warum hast du mir nicht gesagt, dass Enzo am Leben ist? … Erzähl mir keinen Blödsinn, Amon. Du hast es gewusst und hast nichts gesagt … Leck mich … Und was war mit deinem Joker, den du mir so gross angepriesen hast? Arbeitet der jetzt für Enzo? Muss ich mich vor ihm in Acht nehmen? … Sei froh, dass du jetzt nicht neben mir sitzt … du falsche Ratte … wir sind durch.» Radu legte auf und warf das Handy auf den Beifahrersitz. Er ärgerte sich über sich selbst. Es wäre besser gewesen, wenn er sich im Griff gehabt hätte. Aber Amon wusste, dass Radu hitzig sein konnte. Es war nicht das erste Mal, dass sie geschiedene Leute waren. Wer sich mit Amon einliess, wusste, dass er nie zu hundert Prozent nur für eine Seite arbeitete. Deswegen arbeitete man auch mit ihm. Er verkaufte Informationen an alle Seiten. Wohl dosiert, je nach Bezahlung und Machtstellung auf dem Markt. Alle brauchten ihn. Ohne Amon lief nichts. Es gab nur eine Handvoll von ihnen. Ausser Amon kannte Radu noch einen Belgier, der ebenso vernetzt und klug war. Deschamps. Ein kleiner, drahtiger Buchhalter, der alles über Märklin-Eisenbahnen wusste. Radu hatte dreimal mit ihm gearbeitet. Schmutzige Sachen. Es war jedes Mal um Erpressung gegangen. EU-Politiker, die bestimmte Gesetzesentwürfe stoppen wollten, hatte Radu zu überzeugen gehabt. Deschamps hatte ihm die Akten über die jeweiligen Politiker geliefert, damit Radu gewusst hatte, wo er die Daumenschrauben hatte ansetzen müssen. Ein Kinderspiel. Bis auf ein Mal. Da hatte doch eine Politikerin tatsächlich Grundsätze gehabt. Sie hatte brutal dafür bezahlen müssen. Radu wollte nicht daran denken. Ihm schauderte vor sich selbst. Er war jetzt ein anderer. Jedenfalls war er auf dem steinigen Weg dorthin. Der Wille war da. Er wollte ein anderer werden. Und dann würde er mit den Deschamps und den Amons der Welt nichts mehr zu schaffen haben.

Er fuhr in eine Parkbucht und tippte «Altersheim Locarno» in das Navi ein. Drei Punkte boten sich an. Das städtische schloss Radu aus. Brentano würde sich das teuerste leisten können. «Residenza di gioia» lag etwas oberhalb am Hügel der Stadt und war sicher katholisch. Brentano hatte für den Vatikan gearbeitet und war Erzkatholik. Radu erinnerte sich über einen Disput, den er mit ihm geführt hatte. Es war dabei um die Zehn Gebote gegangen, die Leute wie Brentano und Radu täglich brachen. Radu hatte nicht verstanden, wie man als Verbrecher ohne Reue ständig zum Abendmahl pilgern und einen Gott anbeten konnte, dessen Gebote man ignorierte. Brentano hatte Radu angeschrien, dass er keine Ahnung vom wahren Glauben habe, und war mit seiner Familie in die Sonntagsmesse stolziert, um das Abendmahl zu empfangen.

Radu setzte den Transporter auf die Strasse und fuhr weiter.

***

Laura hatte die Hütte erreicht. Es gab kein Schloss an der Tür, nur einen Holzriegel. Sie schob ihn zur Seite und trat ein. Elektrisches Licht gab es hier nicht. Sie erinnerte sich an eine Petroleumlampe und suchte nach ihr. In den Ecken fand sie nichts. Sie kniete sich auf den Boden und tastete unter dem Bett. Eine Lampe fand sie auch dort nicht. Dafür ein Gewehr. Laura zog es hervor. Sie hatte keine Ahnung von Feuerwaffen. Ob das Ding geladen war oder nicht? Sie wusste es nicht. Aber sie fühlte sich sicherer damit. Sie legte es auf die feuchte Matratze und setzte sich daneben. Nein, schlafen würde sie hier nicht. Gleich würde Felix sie abholen. Von ihm würde sie sich nach Luzern fahren lassen. Dort lebte ihre Freundin Viola. Bei ihr würde sie ein paar Tage abtauchen, dann weiter nach Zürich. Und von dort vielleicht nach Südamerika.

Vögel kreischten. Vielleicht Eulen, die auf Jagd waren. Sonst war nur das leichte Trommeln des Regens zu hören, der wieder begonnen hatte. Laura lehnte sich an die Rundhölzer der Hütte und schloss die Augen. Das Gewehr auf dem Schoss, schlief sie doch ein. Oder wachte sie? Ein seltsamer Halbschlaf, in dem sich Bilder und Personen wild mischten. Tomaso sass plötzlich neben ihr. Laura erschrak aber nicht. Es war ihr angenehm. Er legte seinen Arm um ihre Schulter und summte ein Lied. Laura erkannte es. Es war die Ouvertüre aus Rossinis Tell. Ein grosser Bär kam zur Hütte herein. In der Hand eine Petroleumlampe. Das Licht flackerte und erhellte sein Gesicht. Radu. «Ich habe Honig dabei. Kastanienhonig. Magst du welchen? Er ist sehr rar. Bald wird es keinen Honig mehr geben, weil alle Bienen sterben werden.» Er stellte einen Keramiktopf zwischen sie und Tomaso und nahm den Deckel ab. Aus dem Topf strahlte flüssiges Gold. «Der Honig ist der Schatz der Sonne. Wer die Bienen tötet, tötet das Licht.»

Laura sah in den Topf und genoss es, geblendet zu werden. Reines Licht. Erkenntnis. Sie betete, dass die Zeit jetzt für ewig stillstand. Aber Tomaso hörte auf zu summen und fasste mit der Hand in den Topf. Mit einem Schlag schöpfte er das flüssige Gold heraus und stopfte es sich in den Rachen. Er sah Laura an und bleckte seine Zähne. Aus seinem Mund und seinen Augen strahlte es. Das Strahlen ging auf seinen Körper über. Es gab einen hellen Blitz. Tomaso war verschwunden. Verglüht wie eine Sternschnuppe. Ob sich Laura jetzt etwas wünschen durfte? Sie sah fragend den Bären an. Der kratzte sich mit der Tatze hinterm Ohr. «Ein Tanzbär war der Kett' entrissen, kam wieder in den Wald zurück und tanzte seiner Schar ein Meisterstück auf den gewohnten Hinterfüssen. ‹Seht›, schrie er, ‹das ist Kunst, das lernt man in der Welt. Tut es mir nach, wenn's euch gefällt und wenn ihr könnt!› – Geh, brummt da ein alter Bär, dergleichen Kunst, sie sei so schwer, sie sei so rar, sie zeigt deinen niederen Geist und deine Sklaverei.» Er zeigte mit seinen Tatzen auf seine Füsse, an denen noch die zerrissenen Ketten hingen, drehte sich um und ging aus der Hütte. Laura sah ihm nach, bis er ein kleiner dunkler Punkt war. Der kleine dunkle Punkt verwandelte sich in zwei Lichter. Kam der Honig zurück, jetzt in zwei Töpfen?

Laura rieb sich die Augen. Die Träume waren verflogen. Es waren Scheinwerfer. Ein Auto fuhr heran. Felix. Laura legte die Flinte zur Seite und wischte sich den kalten Schweiss von der Stirn.

Felix parkierte den Wagen direkt vor der Hütte und stieg aus. Den Motor liess er laufen. «War nicht so leicht zu finden. Entschuldige die Verspätung. Komm, steig ein.»

Laura wunderte sich, wie selbstverständlich es für Felix war, dass er sie hier abholen sollte. Warum fragte er nicht, was sie hier in dieser Einöde um diese Zeit zu schaffen hatte? Sie drehte sich zur Pritsche, nahm das Gewehr und verliess die Hütte.

«Was willst du denn damit? Bären töten?», fragte Felix und lachte. Es war lauter als sonst. Felix lachte nie so laut. Oder kam es ihr nur so vor. War sie hypersensibilisiert? Sie hatte ja auch von Tomaso und Radu als Bären geträumt. Und jetzt fragte Felix sie, ob sie Bären töten wollte. Ein blöder Zufall. Nicht mehr.

«Wenn es welche darauf anlegen, ja», sagte sie. Und es klang wie ein Satz, den man einfach sagte, um die Welt auf Abstand zu halten.

Felix öffnete den Kofferraum. «Leg das Ding da rein. Ich will nicht, dass sich während der Fahrt plötzlich ein Schuss löst.»

«Ein Schuss löst sich nie. Es gibt immer jemanden, der abdrückt.» Sie setzte sich in den Wagen. Das Gewehr fest umklammert.

Felix schloss den Kofferraum und setzte sich neben sie. «Du wirkst überdreht. Du brauchst Ruhe», sagte er.

Laura wunderte sich über Felix' Ton. Wie sprach er mit ihr? War er nicht der Praktikant? Der Nerd, dem sie zu sagen hatte, wie was funktionierte? Warum wagte er es, ihr väterliche Ratschläge zu geben?

«Fahr mich nach Luzern», sagte sie.

«Was willst du denn dort?»

«Geht dich nichts an. Fahr mich einfach hin. Okay?»

«Jetzt ist es fast Mitternacht. Vor halb drei Uhr werden wir es wohl kaum schaffen.»

«Ist mir egal. Ich will nur weg von hier.»

«Warum?»

«Fahr endlich los!»

Felix legte den Gang ein, wendete vor der Hütte und fuhr durch den Wald.

«Geht es auch schneller? In dem Tempo kommen wir vor nächster Woche nicht an.»

«Ich befürchte, dass du nie dort ankommen wirst.» Das war nicht Felix, der da gesprochen hatte, sondern eine Stimme von der Rückbank. Laura kannte sie. Leicht kratzend und zwei Töne zu hoch für einen Kerl, der gerne auf ganzen Mann machte. Sie drehte sich nicht um. Er schob seinen Kopf nach vorne. Er roch unangenehm säuerlich.

«Etwas schneller kannst du schon fahren. Das ist hier keine Marienprozession», sagte Bertini und strich Laura durchs Haar. Sie zuckte mit den Händen, die das Gewehr umklammerten.

«Auf Nahdistanz sind kurze Feuerwaffen geeigneter.» Bertini drückte ihr die Mündung einer Pistole gegen die Rippen. «Lass die Flinte los und kipp den Lauf in meine Richtung. Schön ruhig.»

Laura gehorchte. Bertini fasste mit der freien Hand den Lauf des Gewehrs und wollte es nach hinten ziehen. Laura zog es aber zurück. Sie wusste nicht, warum. Vielleicht glaubte sie, dass es ihre letzte Chance war. Was hatte sie sonst noch für Trümpfe gegen Bertini? Wieso sollte sie sich das Gewehr nehmen lassen? Genauso gut konnte sie doch damit schiessen. Sie krallte ihren Zeigefinger um den Abzug und drückte ab. Es krachte. Die Scheibe neben Felix barst. Felix schrie, trat auf die Bremsen und hielt sich das rechte Ohr zu. Bertini riss am Lauf. Laura drückte ein zweites

Mal ab. Jetzt kostete es die Heckscheibe. Bertini zog mit aller Gewalt. Laura liess das Gewehr los. Bertini fiel mit der Wucht seiner Zugkraft nach hinten. Laura nutzte den Moment, öffnete die Wagentür und sprang aus dem Wagen. Bertini hinterher. Felix jammerte.

Laura rannte, so schnell sie konnte. Immer wieder strauchelte sie und purzelte durch das Laub. Sie hatte einen Abhang gewählt. Bergab war sie nicht langsamer als Bertini. Sie musste sich einfach nur geschickt fallen lassen. Hinter sich hörte sie das Schnaufen Bertinis. Rechts ging es auf einen Weg, der nach Borgnone führte. Links tiefer in den Wald hinein. Sie entschied sich fürs Unbekannte. Ein Fehler. Nur wenige Schritte später gähnte ein Abgrund unter ihr. Kein Laub. Keine weiche Walderde. Harter Felsen und ein plätschernder Bach.

«Das war's dann wohl», sagte Bertini und stützte seine Hände auf die Oberschenkel. Auch er rang um Puste. Wäre Laura nach rechts gelaufen, sie hätte ihn abgehängt. So wie er keuchte, hätte er es keine fünfhundert Meter mehr geschafft, an ihr dranzubleiben. Laura sah hinab. Sie hatte Lust, zu springen. Garantiert wäre aber auch das die falsche Wahl. Egal, was sie wählte, es schien immer falsch zu sein. Sie sprang nicht, sondern setzte sich auf einen Stein. «Was willst du von mir?»

«Du sollst nur jemand anrufen und dich mit ihm verabreden.»

«Wen?»

«Einer, der dich bestimmt sucht und sich freut, wenn er von dir hört.»

«Radu?»

«Kluges Kind.»

«Ich soll ihn in die Falle locken?»

«Sagen wir, du bringst ihn an den Verhandlungstisch.»

«Und warum rufst du ihn nicht selbst an?»

«Ich kenne seine Nummer nicht.»

«Die kann ich dir geben. Du hast sie übrigens auch. Du erreichst ihn auf Tomasos Handy.»

«Tomaso? Was hat er mit Radu zu schaffen?»

«Frag Radu.»

«Und wo ist Tomaso?»

«Keine Ahnung. Bin nicht mit ihm verheiratet.» Der Witz war ihr bitter geraten. Aber die ganze Situation war bitter. Vom süssen Abenteuer einer investigativen Journalistin Geschmackswelten entfernt. Sie war eine Mörderin und schuld am Tod von Regula und Urs. Überall lauerte Verrat, und sie selbst sollte gerade ebenfalls dazu eingespannt werden. Welche Werte, für die sie angetreten war, galten noch? Selbst Felix, dem sie vertraut hatte, war nicht der, der er schien. Auch er hing mit drin. Wer noch?

«Hängt Dani auch mit drin?», fragte sie.

«Wo drin?»

«In dem Geschäft mit den Kunstschätzen.»

«Keine Ahnung, wovon du redest. Ich verstehe nichts von Kunst.»

«Wovon verstehst du überhaupt etwas?»

«Vom Entsorgen von Hindernissen.»

«Was für eine Rolle spielt Anna Tedeschi?»

«Das wird sie dir selbst erzählen. Falls du jetzt artig deinen rumänischen Freund anrufst und dich dort mit ihm verabredest.»

«Bei ihr?»

«Ja.»

«Warum sollte er dorthin kommen?»

«Weil du ihn darum bittest. Ausserdem kennt er Anna.»

«Was?»

«Er ist auch nur ein Mann.» Bertini grinste fies.

Laura verstand nichts.

«Nichts Grosses. Ein Quickie, soviel ich weiss. Einsamer Wolf sucht ein paar warme Stunden. Nicht mehr. Es hat sich wohl so ergeben, und Anna hat den Moment genutzt.»

«Genutzt?»

«Sie weiss, wie Männer ticken und wo ihre Schwächen liegen.»

Laura verstand gar nichts mehr.

«Ruf ihn jetzt an.»

Laura nahm ihr Handy aus der Tasche. «Und was soll ich sagen?»

«Sag ihm, dass du bei Anna bist. Du hast sie noch mal befragt, und sie hat dir von Enzo erzählt. Enzo wäre gestern bei ihr gewesen und wollte morgen sehr früh wiederkommen. Er hätte Annas Haus als Umschlagplatz gewählt, weil Monza tot ist.»

Laura wählte Tomasos Nummer und wartete. Am anderen Ende hörte sie Radus Stimme.

***

«Ja, die kenne ich … Gut. Ich komme dorthin … Vorher muss ich aber noch etwas anderes erledigen.» Radu legte auf und parkierte den Wagen auf dem Gästeparkplatz des Altersheims. Ein Blick auf Tomasos Handy zeigte, dass es kurz vor Mitternacht war. Keine übliche Zeit für Besuche.

Er läutete an der Pforte. Der Nachtportier kam aus seinem Kabuff und schlurfte an die Glastür. Er öffnete ein rundes Loch und musterte Radu. «Was wollen Sie?»

«Ich bin auf der Durchreise und möchte gerne meinen Onkel besuchen.»

«Ich weiss nicht, wie das dort ist, woher Sie kommen, aber bei uns besucht man seine Onkel nicht um Mitternacht. Das gibt's nur in Transsilvanien.» Er verzog seinen Mund zu einem Lächeln. Er gefiel sich. Er wusste nicht, dass Radu aus Rumänien kam und in seinem Leben schon genug Blut gesaugt hatte, dass man ihn in Bukarest hinter vorgehaltener Hand auch den kleinen Dracula nannte.

«Ich wollte früher kommen, aber ich stand vor Genua im Stau.»

«Italiener?»

«Sì.»

«Kommen immer mehr. Scheiss-Pendler. Machen uns die Löhne kaputt. Und jetzt, nach der Freigabe des Frankens, ist es noch schlimmer. Dafür können wir hinter der Grenze billiger vögeln. Hat auch was, finden Sie nicht?»

«Jede Medaille hat zwei Seiten.»

«Gut gesprochen, Häuptling. Aber ich kann Sie trotzdem nicht reinlassen. Jetzt ist keine Besuchszeit.»

«Ich zahle auch den doppelten Preis für die Eintrittskarte.»

Der Pförtner stutzte.

Radu rieb Daumen- und Zeigefinger gegeneinander.

«Sie glauben, ich bin korrupt?»

«Nein. Ich glaube, Sie sind ein freundlicher Mensch, der einem weit angereisten Neffen hilft, seinen Onkel vielleicht zum letzten Mal zu sehen.» Radu zückte sein Portemonnaie und zog drei Zweihunderternoten heraus.

Der Pförtner bekam grosse Augen. Radu reichte eine davon durch das Guckloch. «Die anderen beiden kriegen Sie drinnen.»

Der Pförtner schloss das Guckloch und öffnete die Tür. Radu schlüpfte rein. Der Pförtner schloss sofort die Tür und hielt die Hand auf. Radu legte ihm die versprochenen Noten auf die gierigen Finger.

«Guido Brentano.»

«Ich will nicht wissen, wie Sie heissen.»

«Ich möchte zu Guido Brentano.»

«Ach so. Kenne ich nicht. Ich habe mit den Alten hier nichts zu schaffen.» Er zog Radu am Arm in sein Kabuff. «Falls eine Nachtschwester vorbeikommt. Sie muss ja nicht sehen, dass ich Sie reingelassen habe.»

«Das kostet aber, damit ich schweige.»

Der Portier sah ihn verdutzt an.

«War ein Scherz.» Der Kerl war zu blöd. «Wo kann ich rausfinden, wo mein Onkel lebt?»

«An der Rezeption. Da ist eine Nachtschwester. Weiss aber nicht, ob die sich mit Geld überzeugen lässt.»

Radu überlegte kurz. Nein. Er würde ihn nicht erledigen. Der Kerl würde auch so stillhalten. Radu drehte sich um und liess den Pförtner stehen. Der verkroch sich in seinem Kabuff und roch am Geld.

Radu ging durch den Korridor zur Rezeption. Eine Nachtschwester mittleren Alters sass dahinter und sortierte Papier. Radu klopfte freundlich auf das Holz der Rezeption und lächelte, so charmant er es vermochte. «Guten Abend, ich möchte gerne zu Guido Brentano.»

Die Schwester schoss von ihrem Stuhl, riss die Augen weit auf und wollte schimpfen. Aber Radu hatte es noch nie gemocht, wenn Frauen mit ihm schimpften. Weder bei seiner Mutter noch bei seinen Gattinnen. Die Einzige, die härter mit ihm ins Gericht gehen konnte, war seine Schwester. Wegen ihr war er auch hier. Das hatte er nicht vergessen.

Mit einem Satz war er hinter dem Tresen, hielt der Nachtschwester die Hand auf den Mund, drehte ihren Kopf nach rechts und drückte ihr die Aorta zu. Ihre grossen Augen wurden müde, sie sackte ohnmächtig zu Boden. Radu blätterte in den Büchern und fand die Zimmerliste.

«Westflügel. Zweiter Stock, Zimmer zweiundzwanzig.» Radu orientierte sich an dem Schilderwald vor der Rezeption und folgte ihm. Er hoffte, dass ihm nicht noch weiteres Personal begegnete.

***

Bertini drückte Laura auf den Boden neben die Werkbank und legte ihr die Handschellen an. Eine ums Gelenk, die andere um ein Stahlrohr, das mithalf, das Dach der Scheune zu stützen.

«Du hast mir den Rolls ganz schön dreckig gemacht», sagte Anna. «Drei Stunden habe ich daran geputzt.»

«Hoffe, du hast dir die Hände dabei nicht schmutzig gemacht.» Laura trotzte. Ihre Angst war einer Wut gewichen, die sie nicht zurückhalten wollte. Vor allem über Felix ärgerte sie sich. Wie er jetzt neben Anna stand und mokiert über seinen Laptop schielte. Am meisten ärgerte sie sich aber über sich selbst. Wie gerissen war sie sich vorgekommen im Glauben, mit Felix Verliebtheit zu spielen. Dabei war er es, der mit ihr gespielt hatte. Ihre Eitelkeit hatte er ausgenutzt und sie manipuliert. Wer wusste, was an Radus Steckbrief wirklich dran war? Vielleicht hatte Felix alles nur erfunden, um ihr Radu abspenstig zu machen?

«Die nächste Lieferung kommt in zwei Stunden», sagte Felix und klappte den Laptop zu.

«Hoffe, Radu ist früher hier, damit wir die Sache erledigen können. Allmählich nervt mich diese Baustelle mächtig. Als ob wir nicht schon genug zu tun hätten.» Bertini klopfte mit einem Hammer auf die Werkbank, um seinen Worten Nachdruck zu verleihen.

«Sag das Enzo, nicht mir», sagte Anna.

«Kommt er denn rechtzeitig? Was machen wir, wenn Radu hier ist und die Ware trudelt ein? Ich kann mich nicht zerreissen. Warum machen wir Radu nicht gleich kalt?»

«Weil Enzo mit ihm reden will.»

«So ein Kitsch. Alte Freundschaft oder was?»

«Für manche zählt das etwas.»

«Aber nicht für uns beide, stimmt's?» Er lachte dreckig.

Anna zog die Brauen hoch.

«Und was machen wir dann mit ihr? Sie weiss zu viel.» Bertini drehte sich mit dem Hammer zu Laura.

«Das entscheidet ebenfalls Enzo.» Anna nahm ihm den Hammer aus der Hand.

«Enzo. Immer Enzo. Warum entscheidet er?»

«Weil er der Boss ist.»

«Und ich mache die Drecksarbeit.»

«Das haben Hierarchien so an sich.»

«Kommt, wir gehen rüber.»

«Befiehlst du jetzt?»

«Es war eine Einladung. Drüben ist es wärmer. Und wir haben noch ein paar Sachen vorzubereiten.»

Bertini warf einen prüfenden Blick auf die Handschellen und verliess die Scheune. Felix und Anna sahen sich an. «Höre ich da eine Bombe ticken?», fragte Felix.

«Kann gut sein, dass sich da einer bald selbst hochjagt. Das Spiel ist nicht gemacht für jeden. Nicht wahr, Laura?» Anna ging einen Schritt auf Laura zu. «Oder fühlst du dich wohl jenseits der heilen Welt?»

«Ich finde allmählich Geschmack daran.» Laura zog ein gekünsteltes Grinsen.

«Schade, dass du die Lust daran nur sehr kurz wirst leben dürfen.»

«Kommt auf Enzo an, oder?»

«Was meinst du damit?»

«Er ist doch der Boss, wenn ich richtig verstanden habe. Also kommt es auf ihn an, ob ich noch länger Lust am Spiel haben werde. Vielleicht habe ich ja etwas für ihn, das ihn interessiert.»

Anna sah zu Felix. «Weiss ich etwas nicht?», fragte sie ihn.

Felix zuckte mit den Schultern.

«Bluffst du? Oder hast du wirklich etwas für uns?» Anna war jetzt sehr nah an Laura. Sie roch gut. Ein herbes Parfüm für Frauen, aber es passte zu Anna.

«Das wirst du erfahren, wenn Enzo hier ist.»

«Wenn ich will, erfahre ich das auch jetzt gleich.» Sie stand auf und kramte im Werkzeugkasten. Sie fand eine Gartenschere und schnippte damit in der Luft. «Ich kann Fingerkuppen schneiden wie Apfelbäume.» Sie näherte sich mit der Schere Lauras linker Hand, die an das Rohr gekettet war.

«Ich habe ein Gespräch belauscht», sagte Laura. Sie wollte es nicht darauf ankommen lassen.

«Brentano und der Monsignore. Das hat uns Felix schon erzählt.»

«Aber er weiss nicht, was ich gehört habe.»

Anna drehte einen Blecheimer um und setzte sich darauf. «Felix. Zeig deiner Freundin was.» Sie winkte ihn zu sich. Felix gehorchte, öffnete den Laptop und tippte kurz. Dann drehte er den Laptop so, dass Laura auf den Bildschirm sehen konnte. Brentano und der Monsignore. Im Zimmer von Brentano. Brentano im Rollstuhl, der Monsignore in einem Sessel. Sie unterhielten sich. Man verstand jedes Wort. Es ging um einen Mann namens Ferrero. «Er war ein anständiger Mann. Ein Mann von Ehre», sagte Brentano.

«Vor allem sehr klug. Er hielt sich im Hintergrund. Es genügte ihm, das Überraschungsei zu erfinden, er musste nicht selbst herausspringen.» Der Monsignore öffnete ein Mon Chéri und schob es sich in den Mund. «Bin gespannt, wie es die Erben handhaben werden.»

«Das bin ich auch. Und zwar in meinem Fall. Du weisst genau, wie es um mich steht, Lorenzo. Lange mache ich es nicht mehr.»

«Du wirst älter als unser Kardinal Monzetti.»

«Dann will ich lieber auf der Stelle sterben. Wehe, du nennst mich noch einmal mit Monzetti im selben Atemzug.»

Lorenzo lachte. «Entschuldige, mit dem hast du wirklich nichts gemeinsam.» Brentano lachte ebenfalls. «Das wäre ja noch schöner.»

«Das genügt», sagte Anna.

Felix klappte den Laptop zu und trat einen Schritt zurück.

«Glaubst du jetzt, dass wir alles wissen, was Brentano anbelangt?»

Laura nickte. Sie wagte nicht zu fragen, ob Felix auch Kamera und Mikrofon auf dem Balkon angebracht hatte. Vielleicht wusste sie doch etwas, was Anna und Felix nicht wussten. Hatte Laura tatsächlich einen Trumpf? Aber sie würde nicht mehr so dumm sein, damit vor Anna zu prahlen. Sie wollte ihre Finger behalten. Sie würde warten, bis Enzo kam. Oder Radu. Er sollte ja auch hierherkommen. Laura hatte ihn in die Falle gelockt. Aber er war noch nicht da. Hatte er die Falle gewittert? Sie war gespalten. Zum einen wünschte sie Radu, dass er nicht herkam, zum anderen war er ihre einzige Hoffnung. Plötzlich glaubte sie wieder an ihn. Warum? Weil er der bessere Gangster war? War er das denn?

«Felix, ich gehe rüber und bereite das Essen vor. Die Jungs werden Hunger haben. Du kannst deiner Freundin derweil Gesellschaft leisten. Vielleicht gibt es noch etwas, worüber ihr sprechen wollt?» Anna stand auf und ging aus der Scheune.

Felix lächelte Laura an, nahm auf dem Blecheimer Platz und öffnete den Laptop.

«Und? Wie fühlst du dich? Du Verräter.» Laura konnte ihre Wut nicht schlucken.

Felix sah nicht vom Laptop auf. «Ich fühle mich gut, weil ich hier verdammt gut verdiene. Und das zählt.»

«Und warum hat man dich auf mich angesetzt?»

«Zufall. Ich arbeite für Dani. Und Dani arbeitet mit Enzo zusammen.»

«Was? Aber du kamst nach mir zum ‹Anzeiger›.»

«Enzo hat mich Dani empfohlen. Sie ist logistisch etwas altmodisch. Und was IT anbelangt, noch in der Steinzeit. Unsere Geschäfte haben aber einen grossen Logistikaufwand. Da wollte Enzo auf Nummer sicher gehen.»

«Und warum hast du dann nicht direkt die IT-Abteilung übernommen?»

«Zu auffällig. Als Praktikant komme ich überall hin, und keiner schaut mir auf die Finger. Ausserdem werden Praktikanten gerne unterschätzt. Vor allem von karrieregeilen Journalistinnen.» Er sah hinter dem Laptop hoch und grinste.

«Ich bin nicht karrieregeil, sondern –»

«Glaubst an das Gute. Soll ich laut lachen? Du willst belohnt werden. Wie alle. Und du willst dir selbst auf die Schultern klopfen können. Erzähl mir nichts von ethischen Werten. Denn die existieren für dich genauso wenig wie für mich. Bezahlung, sonst nichts. Deine Währung ist Lob und Anerkennung, meine Schweizer Franken.» Er stand auf, legte den Laptop auf den Eimer und streichelte Laura durchs Haar. Sie zuckte mit dem Kopf und schnappte wie eine Wildkatze mit den Zähnen nach Felix' Fingern. Er zog seine Hand rasch zurück und gab ihr eine Ohrfeige.

«Hätte sich Radu nicht bei dir gemeldet, wir hätten ein Paar werden können. So wurden wird zu Gegnern.»

«Wir wären niemals ein Paar geworden.»

«Schade. Ich hätte mir jetzt gewünscht, dass du mir schmeichelst. Sei es auch nur aus Angst vor einer zweiten Ohrfeige. Er kam ihr näher. Laura streckte ihre Beine, so weit sie konnte, und gab dem Eimer einen heftigen Tritt. Der Laptop fiel zu Boden, der Eimer kippte, fiel auf den Bildschirm und rollte davon.

«Spinnst du? Verdammte Scheisse!» Felix' Stimme überschlug sich. Sie erinnerte ihn an einen Gockel im Stimmbruch. Felix rannte zum Laptop und hob ihn auf. «Der Bildschirm ist hin.» Er blitzte Laura an. «Wenn ich Zeit hätte, würde ich dich jetzt fertigmachen.»

«Wenn du Werkzeug zum Reparieren brauchst, in der Kiste gibt es einen Hammer.» Laura hatte plötzlich keine Angst mehr. Nicht vor Felix. Er war nur ein Wicht. Und er durfte ihr nichts antun. Nicht, bevor Enzo es entschieden hatte.

Felix sah auf seine Armbanduhr und rannte aus der Scheune.

***

Radu hatte Brentano einen nasskalten Waschlappen ins Gesicht geschlagen. Nicht fest. Aber doch so, dass er davon aufwachte. Brentano blinzelte, Radu wrang den Lappen aus und tröpfelte Brentano das kalte Wasser auf die Stirn. Brentano sah ihn mit seinen dunklen, trüben Augen an. Keine Panik.

«Ich wusste, dass irgendjemand kommen würde. Es war nur eine Frage der Zeit. Aber du? Was machst du hier? Bist du wieder unter die Killer gegangen? Ich dachte, das hättest du hinter dir gelassen.»

«Back to the roots», sagte Radu. «Was glaubst du? Wer schickt mich?»

«Ah.» Brentano zog es lang und setzte einen Lacher hinterher. «Du bist also auf eigene Rechnung hier und willst was wissen.» Er lachte noch mal. «Von mir erfährst du nichts.»

«Enzo schickt mich.»

«Natürlich. Das glauben dir noch nicht einmal die Betschwestern von St. Anna. Bring mir ein Glas Wasser.»

«Später. Erst ein paar Sätze, damit dein Mund auch wirklich trocken ist.»

«Radu, du kennst das Spiel. Ich werde nichts sagen. Was habe ich zu verlieren? Sieh mich an. Ich bin schon tot. Wenn du mich erledigst, tust du mir einen Gefallen.»

«Das kannst du deiner Amme erzählen. Guido, solange du atmen kannst, willst du mitspielen. Drüben erwartet dich nur die Hölle oder das Nichts. Also willst du hierbleiben und wichtig sein. Bis zum letzten Atemzug.»

«Reden konntest du schon immer gut.»

«Mit reden allein kommt man aber nicht weiter.»

«Es gibt Leute, die das schaffen.»

«Der Monsignore?»

«Zum Beispiel.»

«Was hat er für Interessen?»

«Die üblichen.»

«Konkret.»

«Machterhaltung. Umsatz. Gewinn. Machterweiterung.»

«Mit den Kunstschätzen der ISIS? Ist es nur das? Oder will er mehr?»

«ISIS? Die köpfen doch nur. Was haben die mit Kunst zu schaffen?»

«Hör auf, Guido. Es nervt, und ich habe keine Zeit.»

«Sieh mich an, Radu. Habe ich Zeit? Einige sagen Ja und denken heimlich, dass sie für mich schneller rasen könnte, damit sie sich endlich alles von mir unter den Nagel reissen können. Ich aber hänge an jeder Minute. Du hast recht. Solange ich atme, will ich mitspielen.»

«Dann spiel mit mir. Wechsle den Partner.»

Guido lachte leise. «Nicht schlecht, Radu. Nicht schlecht. Der Schachzug könnte auch von Lorenzo sein. Er ist nicht sehr originell, kann aber ein Spiel entscheiden. Kein Läufer, sondern ein Überläufer.»

«Springst du?»

«Wieso sollte ich?»

«Weil du sonst gleich ein Kissen auf deinem Kopf hast, an dem du ersticken wirst.» Radus Stimme blieb warm. Darunter lauerte die Kälte, die ihn zu dem gemacht hatte, was er war: Capo einer rumänischen Mafiasektion, die mittlerweile einen Umsatz von fünfhundert Millionen Euro im Jahr brachte. Und vor ihm im Bett lag ein ausgedienter Don der Italiener. Noch nicht einmal Schutz hatten sie ihm gegeben. Guido wusste selbst, dass er seinem Clan nichts mehr nutzte. Sie warteten nur noch darauf, dass er endlich starb. Dann würden sie noch einmal einen grossen Umzug veranstalten, wenn sie ihn zu Grabe trugen. Das Begräbnis diente aber kaum der Trauer um Guido, sondern als politisches Treffen, bei dem die Karten neu verteilt wurden. Wenn Radu Guido jetzt töten würde, hätte er die gesamte Sippe in wenigen Tagen vor sich auf dem Tablett. Ein Schachzug, den Lorenzo vielleicht auch machen würde. Radu zögerte.

«Du bist weich geworden, Radu. Früher hättest du mir das Kissen direkt aufs Gesicht gedrückt und mich dann noch mal gefragt. Dein Handeln hat dich dorthin gebracht, wo du bist, nicht dein Geschwätz.»

«Du hast recht, Guido. Ich bin weich geworden. Aber diese Sache bin ich meiner Schwester schuldig.» Er nahm das Kissen und drückte es auf Guidos Kopf. Guido zappelte mit den Armen, kämpfte, so gut er konnte, krampfte und erschlaffte.

Radu nahm das Kissen von Guidos Kopf und legte es ihm unters Haupt. Er verliess das Zimmer und ging den Gang entlang. Eine Tür wurde geöffnet, und eine Frau schob sich mit ihrem Rollator auf den Flur. Sie versperrte Radu den Weg.

«Heinerle, das ist aber lieb, dass du mich besuchen kommst», sagte sie und weinte vor Glück. «Ich wollte dich unten abholen, aber du warst schneller. Warst schon immer ein Flinker, mein Heinerle.»

Radu wollte an ihr vorbei. Vom Ende des Ganges hörte er Stimmen. Er ahnte, dass sie ihm galten. Er hatte zu lange bei

Brentano gesessen. Er hatte versucht zu verhandeln, wo es nichts zu verhandeln gab. Er war wirklich weich geworden. Die Nachtschwester war bestimmt aus ihrer Ohnmacht erwacht, oder der Portier hatte geschwatzt. Er hätte beide erledigen sollen. Warum konnte er es nicht mehr?

«Heinerle. Komm, ich habe Spitzbuben gebacken.» Die Alte nahm ihn bei der Hand. Radu ging mit ihr in ihr Zimmer und schloss die Tür. Er lauschte. Männerstimmen. Sie passierten die Tür. Gleich würden sie den Toten finden.

«Heinerle, was macht das Geschäft? Arbeitest du noch immer so viel? Du solltest dich schonen, siehst ganz abgespannt aus», sagte die Alte und hangelte sich vom Rollator zu einem Sessel, auf den sie sich setzte. «Graciella ist schuld daran, hab ich recht? Natürlich hab ich recht. Ich hatte es dir gleich gesagt, aber du wolltest nicht hören. Hast schon immer deinen eigenen Kopf gehabt, Heinerle. Der Kurt war da anders. Aber der Kurt ist zu früh gestorben. Deswegen hast du ja alles machen müssen.» Sie winkte ihn zu sich. Radu wusste nicht, warum, aber er gehorchte und ging zu ihr. Sie fasste seine Hand. «Schöne Hände hast du. Keine Hände zum Arbeiten, hat der Papa immer gesagt. Und ich habe ihm geantwortet, zum Arbeiten braucht es keine Hände, sondern einen Kopf. Und den hast du. Einen Dickschädel. Aber einen gescheiten. Und das ist der Unterschied zum Kurt. Der hat Hände gehabt wie Bratpfannen, aber im Kopf hatte er nicht viel. Wer einen Kopf hat, bringt sich nicht um. Nicht wegen einer Frau, hab ich recht? Natürlich hab ich recht.» Sie strich ihm über die Rückhand. «Aber die Graciella ist auch nicht gut für dich. Sie wird dich verlassen, wenn du nicht mehr das Geld heimbringst, das sie braucht. Und Graciella braucht viel. Sie will ja schön sein. Ich war auch mal schön. Aber ohne Geld. Einfach so. Naturschön.» Sie lachte und sah ihn ernst an. «Du bist nicht Heinerle, hab ich recht?»

Radu reagierte nicht. Sie liess seine Hand los.

«Wer bist du? Und warum bist du gekommen? Willst du mich holen? Du siehst aus wie einer, der mich holen kommt. Ist es schon an der Zeit? Ich bin bereit. Ich muss nur noch meinen Koffer unterm Bett hervornehmen. Er ist schon gepackt. Schon lang.

Seit dem ersten Tag ist er gepackt. Die Pfleger haben gelacht, weil sie glaubten, ich hätte ihn gepackt, weil ich abhauen wollte. Diese Schwachköpfe. In meinem Alter haut man nicht mehr ab. Dafür flieht das Hirn. Jeden Tag ein Stück mehr. Manchmal in ganzen Sprüngen. Dann weiss ich gar nichts mehr. Und plötzlich ist es wieder da. Alles. Jedenfalls alles, was ich mir als alles vorstelle. Was ist schon alles? Kannst du dich an alles erinnern, was du erlebt hast? Ein Kinderlied bleibt und eine Tracht Prügel, weil ich den Schokoladenpudding von Ernas Geburtstag einen Tag vorher genascht habe. Stell dir vor, Heinerle.» Sie tätschelte seine Hand. «Ich weiss, dass du nicht Heinerle bist, aber gönne mir den Spass. Heinerle hat mich nicht einmal besucht. Er hat mich hier nur abgegeben. Ich verstehe ihn. Er hat viel zu tun. Wegen Graciella. Sie ist ein Biest. Wir mochten uns nie leiden. Der Klassiker: Schwiegertochter und Übermutter. Dabei habe ich es doch nur gut gemeint mit Heinerle. Weil er als Kind so schwach auf der Brust war und sein Vater geglaubt hat, er wäre nicht von ihm. Aber der Heinerle war von ihm. Ich war keine Schlampe, obwohl ich viele hatte, die mich hofierten, auch als ich verheiratet war. Anfang der Siebziger war halt alles etwas wilder. Aber ich nicht. Ich glaubte an die Familie.» Sie liess seine Hand los. «Glauben Sie an die Familie?»

Er nickte.

«Holen Sie mich heim?»

Er schüttelte den Kopf.

«Dann gehen Sie. Ich habe keine Zeit, sie mit Leuten zu verplempern, die nicht Heinerle oder Heimholer sind. Die wenigen klaren Momente möchte ich mit keinem Fremden mehr teilen. Ich habe schon genug Zeit mit Fremden vergeudet.»

Radu löste sich aus dem Griff ihrer Hände und ging zur Tür. Er hörte Stimmen. Bald würde auch die Polizei eintreffen. Er musste verschwinden. Er ging durchs Zimmer und öffnete die Balkontür. Ein Regenrohr verlief neben dem Balkon nach unten. Es klopfte an der Tür.

«Schnell, verschwinden Sie», sagte die Alte. «Wenn das mein Mann ist, glaubt er, wir hätten etwas zusammen. Er ist so eifersüchtig. Machen Sie schon.»

Radu kletterte auf das Geländer und fasste das Regenrohr. Er rüttelte daran. Es hielt. Er kletterte hinunter und sprang in den Kies. Von oben hörte er die Alte kreischen. «Ich schwöre dir, niemand war hier! Vertrau mir doch. Vertrau mir doch einmal. Heinerle ist dein Sohn.»

Radu rannte gebückt zum Parkplatz, stieg in den Sprinter und fuhr davon.

***

Laura sass allein in der Scheune. Felix war gegangen, um den Laptop zu reparieren. Sie versuchte mit der freien Hand an den Werkzeugkasten zu gelangen. Es fehlten Zentimeter, so sehr sie sich auch streckte. Die Handschelle am anderen Gelenk biss sich bei jedem Versuch fester in die Knöchel. Laura gab auf und liess den Kopf hängen. Eine Haarklammer fiel ihr dabei aus der verwilderten Frisur. Laura nahm sie und stand auf. Sie brachte ihre Hände zusammen und bog den Draht der Klammer auf. In Filmen hatte sie gesehen, wie die Helden damit Handschellen knackten. Sie hoffte, dass es kein Filmfake war, und stocherte mit dem Draht im Schloss der Schelle. Sie hatte keine Ahnung, wie so ein Schloss funktionierte. Sie spürte einen Widerstand und drückte dagegen. Nichts. Sie überlegte, was ein Schlüssel machte, wenn er ins Schloss geschoben wurde. Durch die Drehung musste er einen Hebel umlegen oder nach hinten drücken. Sie fand etwas, das sich leicht bewegen liess, aber immer wieder zurückschnappte. Das musste der Hebel sein. Sie versuchte erneut, mit dem Draht an die Stelle zu kommen, stellte den Winkel diesmal so, dass sie nicht abrutschte, und drückte.

Das Scheunentor knarrte. Laura schrak herum und liess den Draht in ihren Ärmel gleiten.

Bertini kam herein. «Soll niemand sagen, dass wir unsere Gäste schlecht behandeln», sagte er und kam mit einem Tablett auf Laura zu. «Ich hoffe, du bist keine Vegetarierin. Feinstes Lamm. Mit Bohnen aus dem eigenen Garten. Und dazu einen Merlot aus der Heimat.» Er schob mit dem Fuss den Blecheimer vor Laura und stellte das Tablett ab. «Und damit du dich nicht so einsam fühlst, trinke ich ein Gläschen mit dir. Das bleibt aber unter uns. Anna ist da ein wenig streng. Kein Alkohol während der Arbeit. Aber wenn es danach ginge, dürfte ich nie trinken, denn ich bin ja immer im Dienst.» Er lachte über seinen Kalauer und goss zwei Gläser ein. Er reichte eines Laura und prostete ihr mit dem anderen zu. «Auf gute Zusammenarbeit.»

Sie hätte ihm am liebsten den Merlot ins Gesicht geschüttet. Aber was hätte es an ihrer Lage geändert? Es war besser, sich brav zu verhalten, aber sich nicht anzubiedern; sonst würde Bertini Verdacht schöpfen, dass sie etwas im Schilde führte.

«Felix ist ziemlich sauer auf dich.» Er lachte dreckig. «Geschieht ihm recht, dem Klugscheisser. Der geht mir ordentlich auf die Nerven. Hockt immer nur im Trockenen und hat ein grosses Maul. Aber Anna und Enzo schwören auf ihn. Ohne ihn wäre die Sache nicht durchführbar, sagen sie.» Er trank.

Laura nippte.

«Und ohne mich», er beugte sich vor, «wäre die Sache ohne mich machbar? Niemals, sage ich dir. So einen Computeraffen findest du im Dutzend bei der Migros an der Käsetheke. Aber einen ehrbaren Polizisten, der draussen mit anpackt?» Er schüttelte den Kopf. «Nein, so einen findest du nicht ein zweites Mal.» Er nahm einen grossen Schluck. «Warst du schon mal im Lago tauchen? Bestimmt nicht. Warum auch? Man sieht ja nichts. Eine trübe Suppe ist das. Und je weiter du runterkommst, umso mehr verlierst du die Orientierung. Und finde da mal einen, der da weiss, wo es langgeht.» Er nickte und schmeckte seinen Vergleich ab. «Ich bin so einer. Ja, ich kann im Trüben fischen. Dazu brauche ich keinen Computer.» Er leerte sein Glas und schenkte nach. «Wir haben übrigens Tomaso hinter deinem Rustico gefunden.» Er sah sie lauernd an. «War bestimmt der Rumäne, hm?»

«Was? Tomaso? Hinter dem Rustico? Was macht er dort?» Laura stellte sich so ahnungslos sie konnte.

«Nichts macht er dort. Er liegt dort mit eingeschlagenem Schädel. Ich wusste nur, dass er zu dir wollte, um dich noch mal höflich zu bitten, seine Frau zu werden.»

«Was?»

«Ja, ich hatte ihm sogar dazu geraten. Tomaso, habe ich gesagt, so einfach kannst du eine Rassestute wie Laura nicht ziehen lassen.

Sie will umworben werden, das ist alles.» Er zeigte auf den Teller mit dem Lamm und den Bohnen. «Iss. Kalt schmeckt es nicht so gut.»

Laura war der Appetit vergangen. Sie hatte die Bilder des Kampfes mit Tomaso vor Augen.

Bertini nahm die Gabel und stocherte im Essen. Er spiesste Bohnen und Lamm auf und schob es sich in den Mund. Er sprach, während er kaute. Eine Unart, die Laura schon bei Tomaso nicht ertragen konnte. «Er hatte mir erzählt, dass er sich totgestellt hat, um dich zu verarschen. Ich fand das etwas albern. Ausserdem bin ich abergläubisch. Man macht keine Scherze mit dem Tod. Du siehst ja, was dabei herausgekommen ist.» Er nahm einen weiteren Bissen. «Das Zeug ist wirklich gut. Anna ist eine hervorragende Köchin. Und auch sonst ziemlich clever. Sie könnte dir einiges beibringen.» Er grunzte. «Auch im Bett, wie ich gehört habe.» Ein ekliges Lachen rutschte ihm zwischen dem Speisebrei aus dem Mund. «Jedenfalls war sie sich nie zu schade, auch mit ihren Feinden zu vögeln, wenn es ihr genutzt hat. Sogar mit Radu hat sie gebumst. Angeblich nur, um ihn besser kennenzulernen und ihn von dem Gedanken abzubringen, sie könnte was mit der Sache zu tun haben.» Er nahm Laura das Glas aus der Hand und trank. «Wenn du mich fragst, braucht sie es einfach. Ich glaube, es macht sie geil, mit ihren Feinden zu vögeln. Der besondere Kick. Verstehst du?» Er trank. «Und wie ist es mit dir? Wen bevorzugst du? Freund oder Feind?» Er sah sie gierig an. «Ich kann beides sein. Je nachdem, wie du es willst.» Er stellte den Teller beiseite und näherte sich Lauras Lippen. Er stank nach Knoblauch. Anna hatte nicht damit gegeizt. Er presste seinen fischigen Mund auf Lauras und wollte mit der Zunge eindringen. Sie gestattete es, biss zu und spuckte Bertinis Blut sofort aus. Er schrie und gab ihr einen Faustschlag. Laura schlug mit dem Kopf an das Rohr, an das sie gekettet war. Es wurde dunkel um sie.

***

Radu stellte den Sprinter am Waldrand ab. Er ging den Rest zu Fuss. Erst wollte er durch die Fenster gucken. Nicht, dass er Laura misstraute, aber Anna war die Nachbarin von Monza. Und so konnten immer noch Leute von Bertini in der Nähe sein. Radu näherte sich Annas Grundstück von hinten. Er sah durchs Küchenfenster. Anna stand hinter dem Herd und rührte in einem grossen Topf. Wer das alles essen sollte? Der gescheitelte Schlacks mit der Brille, der am Küchentisch über seinem Laptop sass, bestimmt nicht alleine. Und für Laura und Radu war das auch zu viel. Zumal es schon halb zwei war. Vielleicht kochte sie vor? Warum war Laura nicht in der Küche? Wo war sie?

Radu hörte ein Geräusch. Es kam hinten von der Scheune. Jemand hatte die Tür geöffnet und näherte sich dem Haus. Das Licht der Strassenlaterne fiel auf ihn. Bertini. Was tat er hier? War es also doch eine Falle. Laura hatte ihn verraten. Oder hatte Bertini sie gezwungen, ihn hierherzulocken? Er schlich wieder ans Küchenfenster und wartete. Anna setzte den Deckel auf den Topf und drehte sich zu dem Schlacks. Sie sagte etwas zu ihm. Er sah von seinem Laptop hoch und machte eine beschwichtigende Geste. Die Tür ging auf. Bertini kam herein. Er gestikulierte gross, ging zum Wasserhahn und spülte sich den Mund aus. Anna stellte die Flamme am Herd kleiner und verliess die Küche. Bertini und der Schlacks wechselten Worte. Dann verliess auch Bertini die Küche. Der Schlacks bastelte weiter an seinem Laptop.

Radu hörte Stimmen. Er schlich die Wand entlang und sah Anna mit Bertini zur Scheune gehen.

«Wie blöde kann man sein? Hoffentlich ist sie nur bewusstlos. Wenn nicht, erklärst du das Enzo.»

Bertini erwiderte nichts. Die beiden verschwanden in der Scheune.

Radu huschte über den Hof und schlich hinterher. Auf dem Weg zog er vom Hackklotz eine Axt heraus.

Sie hatten die Tür einen Spalt offen gelassen. Radu zog den Bauch ein und schlüpfte hindurch. Er versteckte sich hinter einem Brennholzstapel und spähte durch einen Schlitz der geschichteten Scheite. Am Ende der Scheune standen Anna und Bertini mit dem Rücken zu ihm. Anna löste sich von Bertini und ging zwei Schritte nach rechts in die Tiefe. Radu erkannte Laura, die regungslos an ein Stahlrohr gekettet war. Wenn er mehr sehen wollte, musste er näher gehen. Er verliess sein Versteck und robbte sich hinter ein Wasserfass. Jetzt konnte er alles überblicken und hören.

«Geh und hol Wasser», sagte Anna.

«Im Haus?», fragte Bertini.

«Aus dem Fass.»

«Aus dem dort?» Bertini zeigte zu Radu.

«Bist du blöd? Wie soll in einem Fass in der Scheune Wasser sein?»

«Wenn das Dach undicht ist.»

«Ich glaube, dein Dach ist undicht. Draussen, rechts ums Eck. Unter der Dachrinne. Da steht ein Fass. Daneben ein Eimer. Mach schon.»

Bertini trottete davon. Radu liess ihn an sich vorbei, legte die Axt ab und folgte Bertini, sobald er aus der Scheune war. Radu konnte noch immer leise wie eine Schlange sein. Das hatte er bei Renard gelernt.

Bertini hob den Eimer auf und tauchte ihn in das Wasserfass. Radu packte Bertini bei den Füssen. Der verlor das Gleichgewicht und fiel nach vorne in das Fass. Radu drückte ihn mit dem Kopf unter Wasser. Bertini zappelte und kämpfte um Luft. Aber er sog nur Wasser in die Lungen. Radu zog ihn aus dem Fass. Bertini spie Wasser und japste. Radu nahm den Blecheimer und zog ihn Bertini scharf über den Schädel. Bertinis Glatze platzte, Blut quoll heraus. Er stolperte, wollte schreien, die Stimme versagte. Er sackte auf die Knie und kippte reglos nach vorn. Radu zog ihn hinter das Fass und füllte den Eimer mit Wasser. Er ging in den Schuppen und näherte sich Anna, die Laura ins Gesicht schlug.

«Sie lebt», sagte Anna, ohne sich umzudrehen. «Schütt ihr das Wasser über den Kopf. Dann ist sie wach.»

Radu kam hinter Anna zu stehen.

«Was ist? Muss ich alles selbst machen?» Sie drehte sich um und erschrak. Radu zögerte. Ein Fehler. Sie zog ein Messer. Radu stellte sich darauf ein, dass sie damit auf ihn losging. Sie war schlauer. Sie brachte sich hinter Laura und drückte ihr die Klinge an die Kehle. Laura schlug die Augen auf und starrte Radu an.

«Was hast du mit Bertini gemacht?»

«Liegt draussen.»

«Tot?»

«Noch nicht. Aber bald, wenn kein Arzt kommt.»

«So ein Idiot. Ein Schwätzer. Aber wir brauchen ihn. Wenigstens noch das eine Mal. Oder du springst für ihn ein.»

«Ich?»

«Ja. Aber das muss Enzo entscheiden.»

«Ich glaube, das habe ich zu entscheiden.»

«Willst du, dass die Kleine stirbt?»

«Was kümmert sie mich?»

«Anscheinend einiges. Sonst würdest du nicht dastehen und auf Zeit spielen.»

«Du spielst auf Zeit. Aber es wird dir nichts nützen. Bring sie um. Mach schon.»

Anna nahm die Klinge von Lauras Hals und stand auf. «Nein. Du hast recht. Es würde mir nichts bringen.»

Radu war überrascht. Er hätte nicht gedacht, dass sie so schnell aufgab.

«Weil dich dann mein Freund Felix auch noch erschiessen müsste. Und Enzo möchte dich gerne lebend wiedersehen.»

Radu drehte sich um. Hinter ihm stand der gescheitelte Schlacks. Eine Sig in der Hand. Wie hatte er ihn vergessen können? Weil er dem Kerl nicht zutraute, dass er gefährlich werden konnte. Es wurde Zeit für Radu, dass er abtrat. So viele Fehler hatte er noch nie gemacht. Kleinigkeiten. Aber Kleinigkeiten machten den Unterschied.

«Komm näher ran, damit du ihn auch triffst. Schiess ihm ins Bein, wenn er Dummheiten macht», sagte Anna. «Komm her, Zigeuner. Hier ist noch eine Schelle frei. Für jeden eine. Wie Eheringe. Romantisch, nicht?»

Radu gehorchte. Anna zog einen Schlüssel aus der Tasche und kettete Radus Gelenk in die zweite Schelle. Er setzte sich neben Laura.

«Entschuldigt uns jetzt. Wir haben zu tun.»

Anna gab Felix einen Wink. Die beiden verliessen die Scheune.

***

«Wer ist dieser Enzo?», fragte Laura.

«Ein alter Freund.»

«Der dich in die Falle lockt und ankettet?»

«Und vielleicht sogar meine Neffen getötet hat, weil sie ihm in die Quere gekommen sind.»

«Toller Freund.»

«Menschen ändern sich.»

«Du bleibst ein Killer.»

«Und du?»

«Ich weiss nicht, wer und was ich bin. Ich hatte ein Bild von mir, aber das löst sich immer mehr auf. Seit du in mein Leben getreten bist.»

«Und was war das für ein Bild?»

«Ich war die Gute. Ich hatte Moral, wusste, was richtig und was falsch war. Eine, die den anderen erklären konnte, wie das Leben tickt.»

«Und jetzt?»

«Habe ich einen Menschen getötet.»

«Tomaso.»

«Ja. Tomaso.»

«Macht dich das zu einem schlechteren Menschen? Du hattest deine Gründe, oder?»

Sie sah zu ihm. «Gründe? Man findet immer Gründe, seine Taten zu rechtfertigen. Wie viele Leute hast du getötet? Und wie viele Gründe kannst du nennen?»

«Frag mich lieber, welche Toten grundlos waren.»

«Alle. Kein Mord lässt sich rechtfertigen. Man kann immer andere Lösungen finden.»

«Und was wäre die andere Lösung bei Tomaso gewesen?»

«Ich hätte die Situation nicht herbeiführen dürfen.»

«Er hat sie herbeigeführt. Im schlimmsten Fall ihr beide. Es gehören immer zwei Seiten zum Töten.»

«Und eine dritte, die daran verdient. Hören wir auf damit. Wir sind beide keine Engel.»

«Sind wir deswegen Teufel?»

Sie schwiegen. Radu legte seinen Kopf an das Rohr. Die Kühle des rostigen Eisens tat gut.

«Was werden sie mit uns machen?», fragte Laura.

«Kommt darauf an.»

«Worauf?»

«Ob wir für Enzo von Nutzen sind.»

«Was kann ich ihm nutzen?»

«Er glaubt, dass ich dich mag. Er wird dich als Pfand handeln, damit ich ihm nutzen kann.»

«Aber du magst mich nicht. Ich bin dir egal. Oder?»

«Ich habe einen Deal mit dir. Und ich pflege meine Deals einzuhalten. Dafür bin ich bekannt. Ist altmodisch und gefährlich. Ob ich dich mag oder nicht, spielt keine Rolle. Ich möchte, dass du meine Biografie schreibst. Und dafür müssen wir beide überleben.»

«Also arbeitest du mit Enzo zusammen?»

Radu zuckte mit den Schultern.

«Heisst das, wir warten jetzt, bis Enzo kommt, und sehen dann weiter?»

«Hast du eine bessere Idee?»

«Ich würde gerne von hier verschwinden und mit der Biografie anfangen.»

«Kann ich verstehen. Nur habe ich leider keinen Schlüssel für die Eheringe.» Er ruckelte an der Schelle.

Laura zeigte ihm ihre gebogene Haarklammer. «Kannst du damit umgehen?»

Radu nahm ihr den Draht aus den Fingern und stocherte im Schloss seiner Schelle. Sie sprang auf. Er gab Laura den Draht zurück.

«Ich kann das nicht. Hab's schon versucht», sagte sie.

«Bei mir war es auch nur Zufall. Ich habe keine Zeit für Versuche. Enzo kann jeden Moment hier sein.» Er liess Laura zurück.

«Spinnst du? Du kannst mich hier doch nicht zurücklassen. Ich dachte, wir hätten einen Deal?» Sie bohrte auf Verdacht im Schloss der Schelle. Nichts sprang auf. Sie rüttelte am Rohr. Putz fiel ihr auf den Kopf. Sie sah, wie Radu aus der Scheune verschwand.

***

Bertini lag nicht mehr neben dem Fass. Sie hatten ihn fortgeschafft. Vielleicht ins Haus. Radu drückte sich gegen die Scheunenwand, damit kein Licht auf ihn fiel. Vor dem Haus tat sich etwas. Ein Transporter war angekommen. Drei Männer sprangen heraus. Zwei davon öffneten die Luke und räumten Gegenstände ins Haus. Einer sprach mit Anna.

Radu schlich im Dunkel an die Hinterseite des Hauses. Er hoffte, dass Anna gleich in die Küche gehen würde, um den Männern das vorbereitete Essen zu servieren. Er sah durchs Küchenfenster. Der Schlacks hockte wieder am Tisch und hing über seinem Laptop. Anna kam hinzu. Hinter ihr der Mann, mit dem sie gesprochen hatte. Er war es. Enzo. Er hatte sich kaum verändert. Ein wenig grau an den Schläfen. Aber immer noch in Form. Radus Herz schlug höher. Verklärte Vergangenheit. Doch er wusste, dass diese Freundschaft ein Verfallsdatum hatte und längst abgelaufen war. Jedenfalls von Enzos Seite.

Anna kam ans Fenster. Radu duckte sich. Sie kippte das Fenster.

«Hast du grossen Hunger?», fragte sie.

«Wie ein Löwe.» Enzos Stimme klang wie früher. Spitzbübisch. Jederzeit zu einem Streich aufgelegt. Das hatte Radu besonders an ihm gemocht. Diese Unbekümmertheit. Als wäre das Leben ein grosser Rummelplatz, auf dem man alles frei fahren durfte. Auf welcher Attraktion sie sich jetzt gerade amüsierten, wusste Radu nicht so recht. Achterbahn? Kettenkarussell? Losverkauf?

Er hörte Enzos Lachen. Anna lachte mit. Auch unbeschwert. Ja. Enzo konnte ansteckend sein. Ein grosser Verführer.

«Willst du gleich essen oder erst zu Radu?»

«Hungrig verhandelt es sich besser. Ausserdem möchte ich ihm nicht zu viel Zeit geben. Seine Stärke ist der unbedingte Trieb nach Freiheit. Er wird also bestimmt darüber nachdenken, wie er abhauen kann.»

«Willst du allein mit ihm reden?», fragte Anna.

«Ja. Nach all den Jahren hat es unsere Freundschaft verdient, dass wir uns alleine sprechen.»

«Die Kleine ist aber dabei.»

«Die stört nicht.»

«Ich bring dich rüber.»

Radu schob seinen Kopf über das Sims und sah, wie Enzo und Anna aus der Küche verschwanden. Es würde gleich Alarm geben, wenn sie entdeckten, dass Radu abgehauen war. Gleichzeitig konnte er schwer gegen alle antreten. Aber wenn er sie sich einzeln vorknöpfte, hatte er eine Chance.

Er lief ums Haus und sah die beiden Packer im Laderaum des Sprinters verschwinden. Er nutzte den Moment und schlich ins Haus. Er ging direkt in die Küche und verpasste dem Schlacks hinter dem Laptop einen Handkantenschlag ins Genick. Er nahm den Laptop und das Küchenmesser, mit dem Anna zuvor Fleisch geschnitten hatte, und verschwand aus der Küche. Durch die Haustür sah er die beiden Packer, die gemeinsam etwas aus dem Transporter schleppten. Radu trat hinter die Tür und liess die beiden vorbei. Er hatte keine Wahl. Die beiden musste er töten. Ohne Lärm liessen sie sich sonst nicht ausschalten. Er legte den Laptop ab, sprang hinter der Tür vor und überraschte die beiden mit zwei schnellen Schnitten an der Kehle. Sie röchelten, liessen die Ware fallen und sackten neben ihr aufs Parkett. Radu hob den Laptop auf und rannte aus dem Haus. Enzo und Anna waren bereits in der Scheune. Sie mussten längst bemerkt haben, dass Radu sich befreit hatte.

Radu hatte das Fass erreicht und lauschte. Es war nichts zu hören. Ein anderer hätte Alarm geschlagen. Nicht Enzo. Er hatte Radus Strategie erahnt, hätte genauso gehandelt. Sie hatten beide bei Renard gelernt.

«Was soll das? Was wollt ihr von mir?» Es war Lauras Stimme. Keine Antwort. Stille. Radu musste sich gedulden. Enzo rechnete damit, dass Radu auf Lauras Stimme reagieren würde. Er tat es nicht. Schulgemäss abwartend. Nicht provozieren lassen.

Laura schrie. Man hatte ihr wehgetan. Ein zweiter Schrei. Enzo verstand sein Fach. Hinter Radu schepperte es. Jemand war gegen den Blecheimer gestossen, mit dem Radu Bertini eins versetzt hatte. Radu rollte sich von der Scheune weg unter einen Traktoranhänger. Er sah Enzos Gestalt. Anna und er hatten sich aufgeteilt. Anna piesackte Laura, während Enzo Radu überrumpeln wollte. Mit einer Pistole hätte Radu Enzo jetzt knipsen können. Aber er hatte nur das Küchenmesser. Und einen Fehlwurf konnte er sich nicht leisten. Er musste sich weiter gedulden. Seine grosse Schwäche. Radus Blut kochte leicht. Das hatte Renard stets ausgenutzt.

Vor allem bei Ungerechtigkeit war Radu besonders anfällig; wenn es auf die Schwachen ging oder wenn Vereinbarungen nicht eingehalten wurden. Und Radu hatte eine Vereinbarung mit Laura. Sie hatte ihm geholfen, den dritten Mann zu finden, dafür sollte sie seine Biografie schreiben. Und um das zu tun, musste sie am Leben bleiben.

«Bring sie raus», rief Enzo. «Er soll sie sehen, wenn sie stirbt.» Enzo wusste genau, wo er ansetzen musste.

Anna kam mit Laura als Schild aus der Scheune.

«Radu. Komm, schliessen wir Frieden. Warum sollen wir uns bekriegen? Wir sind doch Freunde. Das mit deinen Neffen tut mir leid. Ich wusste nicht, dass sie zu dir gehören. Aber ich weiss, dass die Kleine zu dir gehört. Und du willst bestimmt nicht, dass es ihr so ergeht wie den beiden Grünschnäbeln. Hab ich recht?»

Radu hatte keine Wahl. Er wusste, dass Enzo Laura zumindest gleich ins Bein schiessen würde, um seine Ernsthaftigkeit unter Beweis zu stellen.

Radu kroch unter dem Anhänger hervor. Den Laptop in der einen Hand, das Messer im anderen Ärmel.

«Gib ihm Licht», sagte Enzo.

Anna leuchtete Radu mit einer Taschenlampe ins Gesicht. Radu sah nach unten, damit er nicht geblendet wurde.

«Schön, dich zu sehen, alter Freund. Bist gut im Futter. Trainierst du nicht mehr? Stimmt. Hast es nicht mehr nötig. Die harten Sachen lässt du mittlerweile von anderen erledigen. Aber siehst ja, was dabei herauskommt. Deine Neffen waren Nieten. Am Ende musst du doch aufs Parkett. Da ist es besser, du bist fit.» Er kam auf Radu zu. In der Hand hielt er eine Sig. «Ich weiss, dass es schlau wäre, dich jetzt umzunieten. Aber es gibt Leute, die haben andere Interessen. Und die stehen in der Hierarchie leider über mir. Eine Zwickmühle. Du wirst mich bei nächster Gelegenheit kaltmachen wollen. Das ist klar. Und ich verstehe es. Ehre und so weiter. Blabla. Aber wenn wir uns das diesmal sparen könnten und du meine aufrichtige Entschuldigung akzeptierst, bleibst du am Leben, kommst noch einmal ins grosse Geschäft, und alles ist gut. Was meinst du?»

«Wer hat Interesse, mit mir ins Geschäft zu kommen?»

«Alte Kunden. Sie vertrauen dir. Sie verzeihen dir sogar Guido Brentano. Nein. Viel mehr. Sie sind dankbar dafür, dass sie es nicht selbst erledigen mussten.»

«Der Monsignore?»

«Schlaues Kind.»

«Und was ist mit Renard?»

«Kleiner Fisch.»

«Und Silvia?»

«Verwandtschaft. Aber wollen wir nicht lieber drinnen reden? Ich habe Hunger. Und Anna ist eine traumhafte Köchin, wie du weisst.» Er grinste dreckig.

Ein Schuss krachte und splitterte das Holz des Anhängers, vor dem Radu stand. Sofort warf er sich auf den Boden. Ein zweiter Schuss. Ein Schrei. Erst dachte Radu, es hatte Laura erwischt. Aber es war Anna, die auf den Boden fiel und wimmerte. Die Schüsse kamen aus der Richtung des Hauses. Enzo verschanzte sich hinter dem Regenfass und zielte in die Richtung. Radu robbte zu Laura, die sich ebenfalls auf den Boden geworfen hatte. Er zog sie am Arm. Wieder krachte ein Schuss. Enzo war zu Anna gekrochen und hatte die Taschenlampe genommen. Er zielte damit in die Richtung des Schützen. Radu erkannte Bertini.

«Bertini, du Idiot! Hör auf mit dem Scheiss. Ich bin es. Enzo.»

Radu nutzte die Ablenkung und zog Laura mit sich fort. Sie rannten hinter der Scheune bis zu dem Sprinter, den Radu abgestellt hatte, sprangen hinein und fuhren davon.

ZEHN

«Fahren wir nach Zürich?», fragte Laura, die aus ihrem Schock gar nicht mehr herauskam.

«Wieso Zürich?»

«Ich meine bloss. Nur weg von hier. In ein Flugzeug. Am besten nach Brasilien.»

«Dort darf ich nicht hin.»

«Nach Zürich?»

«Nach Brasilien.» Radu blickte zu ihr und lächelte. Sie sah sehr mitgenommen aus.

«Was für die Biografie?», fragte sie schwach und mit einem Hauch von Zynismus.

«Richtig. Tolle Story, wenn man sie überlebt.»

«Überleben wir diese hier?»

«Wird eng.»

«Und warum hauen wir dann nicht ab?»

«Weil ich zu alt bin, um ohne Geld noch mal von vorne anzufangen.»

«Ich dachte, du hast Geld. Immerhin hast du mir einiges für deine Biografie angeboten.»

«Wenn ich diese Runde nicht gewinne, komme ich an mein Geld nicht mehr ran.»

«Verstehe ich nicht.»

«Ich habe investiert.»

«In den Kunsthandel mit der ISIS?»

«Auch. Es ist komplizierter.»

«Es langweilt mich, wenn es zu einfach ist.» Sie rang sich ein Lächeln ab, das ihr helfen sollte, sich zusammenzureissen.

«Ich habe einen grossen Grabenkampf in Bukarest. Lupescu heisst der Kerl. Er will mich aus dem Markt drängen. Es gilt: er oder ich.»

«Und was hat das mit hier zu tun?»

«Wenn ich hier nicht spure, wie es einige Leute gerne wollen, dann ergreifen sie Partei für Lupescu.»

«Reicht Enzos Arm so weit?»

«Enzo? Nein. Er ist Soldat geblieben. Sein Arm reicht nur so weit, wie er schiessen kann. Aber die Worte des Monsignore reichen sehr weit.»

«Er kann dich knicken?»

«Ja, und er hat damit gedroht.»

«Und warum tust du nicht, was der Monsignore will?»

«Weil ich kein Soldat mehr bin. Ich bin schon vor Jahrzehnten desertiert, weil ich keine Befehle mag.»

«Aber du hast doch schon öfters für den Monsignore gearbeitet, oder? Sieh es doch als Geschäft an.»

«Das kann ich nicht. Diesmal geht es um die Familie.»

«Hast du deine Neffen sehr geliebt?»

«Nein, sie waren Vollidioten. Aber die Söhne meiner Schwester. Und die liebe ich sehr. Vielleicht die einzige Frau, die ich je wirklich geliebt habe.»

«Und für die du bereit bist, alles zu verlieren? Was hat sie davon, wenn Lupescu dich vom Markt fegt?»

«Es ist ihr egal, solange sie ihre Söhne gerächt weiss. So ist das nun mal bei uns.»

«Wie im Mittealter.»

Er zog aus seiner Jackentasche ein Päckchen Zigaretten. «Stört es dich, wenn ich eine rauche?»

«Wenn du mir auch eine gibst, nicht.»

Er reichte ihr das Päckchen. Laura glühte den Anzünder vor und wartete, bis er raussprang. Sie gab Radu und sich Feuer. Sie pafften still. Laura kramte in dem Plastiksack, der vor ihren Füssen lag, und zog zwei Dosen Bier heraus. «Auch eins?»

Radu nickte und öffnete das Fenster einen Spalt. Laura öffnete die Dosen und reichte Radu eine. Sie tranken.

«Also, wohin?»

«Zwischen Ascona und Brissago.»

«Was gibt es dort?»

«Gute Glacén.»

«Ausserdem?»

«Abenteuer.»

«Gut so. Ich fing gerade an, mich zu langweilen.» Sie nahm

einen kräftigen Schluck. «Oh, das zieht rein. Ich habe noch nichts gegessen.»

«Jetzt werden wir wohl kaum noch was finden.»

«Tankstelle vielleicht. Ich kenne eine, die hat rund um die Uhr offen. In Brissago. Direkt an der Grenze.»

«Schaffst du es bis morgen?»

«Ich esse einfach Bier.» Sie lachte und trank, verdrehte müde die Augen und lehnte ihren Kopf an Radus Schulter. «Ich hoffe, du nutzt das nicht aus», sagte sie, warf die Zigarette in die leere Bierdose und schloss die Augen.

Radu fuhr den Sprinter in den Wald, parkierte ihn und überliess Laura die Sitzbank zum Schlafen. Er stieg aus, pinkelte, warf die Zigarette ins nasse Gras und öffnete den Laderaum des Sprinters. Er fand zwei Wolldecken. Die eine schlug er über Laura, die andere legte er auf den kalten Blechboden des Laderaums. Er legte sich drauf und versuchte zu schlafen. Enzos Gesicht tanzte vor ihm herum. Es wechselte mit dem angstverzerrten Blick des Freundes, als Radu ihn über dem Abgrund gehalten hatte. Radu liess ihn nicht los. Enzo stürzte nicht ab. Hätte er es nur getan. Dann hätte er jetzt keine Sorgen. Aber dann hätte ihn das schlechte Gewissen nie losgelassen. Am Ende war es egal, warum man nicht schlafen konnte. Laura hatte davon gesprochen, einfach abzuhauen. Über Zürich nach Südamerika. Sie hatte keine Ahnung, wie vernetzt das Spiel lief. Wenn Radu hier keinen Punkt setzte, blieb er ewig ein Gejagter. Er konzentrierte sich auf seinen Atem und kam zur Ruhe. Jetzt konnte er schlafen.

***

Laura rieb sich den Schlaf aus den Augen und wischte die beschlagene Fensterscheibe frei. Sie massierte sich den verspannten Nacken, gähnte und nahm wahr, dass Radu nicht da war. Sie stieg aus, ging zum Laderaum des Sprinters und öffnete die Tür. Radu war fort. Wo war er hin? War er gestern noch zu Fuss irgendwohin? Vielleicht zurück zu Enzo und Anna? Oder war er nur zum nächsten Bäcker gegangen, um frische Brötchen und Kaffee zu holen? Absurd. Sie musste lachen über den Gedanken. Das war kein

Campingbus, sondern die Kiste von Gangstern, die Geschäfte mit Terroristen machten. Und sie waren nicht in den Ferien, sondern auf der Flucht. Aber vor wem? Was, wenn Enzo der Gejagte und Radu der Jäger war? Sie waren beide Gangster. Nur empfand Laura mittlerweile mehr für Radu, als sie sich erlauben wollte. Ob es daran lag, dass sie selbst einen Menschen getötet hatte? Nahm man es deshalb nicht mehr so ernst, was Gut und Böse anbelangte?

Sie ging in den Wald. Kein Radu. Sie lief zur Strasse. Nichts. Sie kehrte zum Sprinter zurück und sah nach, ob Radu den Autoschlüssel mitgenommen hatte. Er steckte im Zündschloss. Ihr Handy hatte keinen Akku mehr. Anrufen konnte sie ihn nicht. Warum sollte sie hier auf ihn warten? Wenn er gewollt hätte, hätte er ihr eine Nachricht hinterlassen können. Vielleicht wollte er einfach verschwinden. Es war leichter für ihn ohne sie. Sie hatte ihn erst gestern an den Rand des Abgrunds gebracht. Und was er von Ehre und Deal faselte, war nichts wert. Sie machte sich klar, dass er ein Verbrecher war und nicht jemand, der aus Notwehr einen anderen Menschen tötete. Radu tötete, wenn es ihm nutzte. Das war der Unterschied. Laura und er hatten nichts gemein. Sie zündete den Wagen und fuhr los. Die Tanknadel zeigte halb voll. Ein Diesel. Damit würde sie es noch bis Luzern schaffen.

***

Radu schlug die Augen auf. Er richtete sich auf und sah sich um. Er sass im nassen Laub und erinnerte sich. Er war aufgewacht, weil die Blase gedrückt hatte. Kaum eine Nacht, die er durchschlief. Er war etwas weiter in den Wald gegangen, um zu pissen. Dann war ihm schwindlig geworden, und er war umgefallen. Schon das vierte Mal in diesem Jahr, dass ihm das passierte. Zwei Mal war es zu Hause gewesen, seine Schwester hatte ihn beide Male gefunden. Sie hatte ihn auch zum Arzt geschickt. Er war gegangen, aber alle Untersuchungen hatte er noch nicht hinter sich. Dickes Blut hatte man ihm attestiert. Er bekam Blutverdünner, die er daheim regelmässig einnahm. Hier hatte er es vergessen. Radu erinnerte sich an die letzte Attacke im August. Beim Landeanflug auf Zürich.

Er hatte im Flugzeug geschlafen. Bei der Landung weckte ihn ein stechender Schmerz in der linken Brust. Er schwitzte wie ein Ross in der Mittagssonne. Klatschnass. Und er wartete, bis alle ausgestiegen waren. Der Schmerz hatte nicht nachgelassen. Aber Radu wollte kein Aufsehen. Keinen Notarzt. Er hatte am nächsten Tag ein wichtiges Treffen mit Amon gehabt. Er hatte sich trotz Höllenschmerzen im Brustkorb aufgerafft und war gegangen. Solange er gehen konnte, hatte er gedacht, so lange lebte er. Wenn er umfallen würde, konnte er eh nichts mehr tun. Aber er war nicht umgefallen. Er war auf den Laufbändern durch den Flughafen gestapft, krampfhaft seinen Aktenkoffer in der Hand haltend. Als die Schiebetür des Ausgangs sich öffnete, hatte Radu gedacht, es sei das Tor zu Himmel oder Hölle. Unter den vielen Wartenden hatte er einen langen Kerl in schwarzem Anzug gesehen, der einen Karton in die Höhe hielt, auf dem «Radu Steiner» geschrieben stand. Radu war sich ganz sicher gewesen, dass er nicht in Zürich, sondern im Jenseits gelandet war. Das Herz krampfte noch immer. Tausend Nadeln stachen ins Gewebe. Radu war auf den Mann zugegangen. Der hatte gelächelt und ihn auf die Rückbank einer schwarzen Stretch-Limousine verfrachtet. Sie waren losgefahren. Viel Beinfreiheit. Radu hatte die Augen geschlossen und sie erst wieder geöffnet, als sie am Ziel angekommen waren. Er hatte das Dolder Grand erkannt, eingecheckt und sich auf sein Zimmer gelegt. Als er einen Anruf von Amon bekam, war ihm klar geworden, dass er noch lebte.

Er raffte sich auf und schlurfte geschwächt zum Sprinter zurück. Der Wagen war fort. Laura hatte ihre eigenen Pläne. Radu zog Tomasos Handy und wählte Amons Nummer. Solange er Amon sprechen konnte, war er noch diesseits im Rennen.

«Amon, ich muss dich treffen … und jetzt keine Ausrede. Du musst dich jetzt bekennen … ich weiss, aber es geht nicht anders … ich werde es auch keinem erzählen … in einer halben Stunde an der Centovallibahn in Camedo.» Er legte auf und marschierte los.

Es war nicht ungefährlich, an der Strasse entlangzugehen. Jemand von Enzos Leuten konnte ihn zufällig sehen. Radu musste es riskieren. Auf der Strasse war er schneller. Vielleicht nahm ihn sogar jemand mit, wenn er trampte.

Ein Van fuhr vorbei. Getönte Scheiben. Er machte keine Anstalten, anzuhalten. Radu marschierte weiter. Von vorne kam ein Traktor. Sollte er den Fahrer vom Bock hauen und sich den Traktor schnappen? Albern.

Ein Motorrad rauschte an ihm vorbei und bremste zwanzig Meter vor ihm. Deutsches Kennzeichen. München. Es wendete und fuhr auf Radu zu. Der Fahrer hielt und nahm den Helm ab. Eine Frau, schneeweisses Haar, strahlend blaue Augen und eine Mischung von Sommersprossen und Altersflecken im Gesicht, lächelte ihn an. «Entschuldigung. Ich glaube, ich habe mich verfahren», sagte sie.

«Wohin wollen Sie denn?»

«Nach Locarno.»

«Die Richtung stimmt.» Er zeigte nach vorn. «Können Sie mich ein Stück mitnehmen?»

«Ich habe keinen zweiten Helm.»

«Hier kontrolliert keiner. Ist schon fast Italien.»

Sie sah ihn an, prüfte, ob er ihr geheuer war, und setzte sich den Helm auf. «Steigen Sie auf und halten Sie sich gut fest.» Sie drehte das Motorrad und klappte das Visier runter. Radu setzte sich und fasste sie an den Hüften. Sie nahm seine Hände und legte seine Arme um ihren Bauch. Jetzt hing er an ihr wie ein Klammeraffe. Sie fuhr los.

***

Laura fuhr durch Locarno. Hier war sie zu Hause. Was wollte sie in Luzern? Oder Zürich? Wie weiter ohne Geld? Die Story verkaufen? An wen? Wem konnte sie trauen? Noch nicht einmal Dani war, was sie schien. Auch sie hing mit drin. Bertini hatte geplaudert. Zu früh. Er hatte nicht damit gerechnet, dass Laura noch einmal entwischte. Sie musste handeln. Nicht davonlaufen. Stehen bleiben und hier kämpfen. Gegen Enzo hatte sie keine Chance. Er würde sie kaltmachen. Jetzt war sie kein Druckmittel mehr für Radu. Sie war Radu egal. Warum war er sonst abgehauen, als sie geschlafen hatte? Nein. Sie war ihm nicht egal. Er war gekommen, um sie da rauszuholen, obwohl er gewusst hatte, dass es eine Falle war.

Sie sah auf die Uhr neben dem Tachometer. Es war halb acht. Dani kam immer erst um neun in die Redaktion. Jetzt war sie noch zu Hause. Laura fuhr den Lido entlang und bog links ab. Oben am Hang lag Danis Villa. Familienerbstück. Alteingesessen.

Laura parkierte den Sprinter und stieg aus. Sie sah sich um. Niemand, den sie verdächtig empfand. Eine Mutter, die ihr Kind in die Schule brachte, zwei Stadtarbeiter, die Laub von der Strasse bliesen, und ein Mädchen, das seinen Labrador Gassi führte.

Um zum Grundstück zu gelangen, musste man einen engen, von zwei Mauern gesäumten Weg nach oben gehen. Wenn es stark regnete, wurde aus dem Weg ein kleiner Bach. Jetzt war er nur glitschig. Auf manchen Steinen wuchs Moos. Dani war letztes Jahr darauf ausgerutscht und hatte sich das Bein gebrochen. Laura hatte ihr auch auf den Gips geschrieben. Da war zwar Danis Bein kaputt, aber Lauras Welt noch heil.

Laura stand vor dem eisernen Tor und läutete. Sie wusste, dass Dani keine Kamera installiert hatte, also durfte sie hoffen, reingelassen zu werden.

Die Gegensprechanlage knarzte. «Ja? Wer ist da?»

«Anna», sagte Laura und drückte ihre Stimme etwas tiefer. Sie klang dadurch nicht ganz wie Anna, aber durch die Sprechanlage konnte es funktionieren.

«So früh schon? Bist du verrückt?» Auch Danis Stimme klang nicht wie in natura.

«Mach auf. Es ist dringend.»

Der Summer brummte. Laura drückte das Tor auf und ging hinein. Sie liess die Tür hinter sich angelehnt und ging über die Granitplatten zur Villa. Dani stand in der Tür und erschrak, als sie Laura sah. Laura rannte, damit Dani die Tür nicht zuschlagen konnte.

«Was ist mit dir? Warum sagst du, du wärst Anna?»

Laura stiess Dani ins Haus und schloss die Tür hinter sich. Sie packte sie am Kragen ihres Morgenmantels und schob sie in den Flur. «Die Fragen stelle ich.»

«Wie siehst denn du aus? Ganz verkratzt. Und du stinkst. Du solltest erst einmal ein Bad nehmen.» Dani hatte sich wieder im Griff. Wie Laura diese Souveränität hasste. Früher hatte sie Dani dafür bewundert. Jetzt fühlte sie sich dadurch provoziert. «Halt dein gespritztes Maul. Oder ich bring dein Botox zum Platzen.»

Dani sah Laura düpiert an und lachte. «Seit wann klopfst du solche Sprüche? Das passt nicht zu dir. Ebenso wenig wie Investigation. Du willst immer mehr, als du bist. Das ist dein Fehler.»

«Und was will ich jetzt?»

«Geld?»

«Richtig.»

«Du enttäuschst mich. Ich dachte, es ginge dir um die Wahrheit.»

«Die weiss ich jetzt. Aber die kauft mir keiner ab.»

«Und weshalb sollte ich dann dafür bezahlen, dass du sie nicht sagst?»

«Überleg dir was.»

«Bleibt Zeit für einen Kaffee? Dann kannst du dich duschen. Ich bringe dir auch was Frisches anzuziehen. Du kennst dich hier ja aus.» Dani ging in die Küche.

Laura sah ihr verdattert nach. Warum war Dani so cool? Hatte sie keine Angst, dass Laura Ernst machen konnte? Oder spielte sie auf Zeit? Erwartete sie jemanden? Anna? Oder gar Enzo?

Laura folgte Dani in die Küche. «Ich mag meinen Geruch gerade. Er passt zu meiner seelischen Verfassung.»

Dani stellte zwei Tassen unter die Kaffeemaschine, drückte den Knopf und liess den Kaffee einlaufen.

«Woher kennst du Anna?», fragte Laura.

«Vom Internat.»

«Was?»

«Ja. Wir waren beide zusammen im Internat. Danach hatten wir uns zwar für eine Weile aus den Augen verloren, aber das tat unserer Freundschaft keinen Abbruch.»

«Hat sie dich in das Geschäft gebracht?»

«Ja.»

«Und Bertini? Wie kam der da rein?»

Dani lachte. «Der hat schon immer die Hand aufgehalten. Wir leben hier an der Grenze zu Italien. Hier wird nicht nur gependelt, auch gehandelt. Und es war schon immer so, dass man mit Handel am meisten verdient.»

«Und warum du?»

«Weil die Zeitung am Ende ist. Nach drei Generationen darf ich den Schlüssel umdrehen. Das ist kein schönes Gefühl. Ich schreibe seit vier Jahren nur noch rote Zahlen. Die Werbeanzeigen wandern alle online. Eigentlich hätte ich schon vor zwei Jahren dichtmachen müssen.» Sie nahm die Tassen von dem Automaten und reichte eine davon Laura. Laura trank einen Schluck. «Und jetzt? Verdienst du dein Geld mit geraubter Kunst aus dem Orient?»

«Was ist dabei? Ob das Zeug im Wüstenstaub verschwindet oder die Villa eines Liebhabers schmückt, wen kümmert das? Und wenn ich daran ein paar Franken verdiene, tut das keinem weh.»

«Du unterstützt damit die ISIS. Eine Terrororganisation, die Menschen vor laufender Kamera köpft und Kinder verkauft.»

«Jeder Staat, der sich behaupten will, hat mindestens einmal jemanden öffentlich hingerichtet und Kinder verkauft. So funktioniert die Welt.»

«Hör auf damit. Das ist zynischer Unsinn und rechtfertigt dich nicht.»

«Muss ich mich rechtfertigen? Ich soll dir doch nur Geld geben, oder? Das genügt dir doch auch in dem Fall. Aber an dem Geld ist Blut. Wie an jedem Geld. Und trotzdem nimmst du es auch.» Sie trank. «Wie viel willst du?»

«Keine Ahnung. Ich brauche nur etwas für die erste Zeit. Damit ich irgendwo neu anfangen kann.»

«Übernimm doch den ‹Anzeiger›. Ich ziehe mich zurück, du leitest den Laden nach deinem Geschmack und kriegst ein gutes Gehalt als Geschäftsführerin.» Sie leerte die Tasse. «Und du brauchst dir keine Sorgen machen, ob und wie das Blatt finanziert wird. Die Themen sind frei. Kein Volleyball. Keine Altersheimanlässe. Politik, Finanz, Kultur, Gesellschaft. Was immer dich interessiert. Du kannst dein eigenes Profil kreieren.»

«Du willst mich kaufen?»

«Du erpresst mich, und ich mache dir ein Angebot.» Sie stellte die Tasse auf den Küchentisch. «Na? Was ist? Wenn ich dir Geld gebe, bleibst du ewig auf der Seite der Ohnmacht. Das Geld ist schnell verbraucht. Aber als Geschäftsführerin und künftige Teilhaberin einer unabhängigen Zeitung kannst du eine gewisse Macht entwickeln und Dinge zum Guten lenken.»

«Das ist zynisch.»

«Nein. So läuft das Leben.»

Laura stellte die Tasse neben der anderen ab. «Ich gehe duschen.»

Dani trat einen Schritt auf Laura zu und streichelte ihr über den Kopf. «Schlaues Kind. Du wirst es nicht bereuen.»

Laura verliess die Küche.

«Frische Handtücher findest du in dem blauen Schrank.»

Laura ging ins Badezimmer. Das erste Mal war sie hier mit neun gewesen. Da hatte ihr Vater noch gelebt. Er hatte sie zu Dani gebracht. Lauras Mutter war nicht mitgekommen. Sie hatte Dani nicht gemocht. Laura hatte erst mit vierzehn herausgefunden, aus welchem Grund. Es war der einfachste Grund, den es zwischen Frauen gab. Eifersucht. Dani war erfolgreich und attraktiv, wach und klug. Und sie war ehrgeizig. Das hatte Lauras Vater gefallen. Dani hatte ihn verführt, und er war ihr hörig gewesen. Laura war erst böse auf sie gewesen, später konnte sie ihren Vater verstehen. Dani konnte überzeugen. Sie war die beste Verkäuferin der Welt. Und Lauras Mutter war eine graue Maus gegen sie. Laura hatte in die Kissen geheult. Nicht, weil ihr Vater die Mutter mit Dani betrog, sondern weil sie selbst es nachvollziehen konnte. Die Versuchung, die Dani ausstrahlte, war zu gross. Man wollte von ihr kosten. Und jetzt frass Laura selbst den Köder, den ihr Dani hingeworfen hatte.

Laura zog die schmutzigen Klamotten aus und stieg unter die Dusche. Sie drehte das Wasser an und schloss die Augen. Es trommelte warm auf ihren Kopf.

***

Radu stieg vom Motorrad ab. Die Fahrerin schob das Visier nach oben, zwinkerte Radu zu und fuhr davon. Er sah ihr nach, bis sie ein kleiner Punkt war. Sehnsucht überfiel ihn. Sehnsucht, ebenfalls zum Horizont zu fahren. Dem Sonnenaufgang entgegen. Warum war er nicht auf dem Motorrad geblieben? Warum hatte er nicht einfach gesagt: «Fahr los. Egal wohin. Ich komme mit.»

Er sah sich um. Zwei Männer warteten auf die Bahn. Amon war nicht zu sehen. Radu blickte auf die parkierten Autos. Schnittige Neuwagen. Darunter ein blauer verbeulter Opel Ascona. Die Fahrertür öffnete sich. Amon stieg aus und winkte Radu. Radu ging hin und nahm auf dem Beifahrersitz Platz. Amon klemmte sich hinters Steuer, startete den Wagen und fuhr los.

«Na, wie findest du die Kiste?»

«In den Siebzigern war sie bestimmt unauffällig.»

«Ich habe sie mir ausgeliehen. Von dem Glacémann in Ascona. Er hat den Wagen nur wegen des Namens.»

«Verwegen.»

«He, was ist los? Warum so schlechte Laune?»

«Weil ich verarscht werde.» Er sah Amon scharf an.

«Nicht von mir. Wäre ich sonst hier?»

«Kommt darauf an.»

«Worauf?»

«Welche Rolle du spielst.»

«Du kennst meine Rolle. Ich bin das Öl im Getriebe. Nicht mehr. Aber auch nicht weniger.»

«Du wusstest mehr, als du mir gesagt hast.»

«Das ist Teil meiner Rolle.»

«Du hättest mir sagen können, dass Enzo am Leben ist.»

«Was? Enzo lebt?»

«Versuch es noch mal. Das war ziemlich schlecht. Und es wundert mich, dass du noch lebst, wenn du es nicht besser kannst.»

«Na gut. Ich wusste es. Und wenn schon. Ich mache Geschäfte mit ihm. Wenn ich allen erzählen würde, welche Totgeglaubten noch ihr Unwesen treiben, könnte ich aufhören. Ich lebe davon, dass ich Dinge weiss und nicht jedem auf die Nase binde.»

«Ich bin nicht jeder.»

«Aber in dem Fall ging es nicht. Ich hatte keine Ahnung, dass dein Geschäft auch sein Geschäft ist. Dummer Zufall.»

«Weiss Enzo davon?»

«Wovon?»

«Dass du mich zu Renard bringst?»

«Nein. Natürlich nicht. Jedenfalls nicht von mir.»

«Von wem sonst?»

«Vielleicht sein Instinkt? Er ist kein Dummkopf. Er wird sich deine Optionen ausrechnen und in Erwägung ziehen, dass Renard eine für dich sein könnte. Da braucht es mich gar nicht.»

«Dann bist du ja wieder mal aus dem Schneider.»

«Du bist ungerecht. Ich riskiere hier meinen Arsch für dich, und du tust, als wäre das hier eine Sonntagsfahrt für mich. Weisst du, was Enzo mit mir macht, wenn er erfährt, dass ich dich mit Renard verkupple?»

«Erstens hast du mich schon längst mit Renard verkuppelt, und zweitens wirst du es ihm genauso geschmeidig erklären können wie mir eben deine Treue zu Enzo.»

Amons Handy klingelte. Er zog es aus seiner Jacke und nahm den Anruf entgegen. «Ja? … Ah, Roger … tut mir leid, mit Vedenski selbst habe ich noch nicht gesprochen. Aber der Monsignore wollte sich darum kümmern … den erreiche ich nicht. Es ist alles explosiv gerade … ja, wie immer … ich melde mich … rede selbst mit Vedenski. Vertröste ihn. Er kriegt die Waffen pünktlich.» Amon atmete schwer aus und steckte das Handy in die Jacke zurück. Er merkte Radus fragenden Blick und verzog das Gesicht. «Andere Geschichte. Willst du gar nicht wissen.»

«War das Stahl? Du hattest ihn mir als Joker versprochen.»

«Ich weiss. Aber es knallt gerade überall. Und da der Schattenmarkt in letzter Zeit viele gute Leute verloren hat, kann ich mir keinen Luxus leisten.»

«Und wo ist Stahl? In der Ukraine?»

Amon schwieg.

«Arbeitet er wieder mit dem Monsignore zusammen? Ich dachte, er wäre ausgestiegen.»

Amon sah zu Radu. «Bist du so naiv? Keiner kann aussteigen. Nicht für immer. Höchstens für ewig.»

***

Dani sass auf dem grossen Balkon, von dem man Locarno und den See sehen konnte. Sie tippte in ihren Laptop und sah nicht auf, obwohl Laura schon eine Weile neben ihr stand und sie musterte.

«Hast du Hunger? Wollen wir frühstücken?», fragte Dani und tippte weiter.

«Was schreibst du?»

«Deine Rezension über Wilhelm Tell.»

«Und? Wie fällt sie aus?»

«Sehr gut. Begeistertes Publikum, tosender Beifall, da capo und Bravos.»

«Hat dir das Felix erzählt?»

«Nein. Er hat mir nur gesagt, dass du den Monsignore belauscht hast.» Sie hörte auf zu tippen und sah zu Laura. «Blau steht dir gut. Du solltest es öfters tragen. Ich habe das Kleid in Mailand gekauft. Eine Schande, dass ich nicht mehr reinpasse. Aber deswegen zu hungern kommt nicht in Frage.»

«Woher kennst du Felix?»

«Er wurde mir empfohlen.»

«Von wem?»

«Anna. Weisst du, dass sie mit deinem Freund geschlafen hat?»

«Steiner ist nicht mein Freund.»

«Aber er kam, um dich aus Enzos Klauen zu retten.»

«Bin mir nicht sicher, ob es dabei um mich ging.»

«Bestimmt nicht. Radu Steiner ist ein Verbrecher. Dagegen ist Enzo ein Waisenknabe. Es ist gut, dass du jetzt auf die richtige Seite gefunden hast.»

«Warum hast du mich nicht früher eingeweiht?»

«Wie hättest du reagiert? Du wolltest mich vor einer Stunde noch erpressen für das, was ich tue.» Sie klappte den Laptop zu. «Ich wundere mich sowieso über deinen plötzlichen Wandel. Hätte nicht gedacht, dass du so rasch käuflich bist.»

«Hast du eine Zigarette?»

«Drinnen. Auf dem Klavier. Neben dem Notenstapel. Das Feuerzeug muss auch dort liegen.»

Laura ging in den Salon und nahm sich eine Zigarette aus dem Päckchen. Sie steckte die Zigarette an, setzte sich auf den Hocker und begann Klavier zu spielen. Sie hatte keine Idee, was sie spielte. Die Finger übernahmen das Kommando. Laura hörte noch nicht einmal, was sie klimperte. Zwischendurch nahm sie die Zigarette aus dem Mund, kippte die Asche ab und rauchte, ohne dabei mit dem flüssigen Spiel aufzuhören. Sie beendete das Spiel, drückte die Zigarette aus und starrte auf die Tasten.

«Das war sehr schön. Du solltest dir wieder mehr Zeit dafür nehmen», sagte Dani, die hinter Laura getreten war.

«Aus der Realität in die Musik flüchten? Meinst du das?»

«Auch die Musik ist real.»

Laura nahm sich eine zweite Zigarette. Es klingelte an der Tür. «Deine Freunde?», fragte Laura.

Dani nickte.

Laura zündete die Zigarette an, nahm sich das oberste Notenblatt vom Stapel und legte es auf. Debussy. «L'Isle Joyeuse». Sie begann zu spielen.

***

Renard liess sie warten. Sein Knecht hatte gesagt, er würde noch zu Ende trainieren. Sie sollten es sich auf der Terrasse gemütlich machen. Amon kaute an einer Brioche, Radu hatte keinen Appetit. Er wollte lieber duschen und seine Klamotten wechseln. So stank er wie ein Scharfschütze, der seinen Posten nicht verlassen durfte.

«Fast so schön hier wie bei dir in Bukarest», sagte Amon und wischte sich die Krümel vom Hemd. «Ich war lange nicht mehr bei dir.»

«Trotzdem sehen wir uns viel zu oft.»

Amon lachte. «Den Humor kannst du dir für Renard aufsparen. Der steht bestimmt darauf.»

Radu stand auf.

«Was machst du?», fragte Amon. «Willst du etwa wieder gehen?»

«Ich schaue mir den Park an. Bleib ruhig sitzen. Kannst meine Brioche auch noch essen.»

«Danke. Sehr freundlich.» Amon nahm sie.

Radu stieg die Stufen der Terrasse hinab und ging über den kurz geschorenen Rasen. Ein Gärtner fischte Laub aus dem Swimming-Pool. Er grüsste Radu und fischte weiter. Radu sah ihm dabei zu. Das tote Laub erinnerte ihn an seine Neffen. Sie hatte man auch tot aus dem Wasser gefischt. Radu hatte nie gefragt, wer es gewesen war, der sie gefunden hatte. Er hatte immer auf den dritten Mann getippt. Enzo. Aber warum war Enzo nicht einfach abgehauen, nachdem er die beiden getötet hatte? Warum hatte er bei Dr. Wagner angeklopft? Und warum hatte Bertini Monza beseitigt? Er war Enzos Onkel. Enzo hätte nicht zugelassen, dass Bertini ihn in Säure auflöste. Etwas passte nicht zusammen. Oder kannte Radu einen anderen Enzo? War Enzo nicht mehr der, mit dem er einst von Renard geschunden worden war? Menschen veränderten sich. Aber im Kern bleiben sie doch dieselben. Oder nicht?

«Willst du eine Runde schwimmen?» Es war Renard, der im Bademantel neben Radu stand. «Zehn Bahnen. Wer gewinnt, darf den anderen unter Wasser tunken.» Renard grinste herausfordernd und liess den Bademantel fallen.

«Ich habe keine Badehose.»

«Schwimm nackt. Das bist du sowieso schon.»

Radu zog seine Kleider aus. Renard musterte ihn. «Ein bisschen fett geworden. Du hattest schon immer ein kleines Phlegma. Deswegen musste ich dich auch besonders hart anpacken.»

«Wer ist Schiedsrichter?»

«Ich.» Er sprang ins Becken und schwamm los. Unfair und provokant wie immer. Radu sprang hinterher und kraulte. Er zog kräftig, um aufzuholen, dann hielt er das Tempo. Eine Bahn betrug fünfundzwanzig Meter. Da musste Radu haushalten. Renard war eine ganze Länge vorn. Er wendete elegant und schoss Radu entgegen. Radu verlor die Konzentration und patzte bei der Wende. Er musste arbeiten, um aufzuschliessen. So kam es bei jeder Wende. Wenn er die Strategie bis zum Ende beibehielt, würde er verlieren. Er musste mehr investieren. Es war eine Frage des Zeitpunkts. Wenn er zu früh loszog, würde er den Dreier-Rhythmus aufgeben müssen, das würde ihn mehr Luft kosten. Und je mehr er schnappen musste, umso langsamer würde er werden. Er entschied sich in Runde sieben, alles auf eine Karte zu setzen, und schaufelte an Renard vorbei. Renard dachte gar nicht daran, das Tempo zu erhöhen. Er behielt seinen regelmässigen Zug bei. Radu gewann an Metern, verlor aber wieder bei der Wende. Die achte Bahn wechselte er bereits auf einen Zweierzug. Er spürte, wie die Arme schwächer wurden. Er paddelte zu viel mit den Beinen. Er war es vom Tauchen gewohnt, dass die Flossen die Arbeit übernahmen. Er sah sich um. Renard lag eine halbe Bahn hinten. Wende. Neunte Bahn. Radu hielt den Abstand und schnaufte. Wasser kam ihm ins Maul. Er schluckte. Die Luftröhre rebellierte, Radu verlor den Rhythmus. Er zog weiter und kämpfte um Luft. Das Wasser war draussen. Renard dafür näher rangekommen. Letzte Wende. Radu traf sie diesmal perfekt. Sie half ihm, den Abstand zu halten. Nur noch eine halbe Länge. Jetzt ging es um alles. Radu drosch das Wasser. Es half nichts. Renard kam näher und wollte an ihm vorbeiziehen. Auf den letzten Metern überholen. Radu ertrug es nicht. Er packte Renard an den Füssen, zog ihn an sich ran und tauchte mit ihm auf den Beckengrund. Sie rangelten und würgten. Dann verschwamm alles. Das Blau des Pools wurde grau, dann schwarz.

***

Laura hatte sich nicht unterbrochen. Erst als sie den letzten Ton spielte, sah sie auf. Anna und Enzo applaudierten höflich.

«Sehr gut», sagte Enzo. «Ich habe zwar keine Ahnung, aber ich finde es sehr gut. Sie sollten Konzerte geben.»

«Mir gefällt es auch. Aber ich fürchte, ich habe noch weniger Ahnung als Enzo.» Anna trat ans Piano und drückte ein Fis. «Das sind die schrägen Töne, stimmt's? Das Dunkle ist immer dunkel.» Sie griff einen C-Akkord. «Und das ist hell.»

Laura klappte den Deckel zu. Anna bekam gerade noch rechtzeitig ihre Finger raus.

«Was wollen Sie von mir? Hat Ihnen Dani nicht erzählt, dass Sie mich bereits eingekauft hat?»

Anna blitzte sie an.

«Wir wollen darauf anstossen», sagte Enzo mit gespielter Partylaune und zog Anna vom Klavier weg.

«Nein. Sie denken noch immer, dass ich wertvoll für Sie bin, um an Radu ranzukommen.»

«Ja, Sie haben recht. Radu mag sie. Er lässt keine Freunde hängen. Das weiss ich aus eigener Erfahrung.»

«Und warum hat er mich dann allein im Sprinter zurückgelassen?»

«Er wird seine Gründe haben. Die sind nicht immer einfach

nachzuvollziehen. Aber er ist ein alter Soldat. Wenn er handeln muss, handelt er. Da redet er nicht lange.»

«Vielleicht hat er mit dir doch geredet?», sagte Anna. «Und du weisst etwas?»

«Was sollte ich wissen?»

«Wo Radu jetzt ist.»

Dani kam mit Tee und Gebäck und servierte es auf dem grossen Glastisch. Anna gab Enzo und sich Zucker in die Tassen, rührte um und reichte Enzo eine Tasse. Er pustete und schlürfte.

«Ich weiss nichts. Gar nichts.»

Enzo nickte Anna zu. Sie kramte Lauras Handy aus der Tasche. «Es ist frisch aufgetankt.» Anna streckte es Laura hin. Sie nahm es entgegen.

«Ich soll ihn anrufen?»

«Kluges Kind.»

«Und wenn ich es nicht tue?»

«Werden dir ein paar Finger zum Klavierspielen fehlen. Ich habe die Gartenschere mitgebracht.» Anna nahm sie aus der Tasche.

Enzo drückte Annas Arm runter, stellte die Tasse ab und kam auf Laura zu. Sie drückte sich gegen das Klavier.

«Dissonanz?», fragte er. «Oder Harmonie?»

Laura tippte ihren Code und wählte Tomasos Nummer. Es klingelte viermal, dann sprang die Mailbox an. Tomasos Stimme. Laura erschrak. Sie glaubte, dass er nicht den üblichen Mailbox-Text sprach, sondern mit ihr redete: «Warum hast du das getan? Wir hätten doch glücklich werden können. Du Mörderin.»

Laura warf das Handy auf den Boden. Es schlitterte über den Perser und landete vor Annas Füssen. Sie hob es auf und drückte direkt die Wahlwiederholung. Wieder nur die Mailbox. Sie warf das Handy Enzo zu. Er fing und wählte noch einmal.

«Sprechen Sie drauf. Sagen Sie, dass Sie ihn treffen wollen. Sie hätten etwas über Enzo und den Monsignore erfahren, was sehr wichtig ist.»

«Er wird das nicht glauben.»

«Einen Versuch ist es wert.»

Die Mailbox sprang an. Laura versuchte Tomasos Stimme zu ignorieren und sprach dann den gewünschten Text.

«Bravo», sagte Enzo, legte das Handy aufs Klavier, setzte sich an den Glastisch und trank den Tee leer. «Wenn Sie mögen, dürfen Sie jetzt wieder spielen.»

«Ich mag nicht.»

«Doch. Sie mögen. Stellen Sie sich vor, es wäre das letzte Mal.» Er lächelte wie der böse Wolf in Grimms Märchen und schenkte sich nach.

«Aber was Heiteres», sagte Anna.

Laura klappte den Deckel auf und improvisierte einen Endlos-Boogie, der sie alles um sie herum vergessen liess.

***

Radu schlug die Augen auf. Das fette Kindergesicht Amons stierte ihn an.

«Wenn du Flügel hättest, würde ich glauben, ich sei im Himmel.»

«Wo ich bin, ist immer der Himmel. Dafür lebe ich viel zu gut. Und die Wärter an allen Pforten und Grenzen sind bestechlich. Am liebsten würde ich in den Olymp. Dort wacht Hermes an der Tür. Der hält immer die Hand auf.»

«Ich habe den Verdacht, dass du selbst Hermes bist.»

«Ein entfernter Cousin ganz bestimmt.» Es war Renards Kasernenton, der den Raum durchschnitt. Er trat ans Bett und sah Radu scharf an. Amon wich an die Wand zurück und setzte sich auf einen Stuhl.

«Was ist?», fragte Renard. «Desertierst du wieder? Oder schulterst du das Sturmgewehr?»

«Leck mich, Renard.»

Renard lachte blechern. «Bist immer noch ein schlechter Verlierer, was?»

«Ich hätte gewonnen.»

«Einen Scheissdreck hättest du. Aber weisst du was? Das mochte ich immer an dir. Du wolltest gewinnen. Immer.» Er legte Radu die Hand auf die Schulter. «Und wenn du nicht kollabiert wärst, wäre ich wohl abgesoffen.» Er tätschelte ihn. «Ja, vielleicht hättest du gewonnen. Aber nicht den Regeln entsprechend.»

«Seit wann gibt es Regeln?»

Renard liess Radus Schulter los und kratzte sich am Kinn. «Gleich kommt ein Arzt.»

«Der kann mir auch nicht mehr sagen, als ich schon weiss.»

«Die Pumpe?»

«Dickes Blut und verkalkte Arterien.»

«Dabei bist du noch gar nicht so alt.»

«Ich habe aber für sieben Leben gelebt.»

«Das haben wir alle, Radu. Dafür kriegst du kein Denkmal.»

«Unknown soldier?»

«Nicht einmal das. Du bist kein Soldat. Du bist ein Deserteur. Und das bleibst du.» Er drehte sich zu Amon. «Bleib noch bei ihm, bis der Arzt kommt.»

«Ich habe aber Appetit. Ich würde gerne etwas essen.»

«Dein Freund nippelt vielleicht gerade ab und du denkst ans Essen?»

«Ob ich den Leichenschmaus vorher oder nachher zu mir nehme, was ändert das?»

«Du bist geschmacklos. Ich lass dir was bringen.» Renard verliess das Zimmer.

Amon rückte mit dem Stuhl an Radus Bett. «Findest du das geschmacklos?»

Radu starrte an die Decke. Er hatte verloren. Nicht nur das Schwimmduell. Alles. Er versuchte sich aufzurichten. Der Schwindel kam zurück. Radu blieb trotzdem sitzen. Er hielt es aus. Kalter Schweiss trat ihm auf die Stirn. Er atmete schwer, sah zu Amon und liess sich zurückfallen. «Es ist aus. Verdammt. So hatte ich mir mein Ende nicht vorgestellt.»

«Rede keinen Blödsinn. Du kommst wieder auf die Beine. Ist nicht das erste Mal, dass du das Ende gesehen hast. Erinnere dich doch nur an Delhi.» Amon lachte. «Was haben wir dort gekotzt und geschissen. Nur wegen einer frittierten Ratte.» Er lachte lauter und klopfte sich dabei auf den dicken Schenkel. «Oder in Kairo. Deine Birne war vom Fieber so heiss, dass man darauf Eier braten konnte. Sogar der Speck hätte sich gekringelt.»

«Kannst du nur ans Essen denken?»

«Wenn ich Hunger habe, denke ich an nichts anderes. Renard

denkt an Weiber, du an die nächste Schlacht, ich ans Essen. Was ist dabei?»

«Nichts. Du hast recht. Es ist egal, woran man denkt. Alles ist sinnlos.»

«Jetzt verdirb mir nicht den Tag. Es reicht schon, dass ich bei dem schönen Wetter drinnen hocken muss. Nihilismus ist da das Letzte, was ich gebrauchen kann.»

«Nihilismus heisst nicht, dass es keinen Sinn gibt, sondern dass du dir durch dein Handeln einen suchen darfst. Oder ist das Existenzialismus?»

«Wo liegt da der Unterschied? Ergibt mein Handeln Sinn?»

«Das entscheidest du.»

«Also.» Amon rückte unruhig auf seinem Stuhl hin und her. «Renard sagte doch, er wollte mir etwas bringen lassen. Hat er mich etwa verarscht? Dem traue ich alles zu. Es ist sowieso Wahnsinn, dass wir ausgerechnet hier auf dein Ende warten.»

«Siehst du, du hast mich auch schon abgeschrieben.»

«Na ja. Wie das blühende Leben siehst du wirklich nicht aus. Wenn du dich im Spiegel sehen würdest, du würdest denken, dein eigener Grossvater stünde vor dir.»

«Er war ein guter Mann. Ich mochte ihn so gerne und habe ihn umgebracht.»

«Was?»

«Ja. Wegen mir ist er gestorben. Ich wollte unbedingt Velo fahren. Es war viel zu gross für mich. Mein Grossvater hat mich geschoben, obwohl er schon viel getrunken hatte. Ich hatte gerufen: ‹Schneller. Schneller›. Und er rannte schneller. Ich verlor die Kontrolle über den Lenker und stellte ihn quer. Das Rad blockierte. Ich fiel über den Lenker, und mein Grossvater stolperte über das Velo. Alle drum herum haben gelacht. Mein Grossvater am meisten. Nur ich habe geweint. Aber nicht vor Schreck oder vor Schmerzen, sondern weil ich gesehen hatte, wie meinem Grossvater das Blut aus dem Kopf lief. Er lachte, setzte sich auf den grossen Stein, auf den er mit dem Schädel gefallen war, und sackte weg. Tot. Von einem Moment auf den anderen. Mit einem Lachen. Ich wusste damals noch nicht, was für ein Lachen es war. Heute weiss ich es. Es war Hohn. Hohn über die Willkür des

Lebens. Das einzige Lachen, das philosophisch berechtigt ist. Das grosse Lachen der Erkenntnis.»

Amon sagte nichts. Er wusste, wann es besser war zu schweigen.

***

Laura hatte nicht gemerkt, dass sie gegangen waren. Sie dudelte einen Turnaround und begann ihre Schleife von vorn.

Jemand legte ihr die Hand auf den linken Arm und unterbrach ihr Spiel.

«Es reicht jetzt», sagte Dani.

Laura sah sie an. «Warum sind wir so korrupt?»

«Die Welt ist es. Und wir sind Teil der Welt.»

«So einfach?»

«So einfach.»

Laura stand auf. «Ich habe meinen Laptop noch im Rustico. Den würde ich gerne holen.»

«Du kannst meinen nehmen.»

«Der bringt mir nichts. Ich brauche meine Daten.»

«Wozu?»

«Um diese Story zu schreiben.»

«Diese Story gibt es nicht.»

«Es gibt die beiden toten Rumänen.»

«Aber es gibt keinen dritten Mann. Und deswegen gibt es keine Story, die wir nicht schon kennen.»

«Willst du mich daran hindern?»

«Ich? Nein. Du kannst schreiben, was du willst. Nur lesen wird es keiner. Was ist das Geschriebene wert, wenn es niemand liest?»

«Irgendwann wird es jemand lesen.»

«Und dann?»

«Wird er die Wahrheit erfahren.»

«Vergangene Wahrheit ist nicht mehr als eine Anekdote.»

«Sie kann trotzdem was bewirken.»

«Wahrheit allein bewirkt nie etwas. Das ist so, wie wenn du Holz ins Cheminée legst und darauf wartest, dass es dich wärmt. Du brauchst die Chemie, die das Holz entzündet. Feuer. Gier. Hunger. Versprechen auf ein besseres Leben im Jenseits. Dann fängt die Wahrheit Feuer. Aber was passiert mit ihr? Sie verbrennt. Und dem Feuer ist es egal, was es frisst.»

«Das ist dein Glaube.»

«Nein. Chemie. Vielleicht sogar Alchemie. Die Verwandlung von Blei zu Gold.»

Laura sah ihr Handy. Es lag noch auf dem Klavier. Sie ging hin und nahm es.

«Wen willst du anrufen?»

«Den Alchemisten, der aus meinem bleiernen Gemüt vielleicht Gold zaubern kann.»

Dani nahm Laura das Handy weg und drückte ihr eine Pistole an den Bauch. «Ich rede mir den Mund jetzt nicht mehr fusselig. Du bleibst hier und hältst still. So lange, bis die Sache gelaufen ist.»

Laura wich zwei Schritte zurück. «Würdest du wirklich abdrücken?»

«Wenn du mir keine Wahl lässt, ja.»

«Du hast eine Wahl. Man hat immer eine Wahl. Der Mensch ist mündig.»

«Halt dein Maul. Du nervst mit deiner Klugscheisserei. Was weisst du schon? Du hast ja nichts zu verlieren. Du bist jung, siehst gut aus und nimmst dir das Recht, über alles und jeden zu urteilen.» Sie dirigierte Laura mit der Pistole aufs Sofa. Laura setzte sich.

«Glaubst du etwa, du hättest die Stelle bei mir bekommen, wenn nicht ein Handel dahintergesteckt hätte? Du schreibst nämlich gar nicht so gut, wie du glaubst. Hölzern, plump und selbstgefällig. Viel zu viele Worte. Dir fehlt es an Stil und Sprachgefühl. Dein Rhythmus ist holprig, deine Verben schwach und deine Texte passiv und allgemein.»

«Was redest du?»

«Deine Tante Fausta hatte sich beim ‹Anzeiger› eingekauft unter der Bedingung, dich anzustellen. Du hättest Talent und wolltest unbedingt Journalistin werden.»

«Das ist nicht wahr.»

«Aha. Wenn einem die Wahrheit nicht passt, ist sie auf einmal nicht wahr? So habe ich es gerne. Wahrheit gilt wohl nur für die anderen, was? Und jetzt sei endlich still. Ich will, dass du einmal tust, was ich dir sage.»

«Der Deal, den du mir angeboten hast, als Teilhaberin in den ‹Anzeiger› miteinzusteigen, den gibt es nicht, habe ich recht?»

«Bin ich blöd? Natürlich gibt es den nicht. Das war ein Köder, den du gefressen hast, weil du genauso gierig und korrupt bist wie all die anderen, die du verurteilst. Enzo wird dich töten, sobald die Sache gelaufen ist. Und wenn er es nicht tut, dann mache ich es.»

In Laura stieg Wut auf. Tief aus dem Bauch. Ein ähnliches Gefühl hatte sie, bevor sie Tomaso getötet hatte. Sie fühlte sich unverletzbar mit diesem Gefühl. Sollte Dani doch abdrücken. Lauras Wut würde die Kugel abfangen. Genauso wie sie Tomaso daran gehindert hatte, ihr wehzutun.

«Na, scheisst du dir jetzt in die Hosen?» Danis Stimme klang fern. Weit weg. Fast im Jenseits. Schon bei Tomaso. Laura wusste noch nicht, wie, aber sie wusste, dass sie es tun würde. Gleich. Irgendwie würde es gehen. Nicht nachdenken. Nur geschehen lassen. Wie bei Tomaso.

Es läutete an der Tür. Dani liess Laura für einen Moment aus den Augen. «Hast Glück gehabt. Felix kommt. Kannst dich bei ihm bedanken, dass du noch lebst. Er hat Enzo davon überzeugt, dass wir dich noch gebrauchen können. Ich hätte dich schon längst im Lago versenkt.» Sie sicherte die Pistole, steckte sie ein und drehte sich um, um zur Haustür zu gehen. Laura nutzte die Chance und hechtete von hinten auf Dani. Sie fielen zu Boden und rangen. Dani war stärker als erwartet. Sie schlug Laura auf die Nase und grub ihre Fingernägel in Lauras Gesicht. Mit der anderen Hand griff sie nach der Pistole. Laura liess sich nach hinten fallen, um Danis Krallen zu entkommen. Dadurch gewann Dani Raum und entsicherte die Waffe. Laura warf sich auf Dani, packte den Arm mit der Pistole und winkelte ihn so, dass Dani auf ihren eigenen Bauch zielte. Ein Schuss krachte. Dani riss die Augen auf und liess die Pistole fallen. Sie glitt aufs Parkett. Es klingelte wieder an der Tür.

Laura nahm die Pistole und sah sie an. Ihre Hand zitterte.

«Ich verblute. Ruf Dr. Pedretti», sagte Dani und starrte auf die blutverschmierte Hand, die sie gegen ihren Bauch gedrückt hielt.

Laura ging zum Klavier und nahm ihr Handy.

«Die Nummer hängt an der Pinnwand in der Küche. Beeil dich bitte.»

Laura ging in Richtung Küche. Es läutete erneut. Laura hielt inne, drehte sich zu Dani um, legte die Pistole an und drückte ab. Sie hatte Dani in die Brust getroffen. Lunge oder Herz. Laura kannte sich nicht aus. Sie ging zur Wohnungstür. Sollte sie durch die Tür schiessen? Würde es die Kugel schaffen? War Felix wirklich auf der anderen Seite? Vielleicht auch ein Unschuldiger? Laura sicherte die Pistole und schob sie sich hinten in den Hosenbund. Sie nahm Danis Trekkingjacke von der Garderobe und schlüpfte in ihre Schuhe. Wieder läutete es. Diesmal war es ihr Handy. Tomaso rief an. Also Radu. Sie entfernte sich zügig von der Haustür und verliess das Haus durch den Garten. Sie nahm den Anruf entgegen und lauschte.

«Gut. Ich habe verstanden.» Sie steckte das Handy ein, lief bis ans untere Ende des Gartens und schlüpfte durch die alte Holztür vom Grundstück.

ELF

«Du traust ihr?», fragte Amon und schaufelte sich Penne vom Teller.

«Ja. Mehr als dir.» Radu setzte sich im Bett auf.

«Und?» Amon zeigte mit der Gabel auf Radus Kopf.

«Besser.»

«Kannst du aufstehen?»

«Noch nicht. Ich warte besser noch.» Er legte sich wieder hin.

«Schöne Scheisse. Du bist erledigt, Kumpel. Du weisst, dass ich dir nicht helfen darf. Ich bin Diplomat.»

«Ja, ich weiss. Aber ich kann erwarten, dass du nicht petzt.»

«Das schon. Das lässt sich machen.» Er spiesste sich zwei Penne auf und tunkte sie in das Pesto. «Zu wenig Pinie, wenn du mich fragst.»

«Beschwer dich doch bei Renard.»

Amon grunzte. Dabei fiel ihm eine Penne aus dem Mund.

«Du isst wie ein Schwein.»

«Ich kann auch anders. Aber das macht kein Vergnügen. Diese antrainierten Tischmanieren. Horror. Überhaupt Etikette. Das macht mich fertig.»

«Du bleibst eben der Sohn eines Ziegenhirten.»

«Und? Ist da was verkehrt? Sieh, was aus mir geworden ist.»

«Ein Gauner, dem keiner eine Träne nachweint, wenn es ihn erwischt.»

«Deswegen erwischt es mich ja auch nicht. Dich hingegen hat es erwischt. Und du kannst darauf wetten, dass ich dir eine Träne nachweinen werde.»

«Weil der rumänische Markt für dich mit mir stirbt.»

Amon hatte den Teller geleert und bohrte sich mit der Zunge zwischen den Backenzähnen. «Kurzfristig wird es so sein, da hast du recht. Aber das kleine Vakuum, das du hinterlassen wirst, wird Machtkämpfe auslösen. Das heisst, es werden sich mindestens zwei Seiten um deinen Markt balgen. Die beste Voraussetzung für Geschäfte. Lupescu hat die besten Karten. Nein, Radu, mir geht es nicht immer ums Geschäft. Ich mag dich.»

«Lass mich jetzt allein. Ich muss noch mal schlafen.» Radu schloss die Augen und hörte, wie Amon aus dem Zimmer ging. Radu hatte schwächer gespielt, als ihm war. Der Dicke brauchte nicht zu wissen, dass Radu wieder fit war. Die Anfälle kamen und gingen. Und die Schwächezustände danach dauerten selten länger als eine Stunde. Er schlug die Decke zurück und schwang die Beine aus dem Bett. Kein Schwindel. Alles normal. Radu stand auf. Die Muskeln waren schwach und übersäuert. Folgen des Schwimmens. Amon hatte seinen Orangensaft vergessen. Radu kippte das Glas in einem Zug. Er zog sich an und sah aus dem Fenster. Auf der Terrasse sassen Renard und Silvia. Nur fünf Meter entfernt. Sie unterhielten sich angeregt. Radu kippte das Fenster und lauschte.

«Warum kann ich nicht zu ihm?», fragte Silvia.

«Weil ich es nicht will.»

«Es ist mehr als zwanzig Jahre her. Ich liebe dich, Renard. Radu bedeutet mir nichts.»

«Und warum willst du dann an seinem Bett Händchen halten?»

«Ich will nicht Händchen halten. Ich will nur etwas aus ihm rauskitzeln.»

«Und was?»

«Vielleicht weiss er mehr über die nächsten Schritte von Enzo?»

«Glaube ich nicht. Amon sagt, Radu sei vor Enzo geflohen und suche das Geschäft mit uns. Wir schützen ihn, und er wäscht unser Schwarzgeld für den halben Kurs.»

«Hast du das schon mit ihm besprochen?»

«Nein. Aber er wird darauf eingehen. Er hat keine andere Wahl. Lange macht er es sowieso nicht mehr.»

«Du bist kein Arzt.»

«Aber ich habe Menschen sterben sehen. Und ich weiss, wie sie gucken, wenn es für sie an der Zeit ist.»

«Und Radu guckt so?»

«Ja, er weiss es selbst auch.»

«Was will er dann noch beschützt werden?»

«Amon sagt, Radu will noch eine Sache erledigen.»

«Den Tod seiner Neffen rächen?»

«Vielleicht.»

«Was sonst?»

«Eine Frau.»

«Eine Frau? Was für eine Frau?»

«Warum so interessiert? Am Ende eifersüchtig.» Renard lachte.

«Blödsinn. Sag, was ist das für eine Frau? Und was will Radu mit ihr erledigen?»

«Da kommt Amon, frag ihn. Ich habe keine Ahnung.»

Amon begrüsste Silvia mit Wangenküsschen und setzte sich mit an den Tisch.

«Was für eine Frau hat Radu?» Silvia ging ihn direkt an.

Amon hob seine Patschhändchen und zeigte die Handflächen. «Keine Ahnung. Für Frauengeschichten bin ich nicht zuständig.»

«Ich hasse dich, du Schleimbeutel.» Sie stand auf. «Ich gehe jetzt rein und frage ihn selbst.»

«Er schläft», sagte Amon.

«Dann wecke ich ihn eben.» Sie ging.

«Silvia. Bleib hier.» Renard sagte es, als spräche er mit einem trotzigen Kind. Silvia dachte nicht daran, zu bleiben, und verschwand im Haus.

«Soll ich mit?», fragte Amon.

«Nein. Lass sie. Wenn es ihr damit besser geht. Sonst ist der ganze Tag versaut. Weisst du, Amon, ich habe Hunderte Soldaten geschliffen, und kein einziger ging mir durch die Lappen. Sie hatten zu gehorchen. Aber bei Silvia bin ich machtlos.»

Radu schloss das Fenster und legte sich in seinen Klamotten ins Bett. Er zog die Decke bis an den Hals und stellte sich schlafend.

Die Tür wurde geöffnet. Er roch Silvias Parfüm und bildete sich ein, dass es nach Meeresbrise und Freiheit duftete. Er glaubte sogar, das Rauschen der Wellen zu hören.

Er spürte ihre Hand auf seiner Stirn. Angenehm kühl.

«Bist du wirklich am Ende?», fragte sie leise. «Kampflos?» Sie streichelte ihm über die Falten. «Das kann ich nicht glauben. Ich kenne dich zu gut, *tesoro*. Du schläfst nicht einfach ein. Vorher lässt du es noch mal richtig krachen, *vero*?»

Radu schlug die Augen auf, blinzelte, als würde er sich orientieren müssen, und lächelte, als er Silvia erkannte. «Was machst du hier? Bist du heute nicht im Supermarkt?»

«Ich habe gehört, dass es meinem alten Radu nicht gut geht, da habe ich gekündigt.»

«Und von was willst du leben?»

«Von deinem Erbe.»

«Hättest du damals Ja gesagt, wärst du bald eine reiche Frau.»

«Es reicht mir auch so.»

«Und weshalb machst du dann Geschäfte mit Renard?»

«Weil Männer wie du abgehauen sind.»

«Gab es noch andere?»

Sie nahm die Hand von Radus Stirn. «Nein. Es gab nur dich.»

«Für mich gab es auch nur dich.»

«Zwei Romantiker.» Sie lachte.

«Vermutlich hätten wir uns schon auf der Hochzeitsreise die Augen ausgekratzt. Manches hält ewig, weil es nie dazu kommt.»

«Vielleicht hast du recht. Wenn du jetzt aber einfach krepierst, werde ich dich auf ewig lieben und davon träumen, was hätte sein können.»

«Ein schöner Gedanke.»

«Für wen?»

Radu versuchte sich aufzurichten. Es stach in der Schläfe. Aber er spielte Schwindel, den es nicht gab, und legte sich wieder hin.

«Was hast du für eine Krankheit?»

«Die Ärzte sind sich noch nicht sicher. Verkalkte Arterien, dickes Blut, schwaches Herz, das von einer überforderten Niere rührt. Ich nehme jedenfalls Pillen, die das Blut verdünnen.»

«Dabei ist dickes Blut so wichtig.»

«Verwandtschaft meinst du? Du bist deswegen hier. Enzo.»

«Hast du ihn gesehen?»

«Ja.»

«Wirst du ihn wiedertreffen?»

«Wenn mich Renard aus dem Bett lässt.»

Sie gab ihm eine Ohrfeige und drehte sich dramatisch weg.

«Was soll das nun wieder?», fragte Radu und rieb sich die Wange.

«Du bist schuld an allem. Hättest du um mich gekämpft, hätte meine Familie das Jawort gegeben. Sie wollten nur, dass du um mich kämpfst. Und alles wäre anders gekommen. Mir ging es schon dreckig, nachdem du abgehauen warst. Aber Enzo war verloren. Er hat dich geliebt wie einen Bruder. Radu hier, Radu dort. Wir haben nichts anderes von ihm gehört. Nur deine Abenteuer. Und dann lässt du ihn sitzen, weil du zu stolz warst, um für mich zu kämpfen.» Sie wischte sich mit Radus Bettdecke die Tränen aus dem Gesicht. Radu fürchtete, dass sie die Decke zu weit anhob und sehen konnte, dass er in Kleidern im Bett lag. Er zog die Decke an seinen Körper. «Mir ist kalt.»

«Und als er erfahren hatte, dass du in Bukarest deinen eigenen Laden aufgezogen hast, wollte er zu dir kommen.»

«Was?»

«Ja. Er wollte uns verlassen und bei dir einsteigen.»

«Das ist nicht wahr.»

«Mein Vater hielt ihn fest, sperrte ihn in Sizilien in eine Bauernhütte und liess ihn bewachen. Er hatte drei Wochen, um zur Vernunft zu kommen. Nach zwei Tagen hatte er seine Bewacher getötet und war abgehauen. Wir hörten lange nichts von ihm. Nur Gerüchte. Einer sagte, er wäre Schleuser für Chinesen, ein anderer behauptete, er würde Oliven in der Toskana anbauen, und wieder andere munkelten, Enzo wäre zu dir geflohen.»

«Er war nie bei mir.»

«Ich weiss. Er ist bei Zio Monza hängen geblieben. Der alte Drecksack hatte ihm abgeraten, zu dir zu gehen. Zigeuner und so weiter. Du kennst das. Stattdessen hat er ihn Leuten aus Rom vorgestellt, die ihn gut gebrauchen konnten.»

«Der Monsignore.»

«Ja.»

«Und jetzt? Arbeitet er noch immer für den Monsignore?»

«Ich weiss nichts. Er hat sich Jahre nicht gemeldet. Er war wohl immer wieder in der Nähe. Ich glaubte ihn zu spüren. Kennst du so etwas?»

Radu nickte.

«Und du? Was hast du vor? Warum spielst du mir vor, wie schwach du bist? Und warum liegst du angezogen im Bett?»

Radu erschrak. Silvia lachte. «Dachtest du wirklich, du könntest mich mit deiner Schmiere reinlegen? Du bist viel, Radu, aber ein guter Schauspieler bist du nicht. Das kann ich besser.» Sie stand auf und riss ihm die Decke weg. «Sag mir, was du vorhast. Was hat es mit der Frau auf sich, von der Amon erzählt hat?»

«Ich habe ein Geschäft mit ihr. Das will ich zu Ende führen. Ehrensache.»

«*Vaffanculo.* Ehrensache. Das kannst du deiner Mutter erzählen.» Sie zog die Brauen zusammen. «Ist sie jung? So wie ich damals? Willst du nachholen, was du bei mir versäumt hast? Männer ticken manchmal so. Gerade in deinem Alter.»

Radu stand auf und zog sich die Jacke über. Er ging an Silvia vorbei zur Tür. Die Beine schwächelten noch immer. «Es ist wirklich nur eine kitschige, romantische Frage der Ehre. Mehr ist mir nicht geblieben.»

«Du kommst hier nicht raus, Radu. Renard wird dich nicht gehen lassen. Warum bist du gekommen? Hast du nicht gewusst, was dich hier erwartet?»

«Deswegen bin ich gekommen. Hätte ich dich sonst noch mal gesehen?» Er lächelte. Sie sahen sich an. Jeder die verklärten Bilder von einst im Sinn. Radu atmete sie laut weg. «Wann kommt der Monsignore?»

«Er müsste schon da sein.»

«Dann wollen wir ihn nicht warten lassen.» Er öffnete die Tür und ging aus dem Zimmer.

***

Laura fuhr in Ascona ein. Radu hatte gesagt, sie solle an der Piazza auf ihn warten. Sie parkierte den Sprinter und kramte im Handschuhfach nach Zigaretten. Sie fand ein zerknautschtes Päckchen und nahm den letzten krummen Stängel raus. Sie drückte den Anzünder rein und wartete, bis er glühte. Sie wollte nach ihm greifen, da wurde die Beifahrertür aufgerissen und Felix sprang herein.

«Dein Fahrstil ist furchtbar. Ich hätte dahinten drin fast gekotzt.» Er klopfte gegen das Blech, das Cockpit und Laderaum trennte. Er sah, wie Laura nach dem Türhebel griff, und schüttelte den Kopf. «Keine Verfolgungsjagd. Bitte nicht. Aufsehen kann keiner gebrauchen. Auch du nicht. Du bist eine gesuchte Mörderin, schon vergessen?»

Laura liess den Hebel los, nahm den Zünder und steckte sich die Zigarette an. Felix öffnete das Fenster. «Du lebst ungesund», sagte er.

«Was willst du? Mit dir rede ich nicht. Du Praktikant.»

Felix blieb gelassen. Er tippte etwas in sein Handy.

«Schreibst du deinem Boss?», fragte Laura.

«Gut kombiniert.» Er wartete auf Antwort, steckte das Handy weg und stieg aus dem Wagen. «Komm, wir gehen ein Stück spazieren.»

Laura zögerte.

«Mach schon. Dein Widerstand wird langweilig.»

Sie stieg aus.

«Hier entlang. Und vergiss die Mätzchen. Ich bin nicht Dani.»

«Aber auch nicht Enzo.»

Sie gingen über den Parkplatz ins Städtchen.

«Enzo? Er ist nur ein Rädchen. Austauschbar.»

Laura musste lachen. «Und du? Der grosse Zampano?»

«Ich habe Hirn und den richtigen Glauben.»

«Den richtigen Glauben?»

«Enzo und all die anderen Ungläubigen machen alles wegen des Geldes. Ich mache es, um den Heiligen Krieg zu gewinnen.»

«Du bist Islamist?»

«Extrem.»

«Seit wann?»

«Von Kindesbeinen an.»

«Rede keinen Blödsinn. Deine Eltern kommen aus dem Zürcher Geldadel.»

«Meine Eltern sind tot. So tot wie das Geld, das sie anbeten. Sie wissen es nur noch nicht.»

«Ich fasse es nicht. Der kleine reiche Schnösel wird aus Langeweile zum Dschihadkrieger. Dann spritz dir lieber Heroin, wenn du Wärme suchst.»

«Du bist eine dumme Frau. Mohamed sagt –»

«Blabla. Und Jesus sagt, ich bin das Schwert. Jeder findet irgendwo ein Zitat, womit es sich schlachten lässt. Aber dass du so blöd bist und auf den Quark reinfällst, hätte ich nicht gedacht.»

«Die Blöden seid ihr, weil ihr nur euer Ego füttert. Wir sind bereit, für unsere Sache zu sterben. Das macht den Unterschied.»

«Dich möchte ich mit einer Bombenweste sehen. Du Schwätzer. Vergiss dann aber nicht, auch die Windel anzuziehen, in die du scheissen kannst.»

Felix blieb stehen. «Hier rein.» Er zeigte auf eine Gelateria. «Warum kein Dönerstand? Sind Gelaterie nicht katholisch?» Sie ging vor. Eine hübsche junge Frau lächelte und wartete auf die Bestellung.

«Tre gusti, per favore», sagte Laura. *«In coppa.»*

Die junge Frau nahm einen Becher und die Glacékelle und sah fragend auf Laura. *«Limone, fragola e panna»*, sagte sie. Die Verkäuferin schaufelte die Kugeln in den Becher, steckte ein grünes Löffelchen darauf und reichte Laura die Glacé.

«Paga lui», sagte sie und zeigte auf Felix.

«Ist schon bezahlt», sagte ein kleiner Fettsack, der die Reste aus seinem Eisbecher kratzte. «Kommen Sie mit.» Er liess den Becher stehen, stand auf und ging an der Theke vorbei in ein Hinterzimmer. Felix stupste Laura, damit sie dem Dicken folgte. Er schloss die Tür hinter sich.

«Setzen Sie sich bitte», sagte der Dicke und nahm selbst Platz. «Und du, lass uns allein.»

Felix zögerte. Der Dicke hob auffordernd die Brauen. Felix ging. Laura setzte sich. Das Hemd des Dicken irritierte sie. Es hatte dieselben rot-weissen Karos wie das Tischtuch. Sie dachte an Kreuzworträtsel. An die immer gleichen Fragen. Was würde der Dicke sie jetzt fragen? Was sie wüsste? Was Radu vorhatte? Er fragte nichts, schwieg und musterte sie. Dann lachte er und schüttelte den Kopf. «Sie passen gar nicht in sein Schema. Er steht eher auf Dunkelhaarige. Blondinen sind ihm sonst zu kühl.»

«Von wem reden Sie? Und wer sind Sie?»

«Ich rede von Radu. Ich bin sein Freund.»

«Und deswegen bringt Felix mich zu Ihnen. Seltsam, oder?»

«Wieso?»

«Weil ich ziemlich sicher weiss, dass Felix nicht Radus Freund ist.»

«Sind Sie sich da sicher?»

«Ja.»

«Warum?»

«Weil Felix mit Enzo arbeitet. Und Enzo wollte mir und Radu an den Kragen.»

«Was hat das mit Freundschaft zu tun?»

«Viel.»

«Nichts. Gar nichts. Es hat mit Geschäft zu tun. Das ist etwas anderes.»

«Sie sagten aber, dass Sie ein Freund von Radu sind.»

«Richtig. Ich bin aber auch ein Freund von Enzo. Übrigens sind die beiden sehr alte Freunde. Momentan steht ihnen nur ein Geschäft im Weg, das sie beide gerne abwickeln wollen.»

«Warum teilen sie dann nicht freundschaftlich?»

«Weil es noch eine dritte Partei gibt, die sich den Braten sichern will.»

«Sie?»

Der Dicke lachte. «Ich? Nein. Niemals. Ich bin keine Partei. Ich streite mich nicht um Märkte. Ich verdiene an ihnen. Ich bin sozusagen jedermanns Freund. Je nach Situation.»

«Und jetzt sind Sie mein Freund, richtig?»

«Wenn Sie es wünschen.»

«Aber das kostet eine Kleinigkeit.»

«Nicht viel.»

«Radus Kopf.»

«Und Enzos.»

«Wie soll ich Ihnen da helfen können?»

«Kennen Sie die Babuschka?»

«Die russische Puppe in der Puppe.»

«Genau die. Sie locken Radu, Radu lockt Enzo, und die dritte Partei hat sie auf dem Silbertablett.»

«Ihre Metapher hinkt.»

«Wieso?»

«Ich würde eher von Nahrungskette sprechen, und ich bin der kleinste Fisch darin. Wieso sollte ich mich fressen lassen?»

«Sie sind nicht der kleinste Fisch. In dem Becken können Sie nicht mitschwimmen. Sie sind der Wurm. Sie haben keine grosse Wahl. Ich habe sie bereits zwischen meinen Fingern. Ich kann Sie zum Dörren in die Sonne legen oder an den Haken picken.»

«Meine Chancen, im Wasser vom Haken gespült zu werden?»

«Gering. Da regnet es eher in der Wüste.»

«Dann hoffe ich darauf.»

«Tun Sie nicht. Ihre Neugierde ist zu gross. Sie wollen wissen, wer die grossen Fische sind. Vielleicht sehen Sie sie noch, ehe Sie gefressen werden. Das ist alles, was ich Ihnen in Aussicht stellen kann.» Er stand auf. «Und jetzt tun Sie all das, was mein Freund Radu Ihnen am Telefon gesagt hat.» Er ging an ihr vorbei. An der Tür drehte er sich um. «Fast wünsche ich Ihnen beiden ein Happy End. Aber das wäre ein Desaster für mich und unglaubwürdig.» Er ging. Felix kam dafür.

***

Der Monsignore hatte Radu warten lassen. Erst hatte er nur mit Renard unter vier Augen gesprochen. Jetzt liess man Radu ins Zimmer.

Renard und der Monsignore sassen vor einem Glasschrank, in dem Renard alte Waffen ausgestellt hatte. Angefangen von der französischen Kavalleriepistole M AN 13 über das 8-mm-Bertier-Gewehr aus dem Ersten Weltkrieg bis zu einer MAB 7,6 mm Browning, die als Dienstwaffe im Zweiten Weltkrieg benutzt worden war.

Der Monsignore stand auf, als er Radu kommen sah.

«Schön, dass wir uns wiedersehen, mein lieber Freund.» Er lachte ölig. Die Hand, die er Radu reichte, war nicht fassbar. «Wie ich höre, geht es dir nicht gut. Wenn du willst, mache ich dir einen Termin bei Dr. Manzetti. Er ist der Beste. Ohne ihn gäbe es keine alten Kardinäle.» Er lachte über seinen Witz, Renard verzog das Gesicht zu einem schiefen Lächeln, Radu musste nicht mitspielen. Es würde nichts helfen. Ob er lachte oder nicht, die Situation blieb dieselbe. Er war dran. Es war nur eine Frage der Zeit. Er sollte ihnen nur noch Enzo ans Messer liefern, dann wäre auch er dran. In einem Abwasch.

«Bitte, setz dich zu uns.» Der Monsignore zeigte auf einen freien Ledersessel und wartete, bis Radu sass. Er richtete seinen Sessel so, dass er nicht frontal zu Radu stand, sondern ein Dreieck zu Radu und Renard bildete, und setzte sich. «Renard, willst du beginnen?»

«Es geht um Enzo.» Renard richtete sich im Sessel auf. Haltung war angesagt. «Er macht Geschäfte, die wir moralisch nicht dulden können.»

Radu zog die Brauen hoch. Fast hätte er begonnen zu lachen. Was für Geschäfte konnten das sein, die Renard und der Monsignore als unmoralisch zu verkaufen suchten? Wie weit Renard ging, konnte Radu nicht sagen. Er hatte seinen bekloppten Legionskodex. Aber dem Monsignore war nichts heilig.

«Eine üble Sache», sagte der Monsignore, der wohl Radus Gedanken gelesen hatte. «Wirklich übel. Wenn wir dem nicht Einhalt gebieten, verrutscht das Weltgefüge. Und das sind nicht nur grosse Worte. Es geschieht bereits.»

«Die ISIS», sagte Renard.

«Mit der wir alle Geschäfte machen.» Radu lächelte die beiden an. «Oder etwa nicht? Geht es nicht darum?» Er lehnte sich vor. «Ich will nur meinen Anteil aus dem Deal mit den Kunstgegenständen. Organe und Menschenhandel interessieren mich nicht.»

«Seit wann?», fragte der Monsignore.

«Ich war kurzfristig in Lampedusa mit dabei, weil ich Überbrückungsgeld brauchte. Rumänien ist noch jung in der EU. Da darf man auf keinen Rettungsschirm hoffen.»

Der Monsignore lachte. «Wir sind nicht in der EU. Dann wären wir schon pleite. Und du bist nicht Rumänien.»

«Stimmt. Aber ihr seid Italien, wenn auch das unsichtbare.»

«Und das wollen wir auch bleiben.»

«Italien?»

«Unsichtbar.»

«Dann halt einfach die Füsse still.»

«Höre ich da eine Drohung?»

«Niemals. Ich bin nicht in der Lage, dir zu drohen. Es ist ein gut gemeinter Rat.»

Der Monsignore legte die Fingerkuppen aneinander und stützte seine Ellen auf den Armen des Sessels auf.

«Ah, eine Bewerbung als Consigliere. Warum nicht? Aber zuerst musst du meinen Rat befolgen. Schalt Enzo aus, bevor er uns in die Luft jagt.»

«Kann er das wirklich?»

«Indirekt.»

Radu sah zu Renard. Renard nickte.

«Wie?», fragte Radu.

«Er rekrutiert jugendliche ISIS-Kämpfer im grossen Stil», sagte der Monsignore.

«So wie die Jesuiten damals?»

«Hoffentlich nicht. Noch ist er in den Anfängen. Aber wir wissen, wie schnell so eine Geschichte ihre Eigendynamik entwickeln kann. Die Sinnlosigkeit und Leere der heutigen Jugend ist gross.»

Radu lehnte sich zurück und fing an, leise zu lachen. Er konnte sich nicht beherrschen und lachte immer mehr. Er wischte sich die Tränen aus den Augen, sah zu Renard und dem Monsignore und schüttelte den Kopf. «Entschuldigt bitte. Aber ist es nicht absurd? Hier sitzen drei Gangster, die schon so viel verbrochen haben, dass es für eine Dauerkarte in der Hölle reicht. Und ausgerechnet wir machen uns Sorgen um die Jugend von heute?»

Der Monsignore stand auf. «Scher uns nicht alle über einen Kamm. Meinetwegen ist Renard ein Söldner und du bist ein Gangster.»

«Aber ich verfolge eine Mission. Es geht mir nicht um Macht. Aber ich habe das Christentum zu schützen.»

«Ja, natürlich. Der Kreuzzug.»

«Fand statt, bevor es uns gab. Wir kamen erst nach Luther.»

«Um das Christentum vor den Christen zu schützen.»

«Hör auf mit deiner Polemik. Es ist mir ernst. Enzo ist die Schnittstelle. Wenn er weg ist, ist es ein derber Rückschlag für den IS.»

«Dann sucht euch einen Neuen. Wäre es nicht besser, Enzo zu behalten und ihn zu kontrollieren?»

«Enzo ist nicht zu kontrollieren», sagte Renard. «Genauso wenig wie du. Einmal Deserteur, immer Deserteur.»

«Aber ihr könntet ihn als Doppelagenten einsetzen. Er rekrutiert für die Gegenseite und schleust Leute von euch ein.»

«Daran hatten wir auch schon gedacht. Aber Enzo hat uns ausgelacht. Er sagte, man kann nur dem einen, wahren Gott dienen. Allah.»

«Enzo ist selbst konvertiert?»

«Ja. Das macht ihn ja gerade so gefährlich.»

«Enzo glaubt nicht. Er hat nie geglaubt.»

«Hast nicht du auch zu deinem Glauben gefunden?», fragte der Monsignore. «Wie ich höre, bist du Buddhist geworden. Warum sollte Enzo dann nicht zum Koran gefunden haben? Obendrein, wenn es seine Triebe befriedigt und rechtfertigt?»

«Weil ich ihn kenne.»

«Du kennst noch nicht einmal mehr dich selbst. Vor zwei Jahren in Lampedusa, da hattest du dich noch. Da wusstest du, wer du bist und wofür du kämpfst. Was ist seither geschehen, Radu? Was hat dich zweifeln lassen? Warum wendest du dich von unserer Sache ab und suchst dein Heil in Buddha? Liegt es an deiner Krankheit? Komm zu Dr. Manzetti nach Rom. Er wird dir helfen. Und anschliessend gehst du bei uns in Klausur. Dann bist du wie neugeboren.» Er legte seine Hand auf Radus Schulter.

Radu stand auf. Er konnte den Körperkontakt schwer ertragen. «Was soll ich genau tun?»

Der Monsignore lächelte zufrieden. «Renard. Das ist deine Sache.» Er streckte Radu die Hand hin. Radu schlug ein. Wieder spürte er nichts.

«Wir sehen uns in Rom. Viel Glück.» Der Monsignore nickte Renard zu und verliess das Zimmer.

«Willkommen bei der Legion», sagte Renard trocken und ging zu einem Teewagen, auf dem Pastis, eine Karaffe Wasser und vier Gläser standen. «Auch einen?»

Radu lehnte ab. «Ich brauche einen klaren Kopf.»

«Ich weiss.» Renard schenkte sich ein. «Aber so klar dein Kopf auch sein mag, aus der Schlinge wirst du ihn nicht mehr ziehen können.»

***

Laura parkierte den Sprinter vor dem Anwesen, das ihr Radu genannt hatte. Hohe Mauer. Dahinter ragten Kameliensträucher, die eine zweite Blüte schoben. Radu hatte gesagt, sie solle eine leere SMS schicken und warten, bis er wieder anrief. Sie fühlte sich elend. Mindestens so sehr wie nach dem Tod von Tomaso.

Das hier war schlimmer. Wenigstens fühlte es sich schlimmer an. Verrat. Alles inszeniert. Radu würde glauben, ihm gelänge die Flucht, und er würde Enzo aufsuchen, um alles zu bereinigen. Den Treffpunkt würde ihm der Dicke stecken. Und Enzo wusste, dass Radu kommen würde. Sie würden beide in der Falle sitzen. Und die dritte Partei, für die der Dicke arbeitete, würde beide rasieren. Warum tat sie so etwas? Weil es sowieso egal war, wer von den Banditen ins Gras biss? Weil sie den Strohhalm ergriff, der ihr eigenes Leben retten konnte? Würde man sie am Leben lassen? Vielleicht. Wenn sie vom Haken springen konnte. Der Dicke hatte gesagt, das wäre unmöglich. Aber vielleicht lieber ein Leben lang als lebendiger Wurm am Haken als im Verdauungstrakt eines Raubfisches? Solange der Wurm noch lebte, schmerzte nur der Einstich des Hakens. Aber an Schmerzen konnte man sich gewöhnen. Ihre Angst vor dem Tod war grösser als das miese Gefühl, das ihr der Verrat bereitete.

«Ich kenne Radu nicht. Weiss nicht einmal, ob er wirklich so heisst. Dieser Mann ist ein Fremder. Und er würde mich jederzeit opfern, wenn es ihm in den Kram passt. Ich bin ihm nichts schuldig», sagte sie und umklammerte das Lenkrad.

Es klopfte an der Scheibe. Sie erschrak. Radu. Er lief auf die Beifahrerseite, öffnete die Tür und stieg ein. «Fahr los.»

Sie fuhr. In den Aussenspiegeln sah sie, wie sich das Tor des Anwesens öffnete, bellende Hunde rausssprengten und ein Mann mit einem Gewehr auf den Sprinter zielte. Er drückte ab, der linke Aussenspiegel barst, der Schütze verschwand.

Laura fuhr zu schnell.

«Langsam», sagte Radu. «Ganz langsam. Keine Verfolgungsjagd. Ich habe keine Lust auf eine Verkehrsstreife.»

«Aber sie werden uns verfolgen.»

«Ja. Sicher.» Radu hatte es ganz ruhig gesagt. Wusste er etwa, was gespielt wurde? Wusste er, dass Laura ihn gerade verriet? Sie schluckte. Ein mächtiger Kloss pappte ihr in der Kehle. Er wollte nicht rutschen. «Wohin fahren wir?», fragte sie.

«Ins Rustico.»

«Zu mir?» Das war ihr neu. Der Dicke hatte gesagt, Radu wollte sich mit Enzo oben im Ferienhaus treffen. Vielleicht war das Rustico aber auch nur ein Zwischenstopp, von dem der Dicke nichts wusste.

«Ja. Ist das ein Problem?», fragte Radu.

«Nein. Warum sollte ausgerechnet das ein Problem sein? Wo es doch sonst keine gibt?» Laura wollte nicht zynisch werden. Aber es war ihr einziges Ventil, um die Situation zu meistern.

«Galgenhumor ist gut. Hält den Kopf klar. Vergiftet aber die Seele.»

«Kriege ich jetzt einen Vortrag?»

«Worüber?»

«Über Moral und reine Herzen.»

«Wenn du willst.»

Sie bremste scharf und stoppte den Wagen. «Am liebsten würde ich dich jetzt rauswerfen und davonfahren.»

«Wäre vielleicht das Beste. Warum tust du es nicht?»

Laura biss sich auf die Zähne. Ihr Kiefer bebte. Sie sah in Radus dunkle Augen und fiel hinein. Ihr Mund näherte sich seinen Lippen. Er wich nicht zurück. Aber er kam auch nicht entgegen. Er liess es geschehen. Sie küsste ihn. Erst scheu. Dann mutiger. Ein kleiner Biss. Er roch gut und kratzte. Ein Kerl. Ein Gangster. Sie spürte seine Hand an ihrer Taille. Er packte zu. Etwas zu fest. Aber sie mochte es. Jetzt musste sie etwas spüren. Mit seinem Griff entgegnete er auch ihren Kuss. Er küsste zarter, als er packte. Hart und weich. Kalt und heiss. Gut und Böse. Laura wusste nicht, woran sie bei ihm war. Gerade das verführte sie. Sie löste sich von ihm und wollte sprechen. Er legte ihr den Zeigefinger auf die Lippen.

«Nicht jetzt. Fahr. Wenn die Sache erledigt ist, sprechen wir.»

Sie wollte trotzdem reden. Es ihm sagen. Den Verrat beenden. Er lächelte. Wusste er es? Stellte er sie auf die Probe? Die Angst überfiel sie wieder. Die Angst vor den Stärkeren. Radu war stark. Aber die anderen waren stärker. Sie fuhr weiter.

ZWÖLF

Der Sprinter holperte über den Waldweg ans Rustico. Laura schnürte es die Brust zu. Nie mehr hatte sie hierherkommen wollen. Sie parkierte den Sprinter vor dem Haus und wartete. Radu stieg aus und ging in den Wald. Was wollte er dort? Laura wartete. Radu kam nicht zurück. Sie stieg aus und ging zum Waldrand. «Radu?» Keine Antwort. «Wo bist du? Was machst du?» Nichts. Sie folgte den Fussabdrücken Radus, die sich im Laub verloren.

«Hier bin ich.»

Warum flüsterte er? Sie sah in die Richtung, aus der die Stimme kam. Radu stand hinter einer grossen Buche. Sie sah nur seinen Arm, der sie zu sich winkte. Sie ging hin. Der Arm packte sie und zog sie zu sich. Es war nicht Radu, sondern Enzo. Er presste ihr die Hand auf den Mund. «Keinen Ton. Sonst breche ich dir das Genick.» Enzo nahm die Hand von ihrem Mund. «Wo ist Radu?», fragte er leise.

«Ich dachte, er wäre hier. Ich habe nur gesehen, wie er in den Wald ist. Und als er nicht zurückkam, bin ich ihm gefolgt.»

Enzo sah in alle Richtungen. Wie ein Jagdhund, der Witterung aufnahm. «Er ist doch noch besser, als ich dachte. Aber ich kriege ihn. Und du wirst mir dabei helfen. Los. Ruf ihn. Mach schon.»

«Radu.»

«Lauter.»

«Radu!»

Enzo trat ihr in die Kniekehlen. Sie sackte zu Boden. Er zog eine Gaffarolle aus der Jacke und zog das Tape ein paarmal um Lauras Knöchel. Er warf sie auf den Bauch und band ihr die Hände auf den Rücken. «Na mach schon», sagte er, «deine letzte Chance, ihn zu rufen.»

Sie schrie: «Radu!»

Enzo grinste und klebte ihr einen Streifen Gaffa über den Mund. «Er ist leider nicht so blöd. Aber vielleicht hat er doch ein weiches Herz bekommen. Man weiss nie. *Arrivederci.*» Enzo huschte gebückt davon. Laura versuchte zu zappeln und das Gaffa um die Knöchel zu lockern. Vergeblich.

***

Radu hatte Lauras Schrei gehört. Er war sich sicher, dass Enzo sie hatte. Er würde ihr nichts tun. Er brauchte sie noch. Dachte, sie wäre ein mögliches Pfand. Schliesslich war Radu schon einmal gekommen, um sie zu befreien. Er dachte nicht daran. Laura hatte ihn verpfiffen, um ihren Kopf zu retten. Sollte sie sehen, wo sie blieb. Radu ging es nur darum, mit Enzo ins Reine zu kommen. Und am Ende die Schlacht, seine letzte, zu gewinnen.

Er prüfte den Ast, auf dem er sass, und sah nach oben. Wenn er noch ein Stück weiter klettern würde, konnte er das Rustico und den Waldweg sehen. Dafür musste er aber etwas riskieren. Er streckte sich lang und sprang ab, um den oberen Ast zu erwischen. Es gelang. Er zog sich mit Hilfe der Beine nach oben, bis er sich in den Stütz drücken konnte. Jetzt musste er ein Bein um den Ast kriegen. Er schnaufte. Die Arme zitterten. Nicht jetzt. Nein. Keinen neuen Anfall. Er hing fünf Meter über dem Boden. Wenn er abstürzte, würde er sich alle Knochen brechen. Vielleicht sogar den Hals. Das Zittern liess nach. Nur Zuckermangel. Er hatte zu wenig gegessen. Seine Muskeln waren klettern nicht mehr gewohnt. Er nahm eine Hand vom Ast und schlang den Arm um den Stamm. Es gelang ihm, das rechte Bein über den Ast zu schwingen und sich nach oben zu drücken. Jetzt sass er wieder sicher. Und er hatte freien Blick auf das Rustico.

Eine Gestalt lief zum Haus. Enzo. Ohne Laura. Entweder hatte er sie ruhiggestellt oder kaltgemacht. Radu tippte auf die erste Variante. Was wollte Enzo im Rustico? Wenn Renards Leute kämen, hätten sie das Haus rasch eingenommen. Es war keine Festung. Renard. Was dachte sich der Pinsel eigentlich? Und der Monsignore? Dass Radu ein Volltrottel war? Da hatten sie doch tatsächlich Amon zu Laura geschickt, um sie davon zu überzeugen, Radu zu verraten. Ein perfider Plan. Ohne Amon wäre Laura nie gekommen. Radus Anruf allein hätte sie niemals überzeugt. Er wusste, dass sie nur kommen würde, wenn der Monsignore jemanden zu ihr schicken würde. Und der Einzige, der dieses Geschäft beherrschte wie kein Zweiter und bereits in die Geschäfte involviert war, war Amon.

Radu verübelte es ihm nicht. Es war Amons Geschäft, die Dinge am Laufen zu halten. Und die fette Provision samt Aussicht auf weitere gute Geschäfte mit dem Monsignore waren schlagende Argumente, gegen die eine Sympathie zu Radu geradezu lächerlich schien. Aber Radu war sich sicher, dass auch Amon wusste, dass Radu wusste. Also würde das Schlitzohr ebenfalls irgendwo am Rand des Geschehens sitzen und je nach Wetterlage stillhalten oder eingreifen. Es galt jedenfalls, ihn mit auf dem Zettel zu haben.

Enzo kam aus dem Rustico. Er war nicht allein. Anna war bei ihm. Sie gingen zum Sprinter. Hätte Radu das richtige Werkzeug, er hätte beide knipsen können. Aber er wollte Enzo nicht töten. Er wollte mit ihm reden. Er wollte wissen, was geschehen war, warum sie nicht die Freunde geblieben waren, die sie glaubten zu sein. Was Silvia erzählt hatte, konnte eine Geschichte sein. Und wenn sie wahr war, wollte Radu sie von Enzo selbst hören.

Anna stieg auf der Fahrerseite ein, Enzo auf der anderen. Der Sprinter fuhr los. Er verschwand kurz unter Bäumen, tauchte wieder auf und bog auf die Strasse nach links ab, in Richtung Borgnone. Radu verlor ihn aus dem Blick. Wohin wollte Enzo? Es machte keinen Sinn, dass er nach Borgnone fuhr. Radu begriff, was Enzo im Schilde führte. Es war zu offensichtlich. Enzo war auf der Beifahrerseite eingestiegen, damit er rasch und ungesehen wieder aussteigen konnte. Er war noch hier. Nur Anna war weggefahren. Sie sollte mögliche Spitzel täuschen. Enzo wusste sicher auch, dass Renard ihm an den Hacken klebte.

***

Laura war es gelungen, aufzustehen. Sie war zu den Abfallsäcken gehüpft, die am Waldrand auf Abholung warteten, und hatte den Sack mit dem Altglas aufgerissen, soweit es die gefesselten Finger erlaubten. Sie nahm ein Konfitüreglas heraus und sah sich nach einem Stein um. Sie fand einen, der gross genug war, und schlug das Glas darauf. Beim zweiten Versuch sprang es in Scherben. Laura nahm sich die schärfste und säbelte mit der Kante am Gaffa. Eine schwarze Limousine kam auf den Waldweg gebogen. Laura versteckte sich hinter den Säcken und rieb die Scherbe weiter an der Fessel. In Filmen ging so etwas schneller.

Die Limousine hielt vor dem Rustico. Zwei Schränke stiegen aus und prüften, ob die Luft rein war. Sie gaben Entwarnung. Zwei weitere Männer stiegen aus dem hinteren Teil des Wagens. Laura kannte nur den Monsignore.

Die Scherbe glitt ihr aus den Fingern und fiel ins Gras. Sie riss die Hände auseinander. Nichts war gewonnen. Sie tastete nach der Scherbe, fand sie und kratzte weiter damit am Gaffa.

***

Radu staunte. Der Monsignore direkt vor Ort. Das hatte er nicht erwartet. Er hatte damit gerechnet, dass Renard mit ein paar Leuten anrücken würde, aber mit der grauen Eminenz persönlich hatte er nicht gerechnet. Dann musste der Monsignore selbst unter grossem Druck stehen. Radu war klar, dass auch der Jesuit nicht das Ende der Fahnenstange war. Aber weit oben war er doch. Gäbe es jetzt noch eine fünfte Partei, die über allen wachte, sie hätte mit einem Schlag vier mächtige Paten erledigen können: Enzo, Renard, den Monsignore und Radu selbst. Jeder ein Big Player auf dem Schattenmarkt. Jeder einen Eintrag im schwarzen Promibuch wert. Sie waren nicht die grössten Fische, aber ihre Umsätze konnten sich sehen lassen. Und damit meinte Radu nicht den Kies, den sie schwarz machten, sondern die Gelder, die durch den Fiskus liefen. Zog man allein die Milliarden ab, bekämen einige Regierungen gefährliche Haushaltsprobleme.

Und nun versammelten sich die Köpfe um ein runtergekommenes Rustico im Tessin und spielten Cowboy und Indianer. Enzo hatte sich mit einer Finte irgendwo auf dem Areal versteckt, und Radu hing auf einem Baum. Als hätten die Kinderspiele niemals aufgehört.

Radu verstand nur nicht, warum Renard und der Monsignore hier auftraten. Warum hatte Renard nicht einen Trupp Soldaten durch den Wald geschickt, die das ganze Areal sicherten? Wollte der Monsignore keinen grösseren Aufwand?

Renards Wachen kamen aus dem Rustico und gaben Entwarnung. Renard und der Monsignore verschwanden im Haus. Die Wachen bezogen Posten vor der Tür.

Radu kletterte vorsichtig den Baum hinunter und liess sich weich ins Laub fallen. Er schlich zur Rückseite des Rusticos und entdeckte Enzo, der es sich hinter einem Holzstapel bequem gemacht hatte und von dort einen ausgezeichneten Blick auf die Auffahrt besass. Radu schlich heran. Sein Herz schlug höher. Es war tatsächlich wie früher. Heranrobben an einen Feind, der eigentlich ein Freund war. Oder war es ein Freund, der eigentlich ein Feind war? Radu wollte es herausfinden. Wie viel war noch übrig von dem tiefen Gefühl, das sie einst füreinander hegten?

Er kam sich viel zu laut vor. Wie ein Trampel. Enzo musste ihn entdecken, bevor Radu bei ihm war. Aber Enzos Aufmerksamkeit war zu sehr auf das Haus gerichtet. Radu kam so nahe an ihn ran, dass er ihn im nächsten Moment mit einem Sprung erreichen würde. Er wollte nicht springen. Er wollte so nahe sein, als wäre er wie ein Pilz aus dem Boden geschossen. Er schlich weiter und kam dicht hinter Enzo.

«Glaubst du wirklich, ich hätte dich nicht gehört?», sagte Enzo, ohne den Blick vom Haus zu nehmen.

«Glaubst du wirklich, ich falle auf deine Autofinte rein?»

«Glaubst du wirklich, ich wäre auf der Beifahrerseite eingestiegen, wenn ich nicht gewollt hätte, dass du kapierst?»

Radu drückte sich neben Enzo und beobachtete ebenfalls das Rustico.

«Sieht schlecht aus», sagte Enzo.

«Für wen?»

«Für uns beide.»

«Was machen die da drin?»

«Sind jedenfalls nicht allein.»

«Wer ist noch drin?»

«Felix und Amon.»

«Und was tun die dort mit dem Monsignore und Renard?»

«Verhandeln.»

«Worüber?»

«Über unsere Anteile.»

«Und wieso überlassen wir das denen?» Enzo sah Radu an.

«Ausser Renard kann keiner von denen kämpfen», sagte Radu.

«Du hast die beiden Affen vor dem Haus vergessen.»

«Zielscheiben.»

«Du glaubst doch nicht etwa, dass Renard ohne Rückendeckung hierherkommt. Und der Monsignore erst recht nicht. Nein. Die warten nur darauf, dass wir reingehen.»

«Vielleicht rechnen sie aber auch gar nicht damit, weil sie wissen, wie vorsichtig du bist.»

«Willst du sagen, ich bin feige?»

«Sagen wir: strategisch klug. Und dadurch berechenbar.»

Enzo kratzte sich hinterm Ohr. Radu erinnerte sich. Das hatte Enzo früher stets getan, wenn er eine Entscheidung zu fällen hatte.

«Und was, wenn wir beide einfach durch den Wald gehen und abhauen? Wie früher? Die ganze Scheisse hinter uns lassen», sagte Enzo.

«Desertieren?»

«Ja. Desertieren. ‹*Monsieur le Président, je vous fais une lettre*›», begann er das Lied von Boris Vian zu singen. Radu hatte es lange nicht mehr gehört. Er stimmte leise mit ein. Ende der zweiten Strophe hörte Enzo auf. «Zu spät. Damals war es einfach. Wir waren jung und hatten noch alles vor uns. Jetzt sind wir beide müde und haben nicht mehr viele Möglichkeiten. Ich bin am Ende, Radu. Erledigt. Diese Schlacht hier muss ich kämpfen, so gerne ich davonlaufen würde. Es ist das schmutzigste Geschäft, das ich je gemacht habe. Ich habe meinen Glauben verkauft.»

«Hattest du je einen?»

«Ich glaubte an die Freiheit.»

«Und jetzt?»

«Gebe ich vor, an Allah zu glauben.»

«Du bist konvertiert?»

«Ich witterte das Geschäft. Aber ich habe die Typen unterschätzt. Sie sind wahnsinnig.»

«Sprichst du von Renard und dem Monsignore? Oder von uns?»

Radu lachte leise. «Ja. Du hast recht. Wo liegt da der Unterschied?»

«Nur in den langen Bärten. Dass die gerade unser Mittelalter durchleben, lässt sie nur viehischer scheinen. Wir schlachten halt zeitgemässer und subtiler.»

Enzo sah zum Haus. Es tat sich nichts. «Wenn ich mir den Handel vom Monsignore abschwatzen lasse, kann ich mich gleich in die Schlucht stürzen. Zu den Kalifen brauche ich dann erst gar nicht mehr zu gehen. Ich schulde ihnen zu viel Geld. Ich muss ihnen die Kunstschätze versilbern. Verstehst du?»

Radu nickte.

«Und der Monsignore weiss das. Ich habe keine Verhandlungsbasis.»

«Und worüber verhandelt Amon dann?»

«Amon? Für mich legt der keinen Finger krumm, seitdem er weiss, wie es um mich steht. Felix versucht was rauszuschlagen.»

«Der Milchbart?»

«Unterschätz ihn nicht. Er ist clever.»

«Wenn er clever ist, verkauft er dich.»

«Er ist Muslim.»

«Und der Monsignore behauptet, er sei Christ.»

Enzo ballte die Faust und schlug damit auf einen Holzscheit. «Radu, du Drecksack. Du warst schon immer besser im Reden. Hättest du mir nicht damals die Ohren abgekaut, ich wäre niemals desertiert.»

«Wenn es nicht auch dein innerster Wunsch gewesen wäre, hättest du es nicht getan.»

«Siehst du? Schon wieder. Schon wieder lullst du mich ein. Mein innerster Wunsch. Was weisst du von meinem innersten Wunsch?»

«Wichtig ist, dass du ihn kennst.» Radu lächelte diebisch.

«Du Drecksack. Aber wenn sterben, dann mit dir.» Er hielt Radu am Arm. «Versprich mir eins: Wenn ich diesmal über dem Abgrund baumle, lass mich los. Versprich's mir.» Er packte fester und riss die Augen auf. «Mach schon. Ich will es hören.»

«Ich verspreche es.»

Enzo liess Radus Arm los. Geduckt rannten sie hinter dem

Stapelholz hervor und erreichten die Rückwand des Rusticos. Enzo gab ein stummes Zeichen. Es war klar, dass sie erst die beiden Aufpasser erledigen mussten. Sie teilten sich. Der eine über rechts, der andere über links. Sie schlichen die Hausseiten entlang, beide im gleichen Tempo, damit sie auch gleichzeitig vorne ankamen. Sie schoben die Köpfe hervor und sahen die Wachen. Radu ging auf die beiden zu. Beide drehten sich zu ihm und wollten ihn packen. Enzo erschoss sie mit einer Luger mit Schalldämpfer. Die beiden fielen zu Boden. Radu nahm sich eine Pistole der erschossenen Wache. Er nickte Enzo zu und ging durch die Tür. Enzo folgte ihm. Radu entsicherte die Sig und trat ins Zimmer, wo Renard und der Monsignore beim Tee sassen.

«Wo sind die anderen beiden?», fragte Radu.

«Welche anderen?»

«Felix und Amon?»

«Felix ist auf dem Weg nach Syrien, um seinen Leuten zu sagen, dass wir jetzt die Sache übernehmen. Und Amon tut, was Amon tut. Er hat Geschäfte zu erledigen. Hier gibt es nichts mehr für ihn zu tun.»

Erst jetzt merkte Radu, wie gelassen der Monsignore sprach. Und Renards zynisches Lächeln verriet ihm alles. Er drehte sich zu Enzo um. Enzo schoss mit der Luger auf ihn. Es poppte. Aber nichts geschah.

«Platzpatrone.» Radu hatte begriffen.

Hinter Enzo tauchten die beiden erschossenen Wachen auf.

«Tut mir wirklich leid», sagte der Monsignore. «Ich habe sehr gerne mit dir zusammengearbeitet. Aber die Welt ändert sich zu schnell, und der Kuchen wird immer kleiner. Da können sich nicht mehr alle ein Stück abschneiden. Wir können nur einen Partner gebrauchen. Und Enzo macht uns die besseren Konditionen.» Er sah zu Renard. «Gehen wir?» Renard stand auf.

«Warum hast du mich nicht gleich im Pool absaufen lassen?», fragte Radu.

«Da wussten wir noch nicht, für wen wir uns entscheiden. Du hattest die Chance, Enzo zu verraten, und hast es nicht getan. Enzo hat sie genutzt.»

«Wir brauchen Leute, die uns gegenüber loyal sind und keine

eigene Suppe kochen. Aus was für Gründen auch immer», sagte der Monsignore.

Die beiden verliessen das Rustico. Die Gorillas nahmen sie mit. Nur Enzo blieb. Er hatte es zu vollstrecken.

***

Laura hatte es geschafft. Sie riss sich das Gaffaband von den Knöcheln und duckte sich hinter den Abfallsäcken, als sie die Autotüren schlagen hörte. Sie sah gerade noch die beiden Männer auf den hinteren Plätzen einsteigen. Sie erkannte den Monsignore. Was hatte er im Rustico gemacht? Das Auto fuhr davon. Laura wartete, bis es auf die Strasse abgebogen war, und kroch hinter ihrem Versteck hervor. Sie sah sich um und rannte zum Rustico. Wenigstens das Gesicht waschen und ein paar frische Kleidungsstücke einpacken. Und dann verschwinden. Jetzt hatte sie genug. Egal, wo sie neu beginnen würde, sie würde es geniessen. Was interessierte sie Radu? Der Drecksack hatte sie hierhergelockt und war dann verschwunden. Ihr schwante, dass er den Fettsack geschickt hatte, um ihr eine Geschichte aufzutischen. Sie war Ball eines Spiels, dessen Sinn sie nicht begriff. Es ging um Macht und Geld. So viel war klar. Aber wer mit wem und warum, das blieb ein Rätsel. Sie wollte es nicht lösen. Wenigstens nicht jetzt. Sie wollte nur verschwinden. Zu Fuss bis zur Centovallibahn, dann nach Domodossola. Dort hatte sie einen Freund. Der würde ihr Geld leihen, damit sie über den Simplon nach Brig konnte. Jean, ein entferner Cousin, würde sie für ein paar Tage aufnehmen, ohne Fragen zu stellen. Und dann hätte sie bestimmt einen Plan, wie es weitergehen sollte.

Sie drückte die Klinke der Eingangstür.

«Hast du was vergessen, Renard? Oder traust du mir nicht?» Laura erkannte die Stimme. Enzo. Sie liess die Klinke los und rannte hinters Haus. Dann eben ohne frische Klamotten. Nur weg. Weit weg von allem. Sie überlegte, welchen Weg sie am besten einschlug, um so lange wie möglich ungesehen zur Centovallibahn zu kommen. Wenn Enzo nachsah und merkte, dass sie nicht mehr dort lag, wo er sie abgelegt hatte, würde er die Verfolgung aufnehmen. Er würde die Bahnhöfe mit seinen Leuten belegen.

«Ach, hier bist du.»

Laura schreckte herum. Anna stand vor ihr. Eine Pistole in der Hand. «Enzo hatte mir gesagt, er hätte dich dort hinten abgelegt.» Sie dirigierte mit dem Lauf der Pistole den Weg, den Laura zu gehen hatte. Laura gehorchte und ging vor Anna zum Eingang des Rusticos.

«Geh rein.»

Laura öffnete die Tür. Enzo sah genervt aus dem Wohnzimmer heraus und wurde wütend. «Anna. Habe ich gesagt, dass du sie hierherbringen sollst?»

Anna schob Laura in den Salon. «Sie war bereits hier. Irgendjemand hat sie wohl nicht richtig gefesselt.» Sie zog Enzo ein Gesicht.

«Dann leg sie um. Sie nervt.»

«Hier drin?»

«Mir egal. Machen wir Schluss.» Er drehte sich zu Radu. «Habe ich recht? Zu reden gibt es nichts mehr. Die alten Zeiten hat es nie gegeben. Es war von Anfang an der Wurm drin.»

«Lass wenigstens sie laufen. Sie kann nichts dafür.»

«Das hätte sie sich früher überlegen müssen. Wer Achterbahn fahren will, muss auch bezahlen.» Enzo trat einen Schritt zurück, dass er Radu und Laura im Blick hatte. Er lächelte fies. «Am liebsten würde ich dir jetzt eine Pistole in die Hand geben, damit du sie abknallst.»

«Was hättest du davon?»

«Genugtuung. Und die Gewissheit, dass ich der Bösere von uns beiden bin.»

«Die Genugtuung gebe ich dir gerne. Her mit der Pistole.»

Enzo lachte laut. «Das würde dir so passen. Selbst wenn ich dir gleichzeitig eine Knarre ins Genick legen würde, wäre mir das zu gefährlich. Du würdest es in Kauf nehmen, selbst zu sterben, um die Kleine zu retten. Das ist süss. Richtig romantisch. Dein grosser Fehler, Radu. Sonst hättest du mich damals über dem Abgrund losgelassen. Du glaubst an Freundschaft. Ich an Gott, den Allmächtigen. Und ein wenig an den Teufel.» Er drehte sich zu Anna. «Mach schon. Erst sie. Dann ihn. Ich will damit nichts zu tun haben. Einen Freund zu erschiessen, der mir mal das Leben gerettet hat, bringt Unglück.»

Anna richtete die Pistole auf Laura. Radu warf sich auf Anna. Ein Schuss krachte und traf einen Zinnteller, der auf dem Cheminéesims stand. Radu rangelte mit Anna. Ein zweiter Schuss. Anna liess die Pistole los. Blut sickerte aus ihrem Mund. Tot starrte sie ins Nichts. Radu löste sich von Anna. Enzo war schon bei ihm und packte Radus Hand, die die Pistole hielt.

Laura stand wie gelähmt. Alles ein Film. Sie hatte nichts damit zu tun. Radu stiess Enzo von sich und richtete die Pistole auf ihn. Beide standen langsam auf. Enzo, die Arme in die Höhe gestreckt.

«So schnell kann sich das Blatt wenden», sagte Enzo. «Mach schon. Knall mich ab. Du hättest mich schon damals abstürzen lassen sollen. Warum hast du es nicht getan?»

«Du weisst, warum.»

«Freundschaft? Kodex? Das glaubst du doch selbst nicht. Du wolltest bei uns gross einsteigen. Du wusstest, dass ein Zigeuner einen langen Weg gehen muss, ehe er in die oberen Hierarchien eines laufenden Unternehmens stösst. Aber wenn man dem Erstgeborenen das Leben rettet und dessen Schwester vögelt, hat man gute Aussichten. Hab ich recht?»

«Setz dich hin.» Radu dirigierte ihn mit der Pistole auf den Sessel.

«Ich habe die Szene immer wieder vor mir gesehen. Ich wollte wissen, wie es wirklich war. Ich bin nämlich ein guter Kletterer. Ich stürze nicht einfach ab.»

«Das Seil war über eine scharfe Kante gerutscht und durchgescheuert.»

«Ja. Aber nur zum Teil. Ich hatte mein Stück des Seils nicht fallen gelassen. Ich hatte es eingesteckt. Und als ich es Wochen später in meinen Sachen wiedergefunden hatte, habe ich gesehen, dass ein sauberer Schnitt drin war. Du hast es abgeschnitten.»

Radu schwieg.

«Ist es dir unangenehm, weil die Kleine dabei ist?» Enzo wurde laut. «Du Dreckschwein hast das Seil durchgeschnitten, damit ich abschmiere.»

«Ich hatte Angst, dass wir beide abstürzen.»

«Warum hast du mich dann nicht abstürzen lassen?»

«Ich weiss es nicht.»

«Weil alles Berechnung war. Ich weiss, du wirst mich abknallen. Ich konnte es nicht, weil ich bis jetzt noch zweifelte. Aber du hattest es wirklich darauf angelegt, dich bei uns über mich und Silvia einzuschleichen. Du ekelst mich an, Radu.»

Radu drückte ab. Zweimal ins Herz. Enzo sackte auf dem Sessel zusammen.

Laura wollte schreien. Vielleicht tat sie es auch. Aber sie hörte sich nicht. Sie hörte auch Radu nicht, der sich zu ihr drehte. Als hätte jemand den Ton abgeschaltet. Sie sah nur die Mündung der Pistole. War sie jetzt dran? Hatte sie jetzt abgespielt? Hatte Radu alles, was er gewollt hatte? Er sagte etwas, sie verstand es nicht. Dafür begann es jetzt in ihrem Kopf zu hämmern. Sie sah auf den Boden. Neben Anna lag Tomaso. Sie hatte ihn erschlagen. Aber sie hatte ihn doch auch verscharrt? Warum lag er wieder dort? Sie bückte sich, wollte ihn wegschaffen und griff ins Leere. Sie hörte einen Knall und schnellte herum. Radu hatte auf Tomaso geschossen. Er war geplatzt und verschwunden.

«Alles Berechnung?», fragte sie. Jede Silbe pappte am Gaumen.

«Alles Berechnung. Und ein wenig Glück.»

«Bin ich jetzt dran?», fragte sie.

«Ja. Du bist jetzt dran.» Er fasste sich an den Brustkorb. «Wir haben nicht mehr viel Zeit. Ab Morgen beginnen wir mit meiner Biografie.»

«Hilf mir.» Er ging auf sie zu und legte seinen Arm auf ihre Schulter. Schweigend verliessen sie das Rustico. Sie setzten sich in den Sprinter, mit dem Anna zurückgekommen war. Laura startete den Motor. «Wohin?», fragte sie.

«Nach Zürich. Amon hatte mir einen Joker versprochen. Der versteckt uns für ein paar Wochen, bis das Buch fertig ist.»

«Und dann?»

«Finden wir einen Verlag, der es druckt.»

Sie fuhren los.

Michael Moritz
TOD IN DER RHEINAUE
Broschur, 256 Seiten
ISBN 978-3-89705-718-0

«Michael Moritz hat mit Killian und seinen Zeitgenossen ungewöhnliche Charaktere in der badischen Provinz erschaffen. Und mit diesen Figuren entwickelt er rund um den Kaiserstuhl einen aufregenden Kriminalroman, der den Leser immer wieder mitreißt. Spannung, badische Lebensart und viel Lokalkolorit verbinden sich hier zu einer aufregenden Geschichte mit unerwartetem Ende.» Staatsanzeiger

«Eine klug durchdachte Geschichte zwischen Geheimdienstverstrickungen, Klezmermusik, Goethes Totentanz und badischer Weinseligkeit.» Freiburg aktuell

«Die Geschichte ist immer kurzweilig und birgt so manche überraschende Wendung und natürlich auch einiges an Lokalkolorit.»
Basler Zeitung

www.emons-verlag.de

Michael Moritz
ROTER REGEN
Broschur, 224 Seiten
ISBN 978-3-89705-758-6

«Plot und Figuren merkt man an, dass der Freiburger Autor im Kaiserstuhl aufgewachsen ist. Das soll ein Kompliment sein, denn Michael Moritz spielt gekonnt mit Klischees und Dialekten in einer spannenden Geschichte voller gut gezeichneter Figuren.»
Chilli – das Freiburger Stadtmagazin

«Ein facettenreicher, spannend und flott erzählter Kriminalfall.»
Badische Zeitung

www.emons-verlag.de

Michael Moritz

WEINSELIG

Broschur, 256 Seiten

ISBN 978-3-89705-817-0

«Wieder ermitteln Belledin und Killian gemeinsam. Und sie bewegen sich an vielen vertrauten Orten so sympathisch menschlich – besser gesagt badisch-typisch, dass es dem Leser unweigerlich warm werden muss ums Herz. Trotz Mord und Totschlag!» Badische Zeitung

«Atmosphärisch dicht, ungemein bildhaft und von badischem Humor durchdrungen.» REGIO Magazin

www.emons-verlag.de

Michael Moritz
TOD IM THEATERHAUS
Broschur, 304 Seiten
ISBN 978-3-95451-016-0

Der Kommunikationstrainer Hans Bluhm wird in der Sporthalle des Stuttgarter Theaterhauses von einem Degen durchbohrt. Das bringt Polizeichef Böhnisch in Not: Schirmer, sein fähigster Hauptkommissar, ist ausgebrannt, die junge Kollegin Kälble überfordert. Er holt Hilfe aus Baden – ausgerechnet Kommissar Belledin. Widerwillig gehorcht der badische Brummbär und rauft sich mit der schwäbischen Beisszange Kälble zusammen, um den Fall zu lösen.

Michael Moritz
LOST PLACE VIENNA
Broschur, 320 Seiten
ISBN 978-3-89705-902-3

Drei abgesägte Köpfe schöner Frauen bringen die Wiener Kriminalkommissarin Valentina Fleischhacker in Bedrängnis. Als sie auch noch unter Verdacht gerät, ihren Kollegen Zirner getötet zu haben, ist sie gezwungen, abzutauchen. In Zirners Wohnung findet sie einen gepackten Rucksack samt GPS – und eine aussergewöhnliche Schnitzeljagd beginnt. Am Fundort des letzten Frauenschädels stösst sie auf die Koordinaten, die sie zum nächsten Cache führen sollen. Doch je näher sie dem Mörder kommt, umso mehr begreift sie, dass er sie kennen muss. Denn er legt ihr Rätsel aus, die nur sie lösen kann ...

Michael Moritz
ZÜRCHER VERSCHWÖRUNG
Broschur, 272 Seiten
ISBN 978-3-89705-972-6

«Ein temporeiches Buch mit packenden Thrillerelementen um einen zunächst sehr undurchsichtigen Fall, in den unzählige verdächtige Personen verwickelt sind, es Leichen zuhauf gibt und Stahl niemandem trauen kann. Das sich dramatisch zuspitzende Finale führt schließlich die losen Fäden gekonnt zusammen.» ekz

www.emons-verlag.de

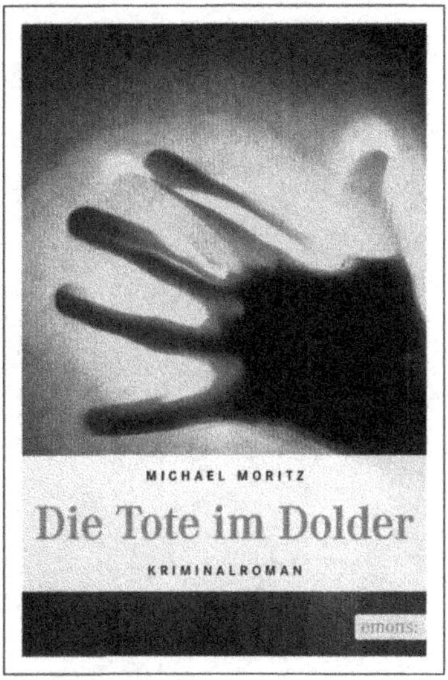

Michael Moritz
DIE TOTE IM DOLDER
Broschur, 320 Seiten
ISBN 978-3-95451-174-7

«Ein komplexer, wendungsreicher, teilweise überdrehter Fall, der Stahl an seine Grenzen führt. Empfehlenswert für Liebhaber harter Krimikost.» ekz

Michael Moritz
ZÜRCHER SUMPF
Broschur, 272 Seiten
ISBN 978-3-95451-556-1

«Mit ‹Zürcher Sumpf› gelingt Michael Moritz ein Krimi, der durch seine Dichte und Komplexität besticht: Nichts ist, wie es scheint, niemandem ist zu trauen, und alle stecken irgendwie mit drin. Moritz entwirft einen Kosmos aus Intrigen, Gewalt und Macht rund um die Schweizergarde.» Top Magazin Bodensee

www.emons-verlag.de